香水

『我在东北当警察』系列

程琳／著

江苏凤凰文艺出版社
JIANGSU PHOENIX LITERATURE AND ART PUBLISHING, LTD

图书在版编目（CIP）数据

香水 / 程琳著. —南京：江苏凤凰文艺出版社，2019.3

ISBN 978-7-5594-2365-8

Ⅰ. ①香… Ⅱ. ①程… Ⅲ. ①长篇小说—中国—当代 Ⅳ. ①I247.5

中国版本图书馆CIP数据核字（2018）第130885号

书　　名	香　水
著　　者	程　琳
责任编辑	孙金荣
特约编辑	张　丽
责任校对	张婉宜
封面设计	王超男
版面设计	李　亚
出版发行	江苏凤凰文艺出版社
出版社地址	南京市中央路165号，邮编：210009
出版社网址	http://www.jswenyi.com
印　　刷	三河市金元印装有限公司
开　　本	700毫米×1000毫米　1/16
印　　张	21.5
字　　数	265千字
版　　次	2019年3月第1版　　2019年3月第1次印刷
标准书号	ISBN 978-7-5594-2365-8
定　　价	45.00元

目录

C O N T E N T S

第一章
CHAPTER 1 〉

–1–

苏岩长得白白净净文质彬彬，看着不太像警察。滕锁荣和宋建选择作案目标时，很自然就把苏岩锁定了。他们俩判断，这个长得像个书生似的警察不是刑警队治安科玩枪杆子的，应该是公安局里政治处秘书科耍笔杆子的。所以，他们俩大白天就跟在苏岩的后面，准备抢劫他的手枪。

滕锁荣和宋建跟在身后，苏岩还真注意到了，但没往心里去。因为他觉得那两个人长得满脸憨厚。

但就是这两个面容憨厚的抢劫犯给了苏岩一个措手不及。

宋建距离苏岩还有三米远，就用板砖糊在了苏岩的头上。

只一下，苏岩就趴在了地上。

宋建从苏岩的腰里解下了手枪，顶上子弹，冲着苏岩的脑袋扣动了扳机。

没响！

咋回事儿？

滕锁荣拿过手枪也对着苏岩的脑袋开了一枪，还是没响。

他们俩糊涂了。

是真糊涂了！

没响就没响呗！拿着枪赶快跑呀。可他俩为了搞清枪为什么不响，竟然把苏岩捅咕醒了。

苏岩睁开眼睛看了看形势，立刻清楚了自己目前的处境。刚才他被这两个长相憨厚的罪犯蒙蔽了双眼，现在他要以其人之道还治其人之身。为了让他们俩放松警惕，苏岩开始一把鼻涕一把眼泪地表演。宋建、滕锁荣乐得哈哈大笑，他们还没见过这么窝囊的警察。

宋建问苏岩："你在公安局干什么？"

苏岩说："我……是秘书科写材料的！"

宋建对公安局内部有所了解："秘书科的不是不配枪吗？"

苏岩说："这是刑警队不要的废枪！我花400块钱买的。"

宋建说："你买个废枪干毛？"

苏岩哽咽着说："我拿来吓唬人！"

滕锁荣说："有你这么吓唬人的吗？"

宋建还问："那这个枪能不能修好？"

苏岩说："我不知道。我一次也没用过。"

苏岩的眼泪和鼻涕淌了一脸。

滕锁荣说："头一次见到你这样的警察！"苏岩解释说："我……刚上班没几天。"他脸上湿乎乎的，不停用袖角擦着。宋建拿着枪摆弄着，他的注意力放在了枪上。滕锁荣的注意力则放在了苏岩的脸上。真好玩！这些年，他总是挨警察欺负，哪见过警察会这个熊样。

两个人的注意力都被吸引到没用的地方之后，苏岩突然翻身跳起来，从宋建的手里把手枪夺了回来。两个家伙吓了一跳。但苏岩还是傻呵呵的。他说："这个枪虽然是废枪，那我也不能给你们。要不然，我回去领导该批评我了。"见苏岩这么说，滕锁荣又哈哈大笑起来。因为都这样了，不可能会让苏岩活着回去。宋建感觉不对劲儿了。他问苏岩："你这个枪到底坏没坏？"

苏岩说："那我得试试。"

这支枪有个毛病，撞针击打弹壳的位置有些偏离，顶上子弹击发时，必须要压一下击锤才能打响。苏岩到技术科修了两次也没修好。修枪的张工才毕业，有点不好意思了。苏岩当时在心里还骂他是傻 × 笨蛋呢！现在苏岩心想，谢天谢地，多亏张工没修好自己的枪！

苏岩压了一下击锤，冲天扣动了扳机。

枪响了，苏岩假装吓得差点儿没把枪扔了，滕锁荣和宋建是真吓坏了。

苏岩说："你们别害怕。只要你们俩听话跟我回去，我就不伤害你们。"

宋建说："你是秘书科的吗？"

苏岩说："我过去在秘书科待过，现在我调到刑警队了。"

滕锁荣说："你叫什么名？"

苏岩说："我叫苏岩哪！"

两个人的表情挺复杂。他们早就听说过苏岩，但一直没见过本人。

滕锁荣有些紧张："你刚才怎么不说你是苏岩呢？"

苏岩假装实在："你也没问我呀！"

道上不少人说苏岩心狠手辣，收拾人可以让人在精神上崩溃，在肉体上残废。流氓歹徒都怕落到苏岩的手里，可滕锁荣和宋建今天竟然撞到了苏岩的枪口下。

宋建从兜里掏出了军刺，滕锁荣犹豫了一下，也掏出了军刺。

苏岩说："啥意思？"

宋建说："你敢保证你的枪还能打响吗？苏哥，你让我们走吧！"

苏岩这才原形毕露，他凶恶地骂道："你俩想啥呢！"

宋建拿着军刺向苏岩扑来。他这是没办法。抢夺枪支、暴力袭警、故意杀人，被抓回去也得玩完。现在，他要赌一下，万一苏岩的枪打不响呢！

子弹迎着视死如归的宋建，穿过了他的心脏。一枪，宋建就倒下了。

苏岩指着滕锁荣："来！该你了。"

滕锁荣开始浑身哆嗦了，他拿着军刺悲伤地看着苏岩。

苏岩说："你看你这个逼样，赶紧把军刺扔了吧！你别再把自己扎着。"

滕锁荣被苏岩说得不知所措，他拿着军刺放也不是冲也不是。

苏岩马上温柔起来，开始做滕锁荣的思想工作："别看你差点杀了我，但你放心，我不会报复你的！现在吧，你得放聪明点儿。"

苏岩指了指躺在地上的宋建："反正他也死了。这么的，我给你个活路，你把你们俩干的事儿都说成是他干的，怎么样？"

滕锁荣望着苏岩没吱声。

苏岩说："老弟，我没别的意思，我就是想多破几个案子。你我无仇无恨，我没必要往死了整你！只要你老老实实交代你们干过的事儿，我肯定照顾你！"

滕锁荣想了想，最终扔下了军刺。人和人是有区别的。宋建敢迎着枪口勇往直前，滕锁荣是得过且过。就算苏岩不做他的思想工作，他也没胆量拿军刺和苏岩比画。

– 2 –

苏岩死里逃生之后，向局长陈凯鸣汇报时，没提张工没修好他的枪。他只是说发现了自己枪这个毛病之后，没来得及去修就出了这个事儿。

陈凯鸣感慨万分，他抚摸着苏岩那支破手枪，凝视了半天，最后说："到哪儿去讲理呢！你说你要是傻呵呵把枪修好了，现在我还看不见你了！"他望着苏岩，嘱咐道："今后啊，你一定要小心哪！"

陈凯鸣在刑警队全体大会上表扬了苏岩。因为这次的事情，苏岩破案数又排在全队第一名。陈凯鸣挖苦其他刑警："都是一样的人，为什么你们和苏岩差距那么大！我不要求你们都像苏岩那么能破案，苏岩破十个，你们破五个行不行？"每次陈凯鸣当众表扬自己的时候，苏岩都很难堪。因为他破案的数量并不总是第一，只是他破的案都影响很大，以至于他破案少的时候，领导也认为他破案多，甚至不是他破的案子，领导还说是苏岩起了关键作用。

陈凯鸣表扬完苏岩，让他讲讲破案的体会和经验。苏岩像模像样地说自己白天晚上把这个案子放在心里，下班回家了，人不在工作岗位上，但心扑在案子上，只要不破案，他就不睡觉不吃饭。他说滕锁荣这个案子他已经六天六夜没有合眼了。苏岩在会上讲，刑警们就在心里骂。因为大家都是这么搞案子的。刑警队没白没黑地工作是家常便饭，可苏岩这么说就好像队里光他努力工作似的。大家心里都明白，搞案子才不是靠辛苦呢。没线索再辛苦也没用。苏岩破案多只是总能找到线索而已。可苏岩在表达的时候，很少提这些。他总是一口咬定自己能破案是由于自己勤奋。他说："我是个笨拙的人，没办法，我只能以勤补拙！"

苏岩这么说也是没办法。陈凯鸣愿意听这种话。过去记者采访苏岩，问他破案的秘诀。苏岩信口说道："我破案是凭借运气，也就是说，我的点儿好！"陈凯鸣把苏岩骂得狗血喷头："放屁！什么叫点儿好！你打麻将呢！你这么说，群众该以为我们干工作是凭运气呢。你今后不准说点儿好！"苏岩当时还委屈地说："我确实是点儿好。"陈凯鸣说："那是因为你把工作干到了点子上！”

这句话让苏岩幡然醒悟。他知道了在正经场合一定得说正经话，哪怕自己本来不正经，只要正经地说，也就正经了。

苏岩学会这个方法，有点被逼无奈，感觉变成了两面人。他对领导、对同事要一本正经，可对待犯罪分子，就没这么多正经了。

罪犯大都不正经。要是和他们正经，工作上甭想取得进步。苏岩对待罪犯历来采取因地制宜、因人而治的灵活战术。像对滕锁荣这类憨厚的罪犯，他就采用以情动人！

苏岩曾经答应要照顾滕锁荣，真是没少照顾。滕锁荣想吃什么，苏岩给他买什么。他说想喝酒，苏岩用矿泉水瓶子给他整酒。滕锁荣最后没什么想要的，他和苏岩说：“我想吃几个饺子！”

苏岩说：“中午你不是才吃完吗？”

滕锁荣说：“我想吃我妈包的饺子！”

苏岩说：“没问题。”

滕锁荣的眼泪出来了，他说：“苏哥，我妈前年就死了。”

苏岩说：“我让我妈给你包点儿吧！”

苏岩的父母住在郊区。苏岩开车往返用了大半天时间，把一个饭盒带到滕锁荣的面前。苏岩拿出饺子要用开水烫一烫，他说：“饺子凉了，我给你热一热。”滕锁荣说：“不用不用。”他直接用手狼吞虎咽地把一饭盒的饺子全吃了。

苏岩说：“喝点水。你别再撑死！”

滕锁荣的眼眶里全是泪水。

苏岩说：“你哭个毛啊！”

滕锁荣说：“我没哭。我这是撑的。”

滕锁荣前前后后交代了和宋建干的所有案子，其中重特大有17起，三起还是省里挂牌督办的。

苏岩乐坏了。现在能让他高兴的事儿没多少了。但只要是破案，无论是大案小案苏岩全都高高兴兴，这有点像赌徒似的，只要能赢，无论多少就是愉快。

苏岩对滕锁荣在生活上照顾，但在审讯上就一点都不客气了。他说："你交代了这么多，我看你也得死罪了！"

滕锁荣说："你不是说我死不了嘛！"

苏岩说："我是希望你不死，可法律无情啊！你不能怪我！"

滕锁荣说："我没怪你！"

苏岩说："左右你也是死罪了，别再有什么保留了。想想，你还干过什么？"

滕锁荣说："我全都交代了。"

苏岩说："大的你是交代了，小的你也得交代呀！"

滕锁荣绞尽脑汁地想啊想！干的坏事多了，有些事儿想不起来正常。苏岩不着急，耐心地等着滕锁荣一点一点地回忆。

大案子没了，小案子也没了。自己的事儿实在没什么可交代的了。苏岩又开始让滕锁荣再想想其他人，看看别人都干过什么坏事。

滕锁荣说："别人干完坏事还能告诉我吗？"

苏岩说："坏事你不用说，你和我说点线索就行。"

滕锁荣不想说，苏岩软硬兼施，又是喊又是骂，完了还回家让他妈给滕锁荣包饺子。滕锁荣让苏岩整崩溃了。他说："苏哥，赶紧让法院判我吧！再晚两天，我非得精神病不可。"

苏岩说："你真得精神病了，还捡便宜了呢！法院都不会判你死罪了。"

滕锁荣说：“那我就朝着精神病努力吧！”

在苏岩强大的政治思想感召下，滕锁荣不停地回忆，把他认识的同学、朋友以及同学的同学、朋友的朋友，凡是他认为可能干过坏事的人统统讲了出来。

这就是线索！

苏岩没黑没白地调查取证蹲坑守候传唤抓人，好一阵忙乎，又没少破案。

所有的线索差不多都查完了，只有一个线索苏岩查得十分别扭。

滕锁荣说：“盛斌这小子也应该有事儿。”

盛斌苏岩认识，他不是很出名，苏岩只是知道他可能吸毒。

苏岩说：“怎么才能找到盛斌？”

滕锁荣说：“盛斌和郝飞是同学，要不你去问问郝飞吧！”

–3–

郝飞是花都夜总会的老板。这之前，苏岩没和郝飞打过交道。

找郝飞的时候，苏岩没当回事儿。他知道郝飞与牛东新关系不错，他以为郝飞会巴不得地帮自己。没想到郝飞态度十分冷淡。

苏岩说：“盛斌是你的同学吧？”

郝飞说：“是不是我同学你管得着吗？”

苏岩说：“我没想管你，我就是问问你。”

郝飞说：“我没义务告诉你。”

苏岩说：“你挺牛逼啊！”

郝飞说："我哪有你警察牛逼呀！"

苏岩说："你啥意思？"

郝飞说："我没意思。"

苏岩说："好好好！你没意思就好！"

夜总会之类都归治安科管。苏岩一般不去找麻烦。但即使刑警队直接管不着，开夜总会开歌厅的，也没人和刑警装。尤其是苏岩这个小白脸，大家都知道他翻脸不认人，说宁可得罪鬼也不得罪他。可没想到，郝飞却不鸟苏岩。这让苏岩产生了很多想法。

这到底为啥呀，仅仅是为了和他装一装？社会上有那么一部分人喜欢和警察装，以此抬高自己。郝飞不应该呀，他是做买卖的有钱人呀！像牛东新那样的绝对不会和自己装的。郝飞究竟是什么意思呢？

– 4 –

马良向牛东新表示，自己除了老婆没碰过别的女人。牛东新惋惜地说："你这么正经有必要嘛！"马良说："我和你们做买卖的不能比啊！我是政府的干部，你们有大老婆，还可以找小老婆，除了司机还有秘书。我就不行了。"牛东新说："多大个事儿呀！我帮你找一个！"马良苦笑道："那你嫂子不得把我劈了。"牛东新说："偷着找呗，她也不知道！"马良说："开始都不知道，最后不都是闹得满城风雨啊！老弟啊，我知道你是想让我快乐快乐，但我实话告诉你，我这方面差劲儿！我血压高，得天天吃降压药。这个药吧不仅降血压，还降性欲。我和我老婆这种事儿都很少干。"马良的妻子吴静，牛东新认识。就吴静那样了，不吃降压药，马良的血压也不会高的。

马良给牛东新办了一件事儿。按规矩，这得给马良表示 10 万块钱。牛东新想，给马良钱不如给马良找个女人划算。马良真要是没碰过别的女人，一定会觉得很遗憾的。如果让他实现了这个愿望，马良会很感动的，感动了就不用给他钱了。

牛东新找到了郝飞，让他给马良安排一个女人。

郝飞说："没问题。我这儿有的就是女人。"

牛东新说："得一定要和马良上床。"

郝飞说："这我可不敢给你打包票。你知道，我这儿的小姐只坐台不出台。"

牛东新说："你让她出她敢不出吗？"

郝飞说："是我要求她们不准出台的！"

牛东新不信："小姐不出台，怎么挣钱啊？"

郝飞说："你不知道，小姐出台一旦让公安局弄去，挣的那几个钱都不够交罚款的。"

牛东新不高兴了："你看你，求你办这么点事儿，还这么费劲儿？罚款的钱，我给你拿行了吧！"

牛东新把 5000 块钱拍在了桌子上。

郝飞说："怎么还急眼了！"

牛东新说："我没急眼，我是着急。这个马良吧，你不知道，别人都说他不近女色，我不相信，我和别人已经打赌了。我要是输了，多没面子。"

郝飞把钱收起来，笑着问牛东新："你打赌多少钱？"

牛东新说："不赢钱，是赢面子！"

郝飞说："得了吧！快告诉我。要不然，你这事儿我就不管了。"

牛东新只好小声地说："是一万。"

郝飞不高兴了：“牛老板，人家说现在你已经身家上亿了。没想到，在我这儿，连 5000 块钱你还想赚！真是越有越抠啊！”

牛东新说：“我有个屁呀！你听谁说的，还他妈的上亿了，我快要饭了你不知道啊。”

郝飞说：“没用的别说了。我要是帮你赢了，你得再给我 2500。”

牛东新指着郝飞：“我算是遇到葛朗台了。”

郝飞不明白：“葛朗台是谁？”

牛东新说：“是我爹！”

– 5 –

郝飞让小姐们都打扮成学生模样，她们穿着海蓝色的校服和白色袜子。开始为了更像学生，小姐们不穿高跟鞋，都穿旅游鞋。可穿旅游鞋不性感，尤其个头矮的小姐穿着软绵绵的旅游鞋有点不伦不类。经过广泛征求意见，郝飞决定让小姐们上身穿着海蓝色的校服，脚上仍旧穿着各式各样的高跟鞋。也就是说，她们上面穿得像个学生，可下面还是那么回事。

唐玉穿着校服还挺像。她坐在郝飞面前的桌子上，长腿沿着桌边垂下来。

郝飞坐在椅子里，摸着她的腿，声情并茂地说着：“我这个朋友上学时穷啊，连学费都交不起。他的女朋友可够意思了。她偷着去夜总会当小姐，挣来的钱不仅供他念书，还给他买名牌衣服名牌鞋。我这个朋友是个书呆子，起初以为女朋友去夜总会只是陪人喝酒，后来知道还陪人上床之后，就不高兴了。他把她给他买的鞋、衣服都撇到了她的身上。女朋友问他，你这啥意思？他说，这些破衣服破鞋我不要。女朋友可伤心可伤心了，从那之后，就离开他了。”

唐玉的眼睛湿润了。郝飞拍了拍她的脸蛋：“当我这个朋友知道女朋友这么干全都是为了他之后，哭了好几天……这些年，他一直在找她，他要当面给她跪下求得她的原谅！”唐玉问：“找到了吗？”郝飞凄凉地说：“上哪儿去找啊！”

这个故事唐玉是第一次听，但郝飞已经不知讲多少遍了。小姐们多数都能被感动得流下眼泪。郝飞见差不多了，拿出500块钱，放在了桌子上，对唐玉说：“他挺保守的，你用点方法，好好陪陪他！”

唐玉用纸巾擦了擦眼角的泪水：“好几年都没哭了。郝哥，放心吧！”她把钱塞回了郝飞的包里。郝飞假惺惺地说：“你拿着。”唐玉从桌子上下来，搂了一下郝飞：“没想到你还有这么好的朋友！我保证陪好他。”

晚上，牛东新请马良吃饭，让唐玉跟着。马良调侃牛东新：“又换秘书了。”牛东新说：“这不是我的秘书。这是你的崇拜者。”马良笑了。唐玉没笑，她挨着马良坐下，妩媚地看着马良。她穿着外企白领们那种职业女装，像个正经女人。唐玉说：“马哥，我听过你的报告。”马良问：“你在哪儿听的？”唐玉说：“在文化宫礼堂呀！”马良说：“你记错了。”唐玉说：“我没记错，马哥。”马良一本正经地说：“你别叫我哥，我的年龄当你的叔叔都够了。”

唐玉不知道该怎么往下接了，两个人一时没话。牛东新着急了，但又不好说什么。席间，唐玉出去上卫生间。牛东新问马良：“这个女孩怎么样？”马良说：“当然不错呀！”牛东新说：“今晚，让她陪陪你吧。”马良说：“别开玩笑了。”牛东新说：“我没开玩笑。你到底干不干？”马良说：“完事儿之后，赖上我怎么办？我……毕竟是政府干部。”牛东新笑了：“不会赖上你的。放心吧，思想工作我都事先替你做好了。”马良没有出声。牛东新知道差不多了，就说："一会儿她回来，你对她热情点儿。政府干部嘛，人民的公仆，对群众要笑脸相迎。"

马良说："我也不会笑啊！"

牛东新说："学学。"他露出一脸堆笑，马良没学就笑了。

牛东新说："你看你这不是会笑嘛！"

唐玉回来之后，马良冲着她笑了笑。唐玉挨着马良妩媚起来。刚才，唐玉到卫生间往身上喷了点儿香水。

香水的味道不是刺鼻子的那种，淡淡的，像是从很远的地方飘过来的似的，但这要比浓浓的更沁人心脾。

马良还是不怎么和唐玉说话，他的嘴里吃着海鲜，眼睛看着牛东新，但心却不知飘到哪儿去了。唐玉裙子下的长腿没穿袜子，皮肤光滑细嫩。她假装不经意地把腿挨到了马良的腿。隔着裤子，马良都舒服得不行不行。后来，唐玉就把腿彻底黏在马良的腿上。马良一只手拿着酒杯，另外一只手放在了桌子下。唐玉也用一只手在桌子底下轻轻地摸着马良已经湿漉漉的手。马良的手被唐玉握着，慢慢地，唐玉把马良的手放在自己的腿上。唐玉用双腿夹着马良的手轻轻地蠕动着。马良的手向大腿的深处摸了一下，他以为会摸到个小三角裤之类的，但什么也没有。马良感到气短，这是血压高了。往常有这个症状，他得吃片药降降。但马良不想降。降血压是为了身体舒服，现在不降同样也舒服！

桌子下，马良让唐玉弄得舒舒服服。桌子上，马良则和牛东新兴致勃勃地谈着政府机关的人事变动。这些是牛东新关心的。牛东新听得津津有味。他看出，马良与唐玉之间像是有了默契，但桌子下已经进展到这个地步，还是出乎他的意料。

怕马良腼腆，牛东新事先安排了三部曲，吃饭、唱歌、进宾馆。按这个速度，现在就可以让他们进宾馆了。但吃完饭，牛东新还是按部就班地对马良说：“去唱会儿歌吧？”马良说：“好好好！”

三个人来到了郝飞的夜总会。进了包房，唐玉就坐在马良的身上拿着遥控器点歌。她的手搂着马良。马良多少有点不好意思。牛东新急忙找个借口退了出去，他没想到会这么顺利。他来到了郝飞的办公室，说明了情况。郝飞笑了，他说：“牛老板，这下你不用到宾馆开房间了。他们在包房里就能完成任务。”牛东新说：“不会吧！你这儿的包房不是用来唱歌的吗？”郝飞说：“有时也能干点儿别的。一会儿，你还得加钱啊！”两个人说笑着，等待马良在包房里完成使命。

唐玉非常敬业，她让马良躺在长沙发上，用两个桃子一样的乳房让马良心潮起伏，热血沸腾。

马良问：“别人不会进来吧？”

唐玉说：“放心吧，谁也不会进来。”她脱下了马良的裤子，拿出了避孕套。

马良说：“你现在不是在安全期吗？不戴套行不行？我戴套不舒服！”

往常，在这个问题上，唐玉得坚持坚持，但这次唐玉犹豫了一下就把套子放进了兜里。马良把唐玉的头拉到跟前，要吻唐玉，唐玉也接受了。唐玉很少与客人接吻。马良的故事让唐玉十分感动。她愿意让马良想怎么舒服就怎么舒服。

为了配合马良，唐玉动情地呻吟着。马良说：“你叫唤得真好听。”唐玉问：“有她叫得好听吗？”马良没明白。唐玉还问：“你后来找到她了吗？”马良问：“谁呀？”唐玉说：“你女朋友啊！”马良糊涂了，但现在他也没心思深问，他太舒服了。第一次完了，他问唐玉：“再来一次行吗？”唐玉笑了，她没想到马良这么大岁数了，还挺有战斗力的。她说：“只要你身体吃得消，几次都行！”

马良的身体哪吃得消啊！第一次血压就不知道有多高了。这个时候，说什么也得吃降压药了。但马良还没吃，他怕吃了药就没性欲了。第二次尚未结束，马良的心脏不行了。唐玉还以为是高潮反应呢。她问：“想不想再来一次啊！”马良快说不出话来了，他艰难地说：“我……犯病了，送我……上医院。”

–6–

把马良送到医院后，郝飞也快被吓出心脏病了。他埋怨牛东新：“马良有高血压，你怎么不说一声呢！”

牛东新说：“这还用说嘛，领导干部哪个血压不高啊？”

郝飞说：“多危险哪。”

牛东新说：“谁说不是呢！”他也被吓哆嗦了。

把马良送到医院之后，危险并没有过去。医生在抢救前简单地问了问情况。郝飞和牛东新都说：“晚上在一起喝酒来的，喝着喝着，他就不行了。”医生还训斥他们俩说：“既然知道他有高血压，怎么还喝那么多的酒啊！”

两个人没敢说马良除了喝酒之外还干别的了。

不如实向医生说明发病事由，可能是导致马良死亡的一个原因。当然，即便医生知道原因也不见得能挽救马良的生命。抢救心脏病突发的病人，动作不能过于激烈。郝飞怕马良死在夜总会里，没叫救护车，直接开车把马良送到了医院。另外，马良血压高成那样了还不吃降压药，本身就是在拿自己的生命开玩笑！总之，马良的命挺苦。来到医院没多久，就与世长辞了。

马良的老婆吴静赶到医院这个哭啊！哭声回响在寂静的走廊里。牛东新和郝飞吓得都不敢靠前去安慰她。吴静要是知道马良是这么死的，肯定不会饶了他们！既然和医生都说谎了，和吴静更不能说实话了。

郝飞把自己先摘出去，他对牛东新说："你告诉吴静，就你和马良两个人喝的酒。"

牛东新不想一个人担责任："说我们俩好吗？把你也加上得了。这样吴静就不会怀疑了。"

郝飞说："加上我不好，都知道我是开夜总会的，别再引起吴静新的怀疑。再说了，这个事儿本来就是你引起的。而且，也确实是你和马良在一起喝的酒。你这么说，能说清楚，如果再把我加进来……"

牛东新说："行了行了。既然这样，这个事儿，你就不用管了，全都由我一个人扛吧！"

郝飞还安慰牛东新说："你也别有思想负担。这个事儿不幸中的万幸是马良死在了医院里，要是死在夜总会，麻烦可就大了。"

牛东新说："这麻烦也小不到哪儿去！"

牛东新硬着头皮走到了吴静的跟前。吴静都有些神思恍惚了。牛东新眼含热泪地看着吴静，说："马良最近心里很苦。你家女儿就要出国上大学了，可听说，家里学费还不太够。马哥就和我做成了一个项目，他挣了整整50万。他太高兴了，他说，你们家姑娘的出国钱这下全都够了……就这么的，他就多喝了几杯。嫂子啊，嫂子！是我害的马大哥呀！"

吴静见马良是为了女儿才以身殉职的，更是心疼不已。她握着牛东新的手，痛哭不止。牛东新被深深地感染了，他闭上眼睛也放声大哭起来。牛东新不愧为男人啊，他的哭声比吴静响亮多了，躲在医院厕所里的郝飞都听得清清楚楚。

－7－

殡仪馆所在地过去是一家化工厂。这里依山傍水，风景如画。工厂效益好的时候，工人们曾把这里称作天堂。化工厂倒闭后，有人建议在此修建一处殡仪馆，说，这里开工厂不行，开个殡仪馆肯定不错。于是殡仪馆就建起来了，且规模宏大，装修得古色古香，走进院子里确实有点进天堂的味道，只是建筑风格太现代了，冷眼一瞅以为是个度假村。

殡仪馆中存放尸体的瞻仰厅收费相差很大。宽大豪华的收费高，窄小简陋的收费低。最大的是“万古常青”厅，这得按小时收费。马良生前就爱脸，死后放这里瞻仰也是理所应当。只是马良被送来的时候不巧，这个厅被人预订上了。吴静倒没说非得进“万古常青”厅。她已经哭得迷迷糊糊。她说：“有个地方放就行。”但牛东新不干，本来马良死得就窝囊，说什么也不能让马大哥再受委屈。

牛东新领着苏岩找到了馆长。馆长认识牛东新。牛东新说：“马良死了。”

馆长很震惊，说：“是吗是吗？”他要过去给吴静表示表示。

牛东新说：“表示就不用了。你把你们这儿的那个什么‘万古常青’厅，让马良用用吧！”

馆长却说，另外一个“永垂不朽”厅也不错。牛东新说，马良不要永垂不朽，只想万古常青。但馆长支支吾吾就是不同意。后来才搞清，原来有个大款快不行了，家属怕殡仪馆里这个最好的瞻仰厅被占上，就提前花钱租了下来。

牛东新火了：“这是放死人的地方，人还没死租下来干个毛啊。赶紧的，马良都到门口了，先让马良进去待两天。”

馆长态度和蔼地解释说：“牛总，你要理解我，我们这是企业，得讲信用。”

牛东新气得给苏岩使了一个眼色，意思是让苏岩给馆长两句。苏岩压根儿就不认识这个馆长，他说有个屁用。

牛东新见苏岩没吱声，气呼呼地走出馆长办公室。他质问苏岩："为什么不说话？"

苏岩说："我怕他。"

牛东新说："你不是谁都不怕吗？"

苏岩说："那也得分谁呀！这小子是这里的一把手，将来我归他管的时候，他虐待我，你负责啊！"

牛东新让苏岩赶紧想想办法，运送马良的灵车都到门口了。

苏岩说："我也没办法。"

牛东新想了想，给刘耕地打了一个电话。电话起了作用。馆长很快派人乖乖地把"万古常青"厅打开了。牛东新感慨地对苏岩说："你看，光有钱有鸡巴毛用，没点关系，人死了都没地方放。"

苏岩却不以为然："死了放哪儿不都一个鸟味！"

让马良进这个最大的厅，牛东新认为是必要的。马良生前朋友无数，前来吊唁瞻仰的人肯定要络绎不绝，可事与愿违，整整一上午总共也没来十个人。牛东新气得这个骂呀："全都是势利眼哪！去年，马良的母亲去世的时候，来的轿车都排到国境线上了。可轮到马良了，却都不肯露面了。真是人走茶凉啊！苏岩哪，认清人的本来面目啊！太可怕了！"

苏岩说："你少说两句吧！今天你怎么话这么多呢！"

逼真的苍松翠柏之间，胖乎乎的马良躺在鲜花当中慈祥地闭着眼睛。前来吊唁的亲友们，稀稀拉拉地走上前，恭恭敬敬地表示哀悼。苏岩向马良认认真真地三鞠躬，并向家属表示了心意。苏岩和马良不怎么熟悉，他不来都正常。苏岩起初也没打算来，他来主要是牛东新找他。牛东新让苏岩帮着把马良的火化证开出来。这种事儿，只要有医院的死亡证明，派出所都会痛痛快快地办的。但这种事儿牛东新没办过，他以为会很麻烦，所以，就让苏岩去办。

大概是做贼心虚，牛东新见到苏岩却一直不问。中午快吃饭的时候，牛东新才像突然想起了似的问苏岩："哎，火化证带没带来？"

苏岩说："派出所不给开。"

牛东新说："为什么？"

苏岩说："不知道。"

牛东新说："你怎么不问问呢？"

苏岩说："我问了，派出所不搭理我。"

牛东新说："你是市局的，派出所还敢不搭理你！别开玩笑了，你是不是已经开出来了？"

苏岩说："你真聪明。"

苏岩从兜里掏出来递给牛东新。

牛东新接过去看了一眼，蒙了："这是什么呀？"

苏岩说："这是传唤证。你现在得跟我回去一趟。"

牛东新哆嗦地问："回……哪儿去？"

苏岩说："你说还能回哪儿，回刑警队呗！"

–8–

十多年前，警察搞案子还不像现在这么规范。回到公安局后，苏岩直接把牛东新带到了刑警队的审讯室。

进屋之后，苏岩只打开了一个射灯。光线投射的地方能看到一个凳子和桌子。这有点吓人。凳子是铁的，上面还有铁链子和手铐，分明是用来绑人的。桌子上放着一个电警棍。苏岩拿起警棍按动了一下，闪动的火花在幽暗的房间里跟鬼火差不多。

牛东新为了给自己壮胆，鼓足勇气问苏岩："你把我带这儿来干啥？"

苏岩看着牛东新，由于背对着光线，牛东新看不清苏岩的脸。苏岩平静地说："你们吃完饭结账的时候，应该是晚上 8 点 50 分。可你们到医院时都快 11 点了。这两个多小时，你们在哪儿来的？"

牛东新傻眼了，他额头上的汗水在灯光下闪闪发亮。

苏岩走到牛东新的跟前："你看你哆嗦的。老牛，咱们干的工作不一样。挣钱吧，我 100 个都赶不上你，可玩这一套，你 1000 个也不如我。咱们关系好是好，可毕竟这涉及人命啊！就算我不深究你，我们刑警队的其他人也不会放过你！你别让我为难了，到底咋回事儿？"

牛东新说："晚上我请马良喝酒。喝完酒，他要去唱歌，我就把他领到了郝飞的夜总会。郝飞可能是给他安排了一个小姐，陪着马良唱歌来的。"

苏岩说："别的呢？"

牛东新说："别的我就不知道了。"

牛东新不敢全都说出来。苏岩也没问，这么点儿破事儿，用不着问那么细。苏岩把牛东新带到了自己的办公室。高军正在屋子里看书。

苏岩对高军说："我出去一趟。你陪牛总谈谈心。"

高军说："好，没问题。"这时，牛东新的手机响了。他掏出来刚想接，苏岩向高军使了一个眼色，高军冷漠地对牛东新说："牛总，您把手机关了行吗？"牛东新赶紧把手机关了，规规矩矩把手机放在了桌子上。

－9－

办公室的门没锁，用手推完全可以，但苏岩却一脚踢开。

郝飞坐在椅子里愣了一下。苏岩走到他的跟前，没有表情地看着他。

郝飞知道事儿不好了，十分紧张："苏……苏队长。"

苏岩说："那个小姐叫什么名？"

郝飞说："哪个小姐？"

苏岩说："我问你最后一遍，那个小姐叫什么名？"

郝飞说："唐玉。"

苏岩说："你让她到门口。"

郝飞说："行行行。"他打完电话，苏岩说："走吧！"郝飞问："干什么去？"苏岩拿出了传唤证，递给郝飞："找你俩咨询点儿事儿，行吗？"郝飞说："行行行。"

回到公安局，苏岩没审唐玉，直接审的郝飞。

"郝老板，说说吧！"

郝飞搞不清牛东新都和苏岩说什么了，还试探苏岩："马良喝多了来唱歌，就是这么回事。"

苏岩说："小姐是你安排的还是马良自己找的？"

郝飞说："是他自己找的！"

苏岩盯着郝飞："多大个事儿呀！用得着撒谎吗？"

郝飞不吱声了。

苏岩站起来走到郝飞的跟前，不软不硬地说："你要是再撒谎的话，就……不应该了。"

郝飞只好老老实实地说道："马良说他除了老婆没干过别的女人。牛东新不相信，就找到我，让我给安排安排。我跟他说，我可安排不了，我这儿的小姐只坐台不出台。牛东新说，别的你就不用管了，你光给安排就是了。牛东新这么说，我也没法拒绝。因为他的要求一点都不过分，别说是他，就是普通的客人来让我给他安排，我也得安排啊！但是，我安排只是安排小姐陪唱歌，别的我可没安排。我没有撒谎，不信，你可以去问问，我在夜总会严令禁止小姐们出台。”

苏岩打断他：“牛东新不相信马良没干过别的女人就让你安排？”

郝飞点了点头，说：“牛东新好像和别人打赌了。”

“赌什么呀？”

“好像是一万块钱。”

“你怎么知道？”

“牛东新亲口告诉我的。”

苏岩把牛东新叫来，当着郝飞的面，问牛东新是不是这么回事。牛东新否认道：“没有。”郝飞看着牛东新，牛东新却不看他。郝飞气得呼吸都急促起来，他说：“牛东新，你是不是人？”牛东新说：“你别咋咋呼呼的。”

苏岩对牛东新说：“老牛，你回去吧！没你事儿了。”

牛东新说：“你是让我回家吗？”

苏岩点了点头。

牛东新走了之后，郝飞说：“行了，我认了。”

苏岩说：“你认什么？”

郝飞说：“我认倒霉呗！牛东新不承认，我只能承认是我给马良安排的。”

苏岩说：“安排什么？”

郝飞说：“安排的小姐。”

苏岩说：“怎么安排的？”

郝飞说："我让小姐陪马良上床。"

苏岩说："这么简单的事儿，早痛快点儿，不就完了。"

– 10 –

事儿虽然简单，可苏岩向局长陈凯鸣汇报就复杂多了。

"马良有心脏病，高血压，郝飞却让那个小姐好好陪陪。那个小姐连续陪了马良两次。这么大岁数了，这不是开玩笑嘛！陈局长，我觉得这个事儿很严重。马良帮了很多人，也得罪了很多人。郝飞好像求过马良什么事儿，但马良没给他办。你说会不会郝飞对马良怀恨在心呐。他用这种方式来报复马良！这可是杀人不见血呀！咱们是不是马上立案彻底调查一下？"

陈凯鸣凝视着苏岩，冷冷地说："你说的，我感觉有点像电视剧。"苏岩没吱声，心想，坏了。陈凯鸣叹了一口气："用这种方式谋杀一位政府官员，郝飞有这个胆量吗？"苏岩依然嘴硬："难说呀！"

陈凯鸣笑了："你个小兔崽子，心里不定又在想什么坏主意呢！这个事儿吧，你得谨慎。马良死在了……女人身上。这叫丑闻呐！这要是传出去，影响可了不得。"苏岩说："陈局长，你放心吧。我一定谨慎。"

苏岩向局长如此汇报无非是想借机好好查查郝飞，但由于局长怕引来满城风雨，苏岩就得要小心谨慎了。这样一来，查郝飞就不那么容易了。因为即使马良死在夜总会里，也属于意外事件，郝飞不承担刑事责任。现在能处理郝飞的，也就是夜总会涉嫌卖淫嫖娼了。

可高军告诉苏岩，卖淫嫖娼也定不上，这个叫唐玉的小姐没要钱。她和马良那样完全是因为喜欢马良，她心甘情愿地以身相许。

苏岩挖苦高军："怎么的，你现在还相信爱情了？"

高军说："要不你去审她吧！"

苏岩不高兴了："一个小姐还得我去审，你还能干什么？"

高军不吱声了。他年龄比苏岩大，资格也比苏岩老，但挨欺负的却总是他。

苏岩来到审讯室，唐玉从椅子里站起来。苏岩阴着脸："认识我吗？"唐玉没出声。苏岩说："我问你话呢！"唐玉说："不认识。"苏岩说："我是刑警队的苏岩。"唐玉马上说："我知道。"

苏岩走到唐玉的跟前，唐玉低下了头。苏岩吸了吸鼻子，闻到了什么。

苏岩说："抹香水了？"

唐玉点着头。

苏岩说："啥意思？"

唐玉没吱声。

苏岩说："我问你话呢！"唐玉小声地说："没意思。"苏岩笑了："怎么没意思？我们高大哥都让你给整迷糊了。你挺厉害呀！"唐玉说："我……我不厉害！"

苏岩抬手给了唐玉一个耳光。唐玉被打了一个趔趄。她捂着脸低着头，一声不吭。

那个时候的警察对待小姐、嫖客之类，真是一点不客气。

苏岩说："我眼里只有好人和坏人，不分男女。你要是再给脸不要脸，我可真不惯着你了。唐玉，我要是处理你，可不会罚点款就拉倒了，最低是劳教三年。将来出来，我抓住你还是三年。再出来，你脸上的褶子比你妈的还多！"

唐玉抬起头小心翼翼地看着苏岩。

苏岩说："能不能老实？"

唐玉认真地点了点头。

苏岩点燃了一支香烟："一共给了你多少钱呐？"

唐玉犹豫了一下："我真的没要钱。郝哥把钱都放到我手里了，我又给他塞回去了。"

苏岩问："为什么？"

唐玉一五一十地讲了郝飞说的那个什么女朋友为了男朋友上学不惜去卖淫，后来男朋友这些年一直在苦苦地寻找昔日的女朋友什么的事儿。唐玉说着说着，眼眶里湿润了。

苏岩目不转睛地看着唐玉。唐玉被看得有点不知所措，她躲避着苏岩的目光，说："我承认我干这个就是为了钱，但我和他确实没要钱！"

苏岩吐了一个烟圈，问唐玉："你抽吗？"

唐玉不解地看着苏岩。

苏岩又问："你抽不抽烟？"

唐玉说："我……抽。"

苏岩从烟盒里掏出一支烟递给唐玉，唐玉急忙接过去。但她把烟放在手里，没敢放在嘴里。苏岩指了指桌子上的打火机。

唐玉拿起打火机迅速地点燃了，她抽了一口。

苏岩说："我这烟是真的吗？"

唐玉说："是……真的！"

– 11 –

牛东新把车停在了公安局的门口。苏岩上了他的车。牛东新小心翼翼地问苏岩："最后能怎么办呐？"

苏岩说:“郝飞得进去。”

牛东新满脸愁容。

苏岩说:“也没你事儿，你愁什么呀？”

牛东新说:“毕竟是我让郝飞找的小姐。郝飞要是进去，我得多内疚啊！”

苏岩说:“你有什么可内疚的？你心里得有点数儿。别以为我不知道，当时喝酒的时候，那个小姐也在场。我要是往狠了查，你也得牵扯进来。”

牛东新吓得不敢吱声了。

苏岩说:“现在，你可千万不要整没用的。我知道你关系多，但这个事儿，你就不要跟着搅和了！懂不懂？”

牛东新说:“那……你想怎么处理郝飞？”

按目前情况没法处理郝飞，但苏岩故意吓唬牛东新:“这得看将来法院怎么判了！”

牛东新更紧张了:“还得经过法院呐，那不得全市都知道啊！能不能别整那么大呀！”

苏岩说:“出了这么大的事儿，只能往大了整了！”

牛东新说:“那……马良……别人不都得看笑话！”

苏岩说:“他都到天堂了，还在乎别人笑话？他看别人笑话吧！”

– 12 –

苏岩把牛东新吓坏了。为了不让丑闻扩散出去，牛东新动用了一切可以动用的关系。

关系很快起了作用。晚上下班前，苏岩被叫到了局长陈凯鸣的办公室。

陈凯鸣阴着脸坐在椅子里，问苏岩：“郝飞的案子查得怎么样了？”

看到局长这个表情，苏岩心里就明白了，他马上说：“查不下去了！马良的死与郝飞一点关系也没有。马良的死极可能与感情有关。”

陈凯鸣的脸上立刻露出了笑模样：“到底怎么回事呀？”

苏岩把马良上大学的时候很穷，女朋友就去夜总会当了小姐的故事讲了一遍。

陈凯鸣聚精会神地听着。

苏岩说：“马良给小姐讲了他的身世之后，小姐这个哭啊！马良就以为，他打动了这个小姐。其实，这个小姐是假装动情了，她在玩心眼。她想让马良把对女朋友的感情都转移到她的身上。小姐看出马良是个大人物，所以，马良给小姐钱，小姐死活不要。马良这个感动啊！他没承想世界上还有不要钱的小姐。马良表示，将来小姐要是有事儿求他，他绝对办！小姐乐坏了，不仅不要钱，还对他用上功夫，又是这样又是那样。她想让马良永远忘不了她，但没承想，马良的心脏病犯了。”

陈凯鸣叹了一口气：“马良啊马良！嗨，小姐是想要放长线钓大鱼，他还以为人家动情了！”

苏岩说：“陈局长，不管小姐是什么动机吧，反正是她和马良上床没要钱。现在要说小姐是卖淫呢，定不住啊！”

陈凯鸣说：“既然定不住，就不要往下查了。查下去就得对马良的尸体进行解剖，这样一来，马良的事儿，就不可能保密了。市里希望这个事儿要低调。马良从参加工作以来，一直是兢兢业业，工作作风、生活作风都非常正派。尽管晚节不保，但毕竟付出了生命的代价。现在再追究马良既没有实际意义，也会给他的家人和孩子造成无法估量的影响。所以，市里表示对此要格外慎重。刚才我还寻思怎么和你说呢，既然现在连嫖娼都定不上，那马良的死纯属意外事件了。”

– 13 –

苏岩放郝飞的时候，郝飞满脸堆笑，一个劲儿地说着感谢的话。

苏岩说：“你不用感谢我。”

郝飞说：“我当然得感谢了。苏岩，你不了解我……”

苏岩说：“我了解你干吗？”

郝飞说：“我们现在不是朋友了嘛！放心吧，你看将来我怎么报答你！”

苏岩火了：“你报答我？你算个屁啊你报答我！我明白告诉你，郝飞，这次算你运气好。要不是牛东新帮你，我整死你！”

郝飞吃惊地看着苏岩。

苏岩指着郝飞：“你不用这样看着我。马良的事儿，开始我就知道和你没关系，我就是想整你！”

郝飞的脸挂不住了。一个人真要整谁，不会公开说的。苏岩能公开地说出来，很显然，这是今后不想处了。

– 14 –

牛东新向郝飞一个劲儿地道歉：“苏岩这个兔崽子，上来那个劲儿，六亲不认。我当时要不把责任都推给你，他肯定也不会让我出来的。我要是出不去，谁救你啊？”

起初，郝飞对牛东新很生气，但被苏岩骂了以后，他对牛东新的气反倒消了。

郝飞问牛东新：“你给马良的老婆拿了多少钱？”

牛东新说：“50万。”

郝飞说：“50万算咱俩的。明天我让司机给你送去。”

牛东新说：“你可真有意思。不用不用。”

郝飞说：“马良人不错，我表示表示也是应该的。”

牛东新明白，这是郝飞给他牛东新表示的。郝飞想感谢自己在外面为他的事儿忙乎了半天。

牛东新说：“郝老弟，这个事儿吧，起因在我，你纯粹是帮忙，你帮了我的忙不说，还差点被连累了。我应该给你钱才是！”

郝飞拍了拍牛东新的肩膀说：“谢谢了。”

牛东新乐了：“怎么还学会拍肩膀了！”

郝飞也乐了。

两个人开始说说笑笑，像是又回到了从前。这个时候，他们俩其实应该谈谈马良，毕竟那么一个胖胖乎乎的大活人刚刚离开他们，哪怕叹息叹息也是那么回事呀！

没有，马良的事儿已经过去了，过去了就过去了！

牛东新说：“我感觉苏岩对你有点意见呐！”

郝飞说：“何止是意见呐！”他把苏岩那副丑恶的嘴脸说了一遍。

牛东新说：“你什么时候把苏岩得罪了？”

郝飞说：“我没得罪他呀！”他气得要命：“这个苏岩也太能装了。我看他比局长还牛逼！”

牛东新说："你是不是和苏岩也装过呀？"

郝飞这才说："反正我不怎么搭理他。"

牛东新说："这就是你的不对了。郝飞，你有个毛病。警察里能管着你的，你就交；管不着你的，你就不交。这不行。你以为光治安科的警察能管着你？我告诉你，这帮警察你谁也惹不起！看没看见，多悬呐。马良真要是死在你的夜总会里，苏岩肯定得把你弄进去。"

–15–

牛东新小学没毕业，有钱之后最不愿意别人问他的学历。他没事就买书看，什么书都买，什么书都看。有一次，牛东新看《时间简史》，苏岩问他："能看懂吗？"牛东新说："怎么不懂啊！我跟你讲讲。"苏岩揭发他："小学都没毕业，还给我讲！"

牛东新满脸通红。苏岩当时挺震惊，这么不要脸的人也能脸红？从那之后，苏岩不再提小学没毕业的事儿。

牛东新把苏岩约到了"香水"茶馆。这个茶馆有个大包房，是属于牛东新的。苏岩坐在柔软的沙发里。牛东新问苏岩："喝什么茶呀？"苏岩说："什么茶贵呀？"牛东新说："贵的不见得好喝！"苏岩说："我不喝好的，我只喝贵的。"

牛东新让服务员冲了最贵的茶之后，苏岩又说："别请我喝茶了，你看都中午了，请我吃点儿海鲜行不行？"

牛东新笑了："怎么不早说呢！"

苏岩说："我哪儿好意思啊！"

牛东新说："怕你说我没文化，我不好意思总请你吃饭。"

苏岩说:“你整反了，只有没文化的人才总喝茶呢！像我这么有文化的，只能天天吃海鲜！”

两个人离开茶馆，驱车来到了海鲜世界。在展台，苏岩不客气地点了几个海鲜大菜。牛东新订了个至少可以容纳15个人的包房。

苏岩说:“整这么大房间干什么？”

牛东新说:“请你吃饭，不得讲究点嘛！”

吃饭前，牛东新把白色的围巾铺到自己的跟前，装得蛮斯文的样子。菜上来之后，苏岩甩开腮帮子风卷残云。

牛东新说:“瞧瞧你，哪儿像个上过大学的人呐！”

苏岩想挖苦他，但一想正在吃人家的，就笑了笑没说什么。

两个人正吃着，郝飞拿着酒瓶子进来了。苏岩像是没看见似的继续大口地吃着。

郝飞说:“两位，我敬一杯酒。”

苏岩说:“我不喝酒，你敬他一个人就行了。”

郝飞说:“那你喝饮料吧！”

苏岩说:“饮料我也不喝。”

郝飞放下酒瓶子，拿起桌子上的饮料，给苏岩的杯子倒满了，他说:“你随意。”

郝飞干了。

牛东新也干了，他们杯子里全是白酒。牛东新看着苏岩，苏岩只好拿起杯子，把饮料干了。

郝飞离开后，牛东新问苏岩:“你对他怎么这么大意见呐？”

苏岩说:“没有啊！”

牛东新说:“肯定有。苏岩呐，你可别小瞧他呀！郝飞这小子挺深呐！”

苏岩说："一个开妓院的，深能深哪儿去？"

牛东新说："有一回我请刘耕地吃饭，你猜在隔壁我碰到谁了？郝飞和胡树魁，他们俩当时喝得脸红脖子粗。连刘耕地都过去和郝飞喝了一杯酒！"

苏岩半信半疑地看着牛东新。

牛东新说："郝飞开夜总会跟别人不一样。谁开夜总会不是为了挣钱，郝飞就不在乎。为什么你们公安局很少找他的麻烦？他是真的要求小姐们不准出台。"

苏岩说："还少出了？"

牛东新说："那都是偷偷摸摸的。因为真要是一个都不让出，小姐们谁还来上班啊！但他真的不在乎小姐们为他创造财富。"

苏岩冷笑道："你的意思是说郝飞开夜总会是帮助小姐再就业呗！他的心挺好啊！"

牛东新说："我说了你又不相信。郝飞真不在乎挣不挣钱。他开这个夜总会就是能有点营生。人要是什么都不干，得多寂寞。"

苏岩说："你一天不就什么都不干吗，你也不寂寞啊！"

牛东新说："我看书呀！书让我觉得生活太有意思了。"

苏岩说："你能不能不逗我笑！"

牛东新喋喋不休地赞美着郝飞。

苏岩烦了："老牛，你别说了。我对郝飞没意见。他的小姐就是天天出台，和我们也没关系。只要他不杀人不放火，我们刑警队不会找他麻烦的。"

第二章
CHAPTER 2 〉

－1－

屋子里有一个花枝招展的小姐坐在桌子上，郝飞坐在对面摸着她的腿说着什么。他见苏岩进来，把小姐从桌子上拽下来让她先出去，小姐边走边说着什么委屈的话儿。

郝飞说：“我知道了，一会儿我再找你。”

小姐出去后，苏岩对郝飞说：“我要是再晚进来一会儿，你是不是就不光摸腿了？”

郝飞说：“不能。你不知道，这个骚货也就是腿还行。”

郝飞殷勤地给苏岩拿烟倒水，满脸笑容。东扯西聊了一会儿，苏岩忽然说：“求你一件事儿行吗？”

郝飞说：“什么事儿？”

苏岩说：“你给安排个人儿呗！”

郝飞说：“什么人？”

苏岩说：“我有一个朋友从外地来，想要找个女人。”

郝飞说：“真的……假的？”

苏岩说：“我知道你这儿的小姐都不出台，你看能不能为我这个朋友……”

郝飞说:“没问题。你把他领到夜总会，我给他挑几个最好的……”

苏岩说:“我这个朋友不想找小姐。他想找个学生。”

郝飞说:“学生我可不好找。”

苏岩说:“你不用找学生，你找一个小姐假装成学生就行。”

郝飞说:“那没问题。”

郝飞嘴上说没问题，心里却觉得问题很大。

一个人民警察竟然公开让一个开妓院的找小姐!

– 2 –

牛东新要组织一次文化交流。他打电话问苏岩能否赏脸。苏岩问，怎么个交流法?牛东新说，研究研究浪漫。

苏岩说:“一个浪漫研究个屁?”

牛东新不高兴了:“这叫什么话?”

苏岩说:“你别生气，我是不明白你到底要研究什么?”

牛东新说:“我们准备从历史、文化角度探讨一下浪漫的起因和发展。”

苏岩笑了。

牛东新说:“你别笑。你就说晚上有没有时间吧?”

苏岩说:“我没时间。”

牛东新说:“那好吧!”他挂断电话，没多久又打来电话，还是希望苏岩能够赏脸参加这次文化交流。从马良的事儿之后，牛东新总找苏岩。苏岩有点烦了，他不想和牛东新来往太密切。

苏岩说:“牛老板，你是有身份的。你邀请我是给我面子，但我确实没什么文化，我怕去了给你丢脸。”

牛东新说：“老弟，你来吧，你来能给我长脸。”

苏岩见牛东新这么说，再推辞也不好。他说：“你这个文化交流在哪儿搞呀？不会在茶馆吧！”

牛东新说：“不在茶馆，在饭店。”

参加文化交流的有副区长刘耕地、电视台节目主持人郭秋梅、报社主任记者郭鸣武，还有从南方来的一位作家钟骅。苏岩在这些人当中地位是最低的，他有点尴尬。

牛东新向刘耕地介绍苏岩：“刘区长，这是我最好的朋友。”苏岩搞不清楚是否应该和刘耕地握手，平时见他都是在主席台上，现在离得这么近有点别扭。

刘耕地主动握住苏岩的手说：“你也不像个警察呀！”

牛东新说：“他怎么不像？”

刘耕地说：“多文质彬彬呐！你看陈凯鸣，一瞅就是警察！”

牛东新笑了，像是要说什么，苏岩怕牛东新说难听的，赶紧向他使了一个眼色。

牛东新说：“刘区长，你怎么说陈凯鸣一瞅就像警察呢？”

刘耕地说：“你看他那眼睛多凶啊！每次他向我汇报，他一瞅我，我就不舒服。我以为我犯了什么错误呢！”

郭秋梅附和道：“刘区长，您说得真对。我也有这种感觉。每次采访陈局长，我都不敢瞅他的眼睛。”

大家就座的时候，郭秋梅想要挨着刘耕地，牛东新没让。他让郭秋梅挨着苏岩，又让郭鸣武挨着郭秋梅。他说：“你们都姓郭，又都是记者，你们俩好好看着苏岩。这个警察不老实。”

那个南方来的作家，被牛东新安排在了主宾的位置，牛东新、刘耕地分坐在两边。刚进房间的时候，苏岩没太注意钟骅。这个南方人很不起眼，小鼻子小眼睛小个头，皮肤一点光泽也没有，感觉像是发育不良，如此其貌不扬，却被安排坐在了主宾的位置。

刘耕地举起酒杯，代表全市人民对钟骅光临本市表示热烈欢迎。大家鼓掌，苏岩也跟着鼓。郭秋梅闪亮的眼光聚焦到钟骅的脸上。

钟骅客客气气地表示了感谢。开场白之后，刘耕地大声地说笑着。屋子里笑声不断，有些话并不可乐，可他说完大家都跟着乐。郭秋梅乐得眼泪都出来了。有领导在场，一般只能听领导有说有笑，牛东新却不时地插话抢话，但刘耕地没流露出一丝一毫的不愿意。

刘耕地喝了两杯酒之后，站起身对大家说："各位慢慢用，省里来了一个检查组，我还得去陪他们。"

大家站起来。刘耕地穿好了外衣说："大家请坐。"他转身和钟骅握手："到了我们这里，好好玩玩，有什么困难尽管吱声。"

钟骅说："谢谢区长。"

大家目送领导出屋，牛东新送刘耕地来到了门口，他小声地趴在刘耕地的耳边说了什么。刘耕地笑了，亲昵地拍了牛东新的肩膀一下。苏岩想起了陈凯鸣说过的一句话，有点像电视剧了。

刘耕地走了以后，牛东新说："我们是文化聚会，本来没邀请刘区长参加，但他一听说我们的聚会，说什么也要参加。领导嘛，咱们也不能拒绝呀！但说良心话，他在吧，咱们这个文化交流也真不太好开展，说深了吧，怕领导误会；说浅了吧，就失去开这个会的意义了。嗨，还好，刘区长还有新的活动！"

苏岩说："他没活动，他也待不下去了。你看看你刚才，哪儿有你那么说话的，你不是在撵区长嘛！”

牛东新很得意，他知道苏岩是在变相抬高自己。牛东新谦虚地说：“我可没撵刘区长！是他自己走的好不好！再说了，我撵他，我得喝多少酒啊！”苏岩说：“你不喝酒你也这样！今后，你这个毛病得改一改，上次你看你把刘区长说的，好像你是他爹似的。人家毕竟是副区长，你得给人家留点面子啊！你这样，真不好！”

牛东新不敢往下接了，他摸不清苏岩是真心捧他还是要耍他。牛东新急忙打住这个话题，他说：“好了，现在我们言归正传。我们今天继续文化大讨论，人为什么要浪漫？苏岩，上次，你由于工作忙没有来参加我们的讨论，今天，你可以先听听大家的意见。”

大家开始发言。

郭秋梅说：“浪漫是一首爱情诗，每次读它的时候都会让我心潮起伏！”

郭鸣武说：“你这哪是浪漫呐，你这是高血压！你现在应该吃片药了！马良你知道吧，他就是血压高了还不吃降压药，结果永远离开了我们。”

郭秋梅说：“真的？”

郭鸣武说：“真的，不信你问苏岩。”

郭秋梅问苏岩：“是真的吗？”

苏岩说：“别听他胡扯。马良是心脏病犯了。”

郭鸣武说：“心脏病不错，问题是什么引起的呀？”

牛东新说：“说浪漫怎么还讨论起心脏病和高血压了。赶紧的！都正经点儿。我们这是在学术探讨。”

这种文化沙龙苏岩头一次参加，他感觉挺好玩！

郭鸣武说：“什么是浪漫，浪漫就是新鲜。郭秋梅像你，现在有人给你送鲜花，你还能觉得浪漫吗？不会了，因为你现在已经不是从农村出来的那个村姑了。你现在是主持人，有的是给你送鲜花的，你觉得不新鲜了。所以，再给你送多少鲜花你也不觉得浪漫了。”

苏岩说：“那也不能给她送花圈呐！”

郭鸣武说：“那得看什么样的花圈，如果花圈上有钻石有项链……”

郭秋梅说：“郭鸣武、苏岩你们这两个犊子，都滚！”

苏岩说：“你让我们滚干什么，郭鸣武说得有点道理，真的，参加你们的文化聚会，我增长了不少知识。”

郭秋梅说：“你们说的都是歪知识，反正我觉得浪漫是很崇高的。”

郭鸣武说：“那可不见得，浪漫有时候也很下流。比如像你这样的女人，平时接触的净是高尚的男人，他们总是给你稳重、成熟、有修养的印象，但我认为，这些崇高的男人你已经看够了，你现在需要的是刺激。如果现在你被一个流氓强奸了，妈呀，你会觉得人生还有这么浪漫的事儿呢！”

郭秋梅满脸通红：“郭鸣武……”

郭鸣武说：“不准骂人。郭秋梅，我只是举了个例子。”

郭秋梅明面上是节目主持人，暗中却是牛东新的“小蜜”。见自己的心上人有被侮辱的危险，牛东新急忙转移话题。

牛东新诚恳地问郭鸣武：“那要是让小姐感到浪漫怎么办？”

郭鸣武说：“那就得和小姐谈恋爱！你想，小姐天天接触的都是嫖客，哪儿有人和她们真诚地相爱呀，你要是和她恋爱的话……”

牛东新说：“恋也没用。书上说，婊子无情戏子无义。”

郭鸣武说：“那是因为你不是真情实意。我给你讲一个真实的故事。我有一个朋友，上学时可穷可穷了，连学费都交不起。他的女朋友真够意思，偷着去夜总会当小姐，挣来的钱不仅供他念书，还给他买名牌衣服、名牌鞋。我这个朋友是个书呆子，起初以为女朋友去夜总会只是陪人喝酒，后来知道还陪人上床之后，就不高兴了。他把她给他买的鞋、衣服都撇到了她的身上。女朋友问他，你这啥意思？他说，这些破衣服破鞋我不要。女朋友可伤心可伤心了，从那之后，就离开他了……”

苏岩说：“郭鸣武，别讲了。”

郭秋梅说：“为啥呀？郭鸣武快告诉我，后来怎么了？”

郭鸣武想接着讲，苏岩火了：“你要是敢接着讲……”

郭鸣武有点怕苏岩，他说：“为啥不让我讲呀？”

苏岩说：“我听过了！”

郭鸣武说：“你听过了？得了吧！这个事儿，我谁都没告诉，你在哪儿听的？”

苏岩看了看牛东新。

牛东新笑了。

郭鸣武也笑了。

郭秋梅着急地问：“郭鸣武，到底咋回事儿呀，你快告诉我。”

郭鸣武说：“你问牛老板吧！这个事儿是他给我讲的！”

郭秋梅又看着牛东新，牛东新不好意思地说：“最初是苏岩给我讲的。”

郭秋梅又望着苏岩：“你告诉我，后来到底怎么了？”

苏岩说：“找机会，你让牛总告诉你吧！”

在几个人高谈阔论的时候，钟骅也一直兴致勃勃地听他们胡说八道。

苏岩把目光移向钟骅：“我们让你见笑了！”

钟骅说：“没有没有。”

苏岩想要和钟骅更多地聊聊，但却被牛东新巧妙地引开了。

这个文化沙龙聚餐搞得热烈且圆满。吃完饭，牛东新让司机送客人，他则坐苏岩的车回去。车上，牛东新大概是喝多了，他撕下面具，得意地说:“这些傻 × 文人还挺有意思，说讨论浪漫就真的能说出一大堆来。苏岩，你帮我想想，还什么有意思，下次咱们换一个话题讨论。”

苏岩说:“那就讨论一下傻 × 吧！研究研究什么是真傻 ×，什么是假傻 ×，什么是装傻 ×，什么是天生就是傻 ×！”

牛东新笑道:“好好好！下次，我们就研究研究傻 × 吧！这帮文人就属于天生就是傻 ×，还一个个以为我真的喜欢文化呢！文化有鸡巴毛用啊？钱！钱才是最有用呐！你看因为我有钱，有文化的得围着我，有地位的得陪着我。今天，他妈的其实我就是想给钟骅摆摆谱！苏岩，你说是不是达到目的了？”

苏岩说:“牛老板！看起来，光有钱没文化也真不行。”

牛东新不解地看着苏岩。

苏岩说:“你刚才这些话要是不说，你本来是在装傻 ×。一说呢，你就成真傻 × 了！”

–3–

宾馆大堂里很静，在西侧的角落里，有一个优雅的咖啡厅。苏岩假装打着电话，用眼角的余光扫视着这个咖啡厅。有两三个男女稀稀落落坐在沙发里，光线昏暗，看不清他们的脸。

苏岩若无其事地穿过大堂向电梯走去。来到电梯前，两部电梯上的楼层显示屏，不停地变换着数字。电梯里可能有人，苏岩决定不坐电梯。他推开旁边的小门，沿着楼梯慢慢地走着。

楼梯里静极了，苏岩能听到自己心跳的声音。

来到 518 房间的门前，苏岩站了一会儿，然后轻轻地敲了敲门。没有反应。他按了一下门铃，电子铃声在静寂的走廊里十分清脆。依然没有反应。苏岩掏出钥匙，打开门，走了进去。

屋子里亮着灯，没有人。

床上的被子有压过的痕迹，刚才应该有人躺在床上看电视。

屋子里弥漫着微弱的香水味。

苏岩坐在沙发上点燃了一支香烟。香烟抽到一半时，走廊里传来了脚步声。走廊的地毯吸收了声波，声音极轻，但苏岩听得一清二楚，这是他的本领。他有很多本领，一些人听不到的响声，他能听到，一些人感受不到的痛苦，他也能察觉。

脚步声在 518 房间的门前停下了。

开门的声音。

门开了。

一个女孩迎接着苏岩的目光羞涩地走进来，她有着学生一样清纯的面孔。她关好门，礼貌地说："你好！"

女孩走到苏岩的跟前。苏岩的旁边有一个单人沙发，她犹豫了一下，坐在了苏岩对面的床上。她说："对不起，我来晚了。"苏岩说："刚才在大堂里，我已经看见你了。"女孩很惊奇，"你看见我了？"

苏岩点了点头，这是他推测的。

女孩低下头诉苦道："我都等你快两个小时了，我觉得没意思，就到下面喝咖啡去了。刚才，我看你进来就回来了。"

苏岩说："你怎么知道我……就是呢？"

女孩有些得意："我有直觉。"

苏岩警觉起来："你是不是认识我？"

女孩摇了摇头笑了：“看你那鬼鬼祟祟的样子，我就认为应该是你！”

苏岩心里很讶异。刚才穿过大堂时，他还觉得自己镇定自若呢！

苏岩说：“你叫什么名？你可以说个假名。”小姐们都有假名。

女孩说：“那我告诉你我的小名吧，我叫莎莎。”

莎莎有两条修长的腿，一条压在另一条之后，她看起来很像个淑女！

苏岩看着莎莎，莎莎躲闪着苏岩的目光。

苏岩说：“我这是第一次嫖娼，也不知道该怎么嫖，你不要见笑。”

莎莎满脸通红。小姐还会脸红？

苏岩十分好奇，他分析这个莎莎可能是才当小姐不久。

莎莎说：“别说这个词好不好？”

苏岩说：“哪个词？啊，你是说嫖娼是不是，那不说嫖娼说什么呀？”

莎莎说：“洞房花烛夜！”

苏岩笑了。

莎莎说：“笑什么？”

苏岩说：“也没蜡烛呀！”

莎莎说：“出去买。”

苏岩站起来走到桌子前，拿起了自己的包：“你家离这儿远吗，20 块钱打车够不够？”

莎莎目不转睛地看着苏岩：“我自己有钱。”

苏岩把一张钞票递给莎莎：“刚才吧，我和你是在开玩笑。我不是你的客人。你的客人今天有事儿来不了，我来就是通知你！你现在可以走了。”

莎莎没走，看着苏岩。

苏岩不耐烦地瞪着她：“我说话你没听见呐！”

莎莎吓了一跳，这个人怎么说翻脸就翻脸呢！

苏岩说:“你快走吧!”

莎莎起身离开了。

苏岩一个人坐在屋子里抽了一支香烟，袅袅升起的香烟与莎莎身上留下的香水味道弥漫在苏岩的周围。

走出宾馆的大门，向停车场走去时，苏岩隐约地看到墙角有一个人影。他绕过自己的车突然来到了墙角，是莎莎。苏岩冷冷地说:“你在这里干什么?”莎莎很紧张:“我……”

苏岩说:“你在监视我?”

莎莎说:“没有。”

苏岩说:“我送你回家吧!”

夜色有些朦胧，苏岩拉着莎莎缓慢地行驶在空旷的街道上。

莎莎讨好地说:“我看你不像那种人!”

苏岩笑了:“你是说我不像嫖客是不是?一看你就没经验。像嫖客的都是假嫖客，看着不像的才是真嫖客!”

莎莎还执着地说:“你保证不是!”

苏岩又烦了，他不愿意莎莎老说话。他说:“我过去是嫖客，但现在不是了，因为我有了妻子，我妻子对我非常非常好，我不能做对不起她的事儿。”

这是一个崇高的理由，莎莎果然不吱声了。

车前明亮的灯光伸向远方。

穿行在黑暗的夜色里，苏岩喜欢这种感觉，他的目光凝视着前方。他在想着过去的一个夜晚，那个夜晚好像已经很久了，又好像还近在咫尺。

－4－

牛东新说郝飞开夜总会不是为了挣钱，本来是想让苏岩觉得郝飞不好惹，让苏岩别再找郝飞的麻烦，可苏岩更觉得有必要好好查查郝飞。

开这么大的夜总会不是为了挣钱，为啥呀？是不是利用夜总会玩什么阴谋诡计呀？

苏岩决定和郝飞认认真真地玩一把。他故意让郝飞给自己找个小姐。这个小姐回去会向郝飞汇报说，没和苏岩上床。郝飞死也不会相信的，一男一女在宾馆里不上床干什么？骗鬼呢！郝飞会认为小姐是因为怕苏岩不敢说实话。郝飞会窃喜的。他认为苏岩和他都是一样的人了，这样，郝飞就会对苏岩放松警惕。

苏岩要的就是这种效果。

为了检验这种效果，第二天，苏岩特地找到了郝飞。郝飞对苏岩真是热情有加，苏岩也是亲切无比，两个人宛如兄弟一般。

郝飞向苏岩表示，今后有什么事儿尽管吱声，苏岩决定试探试探他。

苏岩说："郝老板，你夜总会接触人多，你看看有没有什么破案线索，告诉告诉我？"

这明显是希望郝飞说出盛斌的下落。但郝飞想了想，却告诉了苏岩另外一个线索。

－5－

苏岩把车停在了胡同口，锁好，便和高军向胡同深处走去。他们边说边掏出了手枪，顶上了子弹。苏岩压了一下。高军说："枪还没修好啊！要不，你换支新的吧。”苏岩说：“不换。这支枪救过我的命，说什么我也不换。将来，我要把这支枪供起来。”

两个人说说笑笑来到了胡同的深处。现在是白天，胡同里很静。走到从东数第四个门，苏岩趴在门上听了听，一点动静也没有。高军说：“他们肯定都在里面睡觉。”

苏岩踩着高军的肩膀，翻进了院子里。他轻轻地打开了门。高军进来之后，他们一前一后地进到了屋子里。

屋子里有两张床，一共有三个年轻人正在睡觉。地上放着几块铜瓦，这应该是他们昨天夜里辛勤工作的结晶。

这三个年轻人都不到20岁，他们在工厂里偷了铜瓦卖钱后就去电子游戏厅玩耍。郝飞的司机也常到游戏厅里玩，他看出这三个小孩有问题，就和郝飞说了。郝飞于是把这个线索告诉了苏岩。

苏岩和高军把熟睡的年轻人一个个弄醒，苏岩用枪指着他们。高军用他们自己的皮带将他们结结实实地捆了起来。押他们往外走的时候，苏岩命令他们拿起地上的铜瓦。他们的胳膊被皮带捆着，拿着铜瓦十分费劲。这样做不是折磨他们，是为了更安全。他们胳膊上缠着皮带，手里还拿着这么重的铜瓦。他们就会老老实实地跟着走，一点跑的念头也不会有了。

押着他们来到了车前，苏岩怕把车的内饰弄脏了，让他们把铜瓦放在了后备箱里。苏岩找出两条毛巾让他们把手擦干净。这三个孩子明白是啥意思，他们擦得十分卖力，进到车里后都把手放在自己身体上。

回到了公安局，从停车场押着他们往公安局大门走的时候，苏岩忽然看见莎莎站在路边。在公安局门前，押着三个盗窃犯，苏岩的身份已经清清楚楚地暴露在莎莎的面前。

苏岩本以为莎莎会躲避他，她们这种人最怕见到警察，但莎莎却用温和的目光看着苏岩。

苏岩和她打招呼："你在这儿干什么？"莎莎说："我身份证丢了，来办身份证。"苏岩指了指公安局西侧的一个小楼："那是接待大厅，你到那儿去办吧！"

莎莎顺着苏岩手指向西侧看去，那个小楼前面有围墙。她说："我怎么过去？"苏岩说："你从前面绕过去。"高军对苏岩说："你领她去吧！"苏岩看了看身边的这三个犯罪嫌疑人，露出为难的样子。莎莎对苏岩说："你要是不方便就不用去了，我到前面再打听打听吧！"

苏岩说："要不，你就在这儿先等我一会儿。"莎莎高兴地说："行。"

在公安局的走廊里，高军问苏岩："她是谁呀？"苏岩说："我家邻居。"

"她在哪儿上班？"

"安全局。"

"什么科？"

"法制科。"

"安全局有法制科吗？"

"有。才成立的。"

回到办公室，按照有关程序，苏岩开始准备为这三个年轻人做笔录。这个样子像是已经忘记有人在等他。高军提醒苏岩："那个女孩还在门口呢！"

苏岩说："可不是咋的！"他安排了别人协助高军弄这个案子。

临出门前，高军的嘴角扬起，微微笑了一下，他说："你不用着急回来。有什么事儿，我给你打电话。"

苏岩有点不好意思，大大方方的不就完了，越大方，高军越不会多想。这么一整，反而做贼心虚了。

苏岩领着莎莎来到了公安局户籍接待大厅。负责办理身份证的警官名叫许万夫，苏岩和他不是很熟。许万夫见到苏岩进来很热情。这时，有五六个人排队等着办理身份证。他把苏岩直接叫到了旁边的窗口。苏岩把莎莎的申请表、户口等递给了他。苏岩说："我家邻居。"许万夫说："照顾照顾呗。你给我们科长打个电话，办证费就免了。"苏岩说："多少钱？"许万夫说："50 块钱。"50 块钱还值得向他们科长张回嘴！苏岩说："不用，你给快点就行。"这时，莎莎掏出 100 块钱递给许万夫。许万夫没接。他办完手续，对苏岩说："50 块钱，我给你免了。"苏岩说："谢谢。"许万夫对莎莎说："你后天下午过来取证就可以了。"莎莎说："谢谢你。"她的模样笑眯眯的，有点小鸟依人。许万夫笑道："不用谢。下次你身份证再丢的话，你直接过来找我就行了。"

在他们说话的时候，苏岩扫了一眼申请表上的内容，莎莎的名字叫刘芳。苏岩笑了笑，名字像贤妻良母啊！

莎莎今天打扮得也不像小姐了。她穿着牛仔裙和旅游鞋，没有抹口红，也没有擦香水，倒真像个学生了。

走出了接待大厅，莎莎说："你中午有事儿吗？"

苏岩说："干什么？"

莎莎说："你给我省了 50 块钱，我请你吃饭吧！"

知道是警察了，还敢请吃饭。这个小傻 × 是装傻呢还是真傻呢？苏岩觉得挺有意思的。他问："你请我吃什么？"莎莎说："请你吃肯德基行吗？"苏岩差点笑出声来。他一本正经地说："肯德基都是你们这些小孩喜欢吃的。"莎莎说："那你喜欢吃什么？"苏岩说："我什么都不喜欢吃。你不用请我吃饭了。"莎莎说："你看你帮我这么大的忙，我得谢谢你啊！"苏岩说："不用谢了，我中午有事儿。"莎莎还坚持："那晚上呢？"

看来莎莎是个真傻 × ！

苏岩说:“别晚上了，中午我请你吧！”

莎莎高兴地说:“真的？”苏岩没吱声。这个小姐应该送精神病院。

苏岩开车拉着莎莎在街上转悠了好一会儿，也没找到合适的饭店。

林河这个地方很小，经常在社会上抛头露面的，差不多天天都出没于这么几个像样的饭店。这些人大都喝完酒又接着到夜总会这类地方寻欢作乐，他们很容易认出莎莎，苏岩不想让这些人看到他和莎莎在一起。

莎莎见苏岩不停地在街上转悠，便向苏岩建议说:“郊区有一个狗肉馆挺不错的，要不我们去看看。”

狗肉馆位于郊区的一条小河边，景致不错，饭店的名字叫斯诺比。斯诺比是动画片里一条大狗的名字。苏岩说:“这个饭店的名字起得有点意思。”莎莎对此内情很了解，她说:“名字是饭店老板的儿子起的，开始老板不用，但用了之后，客人都说名字起得好玩，有意思。”莎莎还趁机感慨了一下:“现在大人们都越来越没意思了。”

装有过沧桑经历啊!

莎莎领着苏岩进了一个干干净净的小雅间。她把菜谱递给苏岩，让他点菜。苏岩让服务员出去，然后冷冷地问莎莎:“知道我是干什么的吗？”莎莎说:“你是警察！”苏岩说:“知道我是警察你还请我吃饭？”

莎莎笑了:“警察怎么了，警察就不吃饭吗？”

苏岩火了，他指着莎莎:“你要点儿脸行不行！”

莎莎愣愣地看着苏岩，“你骂我干什么？”

苏岩说:“你太给脸不要脸了！”

莎莎说:“我……我怎么了？”

苏岩说:“你这个傻×！就这么两下子，你还出来当什么小姐？”他气呼呼地站起来，“我是警察，你还敢请我吃饭！我告诉你，你今后出台最好别让我抓住。我对待小姐就会一样，教养、满贯！”出门前，苏岩还强调说：“你三年出来之后，我抓住你还是满贯。”

20世纪90年代，警察的权力很大，像劳动教养在公安局内部就能批准。当时，劳动教养和蹲监狱差不多，这个权力让警察有了很高的尊严。那个时候，小姐、嫖客包括流氓、歹徒，见到警察是真迷糊！

– 6 –

抓获的这三名盗窃犯罪嫌疑人都是在校的中学生。他们本来住在学校里，后来在校外合伙租了一个平房，为的是可以整天整夜地上网吧打游戏。打着打着没钱了，他们就开始想办法。其中一个孩子的父亲是第五化工厂的保卫科科长。这个孩子和其他的孩子说，咱们到工厂去偷铜瓦卖得了。这个工厂的经警都认识他，他们要是去偷的话，不会引起怀疑。于是，三个孩子肆无忌惮地盗窃工厂的铜瓦。

苏岩通知了孩子的家长，家长们全都吓哆嗦了。那个保卫科科长起初还想和苏岩套近乎，苏岩没给他好脸，警告他要调查到底，如果和他本人有关的话，连他一起处理。这个家长脸色惨白地发誓道，孩子们到工厂偷东西，他确实一无所知。苏岩也认为他说的是实话，但他把孩子教育成这样，不吓唬吓唬他，他不会长教训的。

家长们疯狂地找关系挖门子，希望苏岩能对他们的孩子网开一面。明年三个孩子就要高考了，公安局要是处理了他们，他们的前程就没有了。苏岩说：“就他们这样天天旷课上网吧，本来也不会考上的。不如干脆直接送进监狱里，你们也省得操心了。”

家长们听苏岩这么一说就差跪下了。他们苦口婆心地哀求，表示只要不处理他们的孩子，罚多少钱都认。三个孩子都不够18岁，可以从轻处理。苏岩请示陈凯鸣。

陈凯鸣说："你抓的人怎么你还来说情呢？"

苏岩说："他们都是孩子！"

陈凯鸣笑了："难得你这种人还有慈悲心，行啊，就按你的意思办吧！但一定要让孩子及家长们吸取足够的教训。"

苏岩说："那就狠狠罚款吧！现在只有钱才能让他们吸取教训。"

陈凯鸣说："可以，但千万不能乱来。"

苏岩刚回到办公室，牛东新就推门走了进来。

苏岩说："你来干什么？"

牛东新说："我来邀请你参加我们的文化聚会。这次讨论的中心议题是傻×。这还是你提供的，所以，我正式来邀请你！"

苏岩笑了："你滚蛋吧！有什么事儿快说。"

牛东新是替保卫科科长的儿子来走后门的。

苏岩说："你们什么关系呀？"

牛东新说："朋友。"

苏岩说："朋友怎么的？朋友也得讲原则啊！"

牛东新表白自己："你还不了解我嘛，我为了朋友可以两肋插刀。苏岩，这个面子，你一定得给我。"

苏岩假装为难地说："老牛，我不是不给你面子。这个事儿不好办。这个案子有三个孩子，我把保卫科科长的儿子放了，那其他两个孩子怎么办？他们家长知道走后门，去告我怎么办？"

牛东新说："那干脆三个孩子全都放了呗！"

苏岩说："都放了就得把我抓起来了！老牛，你这是安的什么心呐？你为了朋友两肋插刀，但你不能插我身上呀！"

牛东新生气了："苏岩，那我不为难你了！"他离开苏岩的办公室，找到了陈凯鸣。陈凯鸣客客气气地给牛东新倒了一杯矿泉水。牛东新说："我自己来，自己来。"牛东新看了看书架上的书，问陈凯鸣看没看过《时间简史》。陈凯鸣说，看了是看了，但没看完。牛东新说，你得好好看看，这个书太深刻了。他还谈了自己读书的心得，他说，看了《时间简史》，忽然觉得自己每天拼命挣钱显得十分可笑。

陈凯鸣怕牛东新谈起来没完没了，就对他说："我一会儿要去开会，有什么事儿，你赶紧说吧！"

牛东新说了事情经过，希望陈凯鸣说句话把人放了。

陈凯鸣显得十分为难："牛总，这个事儿，我也不太好办。弟兄们辛辛苦苦地工作了这么长时间，好不容易抓来了犯罪嫌疑人，我一句话就放了，今后我还怎么要求他们努力工作啊！"

牛东新说："那三个小崽子都是孩子，你说话，大家会理解的。"

陈凯鸣说："既然这样，你直接找苏岩吧。这个事儿他自己完全可以做主。"

牛东新说："我找了，他不给面子！"

陈凯鸣说："你们关系不是挺好的嘛！"牛东新说："这个小白脸对我有意见了。"

陈凯鸣笑了："因为啥呀？"

牛东新说："啥都不因为。陈局，你不知道啊，他老欺负我！"

陈凯鸣说："不能吧！"

牛东新说："怎么不能，你看他在你面前像个人似的，他跟我说翻脸就翻脸。这个兔崽子，气死我了。陈局，你就给说句话吧，孩子的家长现在急得都快跳楼了。"

陈凯鸣说："早干什么了，现在才着急。老牛，我不是不给你面子，既然你和苏岩闹别扭了，我更不能在这个时候干涉他办案了，要不然，我今后在干警中就没有威信了。这么的，你再去求求苏岩。"

牛东新没办法，又回到了苏岩的办公室。他只好实话实说："苏岩，那个保卫科科长的老婆让我睡了，她知道咱俩关系好，在我办公室哭一上午了。你说，咋办吧，你得帮帮我，就算大哥求你了。"

苏岩说："那我更不能帮你了。我要是帮你，就等于在害你！保卫科科长知道你和他老婆的事儿，他用枪把你毙了怎么办？"

牛东新说："我睡他老婆过去好多年了，现在早就不来往了。"

苏岩说："为啥呀？"

牛东新说："她现在长得满脸都是褶子，还能和她睡吗？"

苏岩说："你都不和她睡了，还用得着这么帮她吗？"

牛东新说："毕竟过去有过一段感情，做人得讲良心啊！"

苏岩说："既然这样，你找我们局长说说呗，他会理解你的。"

牛东新说："没法找！你们局长之所以喜欢和我交往，就是因为我为人正派不搞女人！"

苏岩说："那你到底正不正派呀？"

牛东新说："我基本正派吧！"

苏岩觉得差不多了，就叹了一口气："老牛啊，你对我一直不错。这个忙我说不帮也得帮你啊！这么的，办个取保，你让家长把钱交了，先把孩子都领回去吧！"

牛东新说："我代表孩子们的家长向你表示最崇高的敬意。"

办完事儿之后，牛东新问苏岩有时间吗，他继续邀请苏岩参加文化聚会。

苏岩说："你要是想请我就直接说，我又不是什么文化人，你整这个借口多让我难为情啊！"

牛东新说："我说请你，你能去吗？"

苏岩说："那得看你请什么了，你请我喝茶我不去，你要是请我吃饭，我保证去。"

牛东新笑了："早说呀。我活着最大的快乐，就是与朋友们一起吃吃喝喝。"

牛东新和苏岩来到了海鲜世界。走进最大的包房里，钟骅和郭鸣武已经坐在桌旁了。

牛东新说："不好意思，两位久等了。"

落座之后，牛东新向钟骅小声地解释说："我们刚才找刘区长去了。"他故意神秘兮兮地说："公安局要调整班子了，我帮苏警官运作运作！"他指了一下苏岩："不久的将来，这将是公安局最年轻的副局长！"

苏岩的脸红了。牛东新这小子什么话都敢说！

郭鸣武举起酒杯，笑嘻嘻地："苏局长，恭喜你啊！"

苏岩说："严肃点儿，从今往后，你得对我客气点儿了！"

郭鸣武说："我不是一直对你挺客气嘛！苏岩，当了局长，你得请请我，别忘了，我曾经给你写过报道。"苏岩感动地看着郭鸣武，深情地说："忘不了。我就是将来死了化成骨灰，我也忘不了你。"

苏岩和郭鸣武嘻嘻哈哈了半天也没和钟骅说话。

钟骅主动举起酒杯对苏岩说："苏先生，祝贺你了！"

苏岩赶紧举起饮料说："钟先生，你太客气了！"

钟骅喝了一口酒，苏岩喝了一口饮料。

苏岩一直想搞懂这个钟骅到底是干什么的，说他是作家，苏岩觉得不像。

苏岩说："钟先生，最近写没写什么新作呀？"

钟骅说：“最近，我在搞一个项目，没时间创作了。”

苏岩刚想问什么项目，牛东新急忙插话说：“苏岩，你看过钟先生写的书吗？”

苏岩说：“没有啊！”

牛东新对钟骅说：“下次想着，你带一本送给苏警官。”

钟骅说：“不用下次，我现在包里就有一本。”

钟骅从自己的包里拿出一本书，递给苏岩，书名叫《操盘手》。

苏岩诚恳地学着南方话说：“钟先生，给我签个字。”

钟骅拿起笔在书的扉页上歪歪扭扭地写下“请苏先生雅正”。

作家的字太难看了。

苏岩问：“操盘手是什么意思？”

牛东新说：“就是卖算盘的！”

苏岩说：“你正经点儿。”他看着钟骅问：“钟先生，我不太懂，我只知道，操盘手好像是炒股票的吧？”

钟骅点了点头，用笨拙的普通话解释着。大概是说，操盘手可以控制股票的价格。只要操盘手愿意，就可以想赚多少钱就赚多少钱。

苏岩说：“能吗？”

郭鸣武指着钟骅解释说：“他就是操盘手，这本书写的就是他的亲身经历。”

苏岩说：“是嘛！”

钟骅稳重地点了点头。他说：“控制股票价格得需要坐庄。在股票市场里，只有庄家才会永远不赔钱，而我们这些操盘手就是专门坐庄的。”

怪不得牛东新对钟骅这么厚爱！

牛东新似乎不想让钟骅说得太多。他转移话题说：“我们今天进行的文化讨论是一个新的题目，这是我们敬爱的苏警官提供的。”

郭鸣武说：“什么题目啊？”

苏岩说：“傻×！”

郭鸣武说：“你才傻×呢！”

苏岩说：“我没说你是傻×，我是说讨论的题目是傻×。”

郭鸣武笑了：“傻×有什么可讨论的？”

苏岩说：“傻×才有讨论的呢！”

牛东新一本正经地说：“确实。过去我们以为傻×就是傻×。其实不然，傻×是一种财富，我们要学会傻×，利用傻×，开发傻×。只要搞清了傻×，我们就知道了什么是真傻×，什么是假傻×，什么是装傻×，什么是本来就是傻×！”

郭鸣武说：“牛总，几天不见，你的文化大增啊！这些日子，你一定又没少看书吧！”

牛东新说：“你还不了解我嘛，我这个人最大的快乐就是读书啊！只要有书读，我可以不吃饭不睡觉不搞女人！”

苏岩笑道：“你快拉倒吧！”

苏岩很快地吃完饭，他说：“各位，你们先吃吧！单位有事儿，我先走了。”牛东新说：“急什么呀？咱们还得接着研究傻×呢！”苏岩说：“傻×你们研究吧，我得回去研究案子了。”苏岩像模像样地说了一个什么盗窃案，这个案子晚上局长要听汇报，他得回去把材料整理出来。牛东新说：“你有正事儿，就不留你了。”

今天所谓的文化聚会，苏岩已经感觉出牛东新事先并没有打算找自己来，所以，他吃饱喝足之后，就先退出来。

其实，苏岩并不想走，他很愿意悠闲地边吃边和他们胡扯。牛东新很显然要和钟骅、郭鸣武谈什么事儿，苏岩非常想知道他们想要谈什么，这个神秘的钟骅勾起了他的兴趣。但苏岩知道自己必须走，不走会让人讨厌的。

苏岩无非是一个普通的小警察，他不属于这个圈子。有事儿求到苏岩，牛东新、郭鸣武之流能把苏岩奉为上宾，但没事儿的时候，没人愿意让苏岩和他们搅和在一起。

苏岩感觉很孤独。离开饭店，苏岩开车在街道上慢慢地行驶着，夏天的阳光照在苏岩的身上，也没觉得很热。

公安局侧门邻近步行街，苏岩把车停在路边，透过车窗看着街道上来来往往的人流。

女孩们打着遮阳伞，穿着短裙走在街上。被阳光反射的长腿牵引着苏岩的目光。

美丽的面容各有各的不同，美丽的长腿却大同小异。一双交叉晃动的长腿会让苏岩想起过去女友的腿。

一双无与伦比的长腿出现了。

苏岩屏住了呼吸。

绿色的阳伞挡住了女孩的脸，苏岩能看到的除了腿还有苗条的背影。

背影也像啊！

苏岩下了车向背影走去。

原来是莎莎！

莎莎说："这么巧？"

苏岩十分不自然，但他反守为攻，严肃地说："你干什么来了？"

莎莎说："我……来取身份证！"

苏岩说："不是让你后天取吗？"

莎莎脸红了："我……记错了。"

苏岩说："上车。"

莎莎愣了一下："上……车干什么？"

苏岩说："拉你进公安局。"

莎莎上了车，小声地问："进公安局干什么？"

苏岩说："让你撒谎！拘留你！"

莎莎一点也不害怕，她说："我没撒谎，我是想来看看身份证做没做好！"

苏岩说："你这个人可真不咋的，撒谎还不承认。"

莎莎看了苏岩一眼："我撒谎也是和你学的。"苏岩说："和我学的，我什么时候和你撒谎了？"莎莎说："你说你已经有媳妇儿了，其实，你还没结婚呢！"苏岩一脚刹车："你调查我了？"莎莎紧张地说："还用调查嘛，都知道。"苏岩笑了。莎莎好奇地说："没想到你还会笑。"

苏岩拉着莎莎来到了一家高档冷饮厅。屋子里十分幽暗，桌子上放着蜡烛。苏岩为莎莎点了一份冷饮。莎莎慢慢地吃着冷饮，温柔地看着苏岩。苏岩说："你别瞅我。"莎莎低下了头。苏岩静静地看着莎莎。莎莎说："你咋不吃呢？"苏岩说："你别说话。"莎莎抬起头不解地看着苏岩。

苏岩重重地叹了一口气，找点儿感觉这么费劲。

苏岩说："你怎么不找个工作呢？"

莎莎不吱声了。

苏岩说："嫌挣钱少是不是？"

莎莎还是不吱声。

苏岩说："你今天找我干什么？"

莎莎说："我……没找你……不是碰上的嘛。"

苏岩说："今后最好不要让我再碰到，明白吗？"

莎莎温柔地看着苏岩，苏岩今天对她狠不起来。苏岩说："我知道你找我想和我套套关系，但你记住，和我们警察套关系一点用都没有，就算你和我上床了，你犯事儿我照样抓你。莎莎，你听我一句话，今后别干小姐了，你太弱智了，你这种智商根本就干不了小姐！"

苏岩开始劝说莎莎要弃恶从良。这一行吧，不能当职业。你当小姐的目的是为了赚钱，可这个钱不好赚呐！苏岩举了个例子，某某某过去在南方当小姐，挣了点钱，回来在大厦租了一个柜台，搞服装批发，现在也可不错了。莎莎说："那我也干服装批发吧！"苏岩想说，你这方面的智商也太低了，你干服装还不如干小姐呢。苏岩说："那倒用不着。我说这个事儿的意思是你要发挥你的优势，不见得只有干小姐这一条路走。"

莎莎说："那你给我指一条路吧！"

苏岩说："现在你的客人当中有没有对你好的大款什么的？"

莎莎说："没有。"

苏岩笑了："你要是不想说，就算了。"

莎莎赶紧说："我说我说，有一个。"

苏岩说："他是干什么的？"

莎莎又犹豫起来，苏岩说："你不用说他的名字，你就说他是干什么的就行。"

莎莎说："他叫李成，好像在郊区干了个什么蔬菜基地。"

苏岩说："这个人我有点印象。莎莎，你听我话，小姐你别干了，你想办法嫁给他就行了。"

莎莎笑了："他能要我吗？"

苏岩说："你现在和他怎么样了？"

莎莎说："什么意思？"

苏岩说："和他上床了吗？"

莎莎说："没有。"

苏岩说："撒谎。"

莎莎说："我没撒谎。真的。"

苏岩说："你要是和我说的是真的，那我可以教教你。"

– 7 –

苏岩利用自己的关系网真的去调查李成了。

李成在郊区经营着一个大型的生态园养殖基地。苏岩以为这个产业还像过去农民扣大棚种蔬菜之类，经过进一步了解，才知道这个产业已经具备相当规模。生态园里全都是无农药的绿色食品，90% 以上出口俄罗斯。

星期天一早，苏岩给莎莎打电话，让她与自己上趟省城。莎莎什么也没问就说："行行行。"苏岩想开一句玩笑："你也不问问干什么去就行，不怕我把你卖了！"这样的玩笑，不能和莎莎说。说了也不可笑，一个小姐本来就天天卖嘛！

苏岩说在七条路与北京街之间的十字路口等莎莎。

苏岩提前十分钟来到时，莎莎已经站在路口了。

莎莎穿得很得体，像是有文化有教养似的。莎莎上了车，问："你家在这附近吧！"

苏岩说："对。"

苏岩选这个地方主要是因为偏僻，这样莎莎上了苏岩的车也没人注意到。

莎莎上了车蛮高兴的样子，她小嘴不停地说这说那。

苏岩说："我车开得不好，一会儿上高速，就不要和我说话了！"

莎莎很听话，路上，她果真没怎么说话。来到了省城，苏岩开着车行驶在市区繁华的街道上时，莎莎也不怎么敢和苏岩多说话。

苏岩把车停在了一家豪华商厦的门前。

苏岩说："进去溜达溜达。"

莎莎跟着苏岩在人来人往的商厦里游荡着。苏岩东瞅西望，亲切地扫视着琳琅满目的商品。周围是嘈杂的人流，年轻的情侣亲密地挽着胳膊不时地走过。莎莎紧挨着苏岩，她假装无意地也挽住了苏岩的胳膊。

苏岩说："干什么，装搞对象啊？"

莎莎没吱声，她挽着苏岩的胳膊像没事儿似的。苏岩也没把胳膊抽出来。在金银珠宝柜台前，一个服务员向莎莎兜售一串铂金项链，莎莎说："我戴不合适！"服务员说："你气质这么好，怎么会不合适呢？"莎莎说："我气质不好！"她挽着苏岩离开这个柜台。

苏岩说："不挺好吗？"莎莎说："是挺好的。"苏岩说："喜欢吗？"莎莎把脸靠在苏岩的胳膊上，说："喜欢，你给我买吗？"苏岩微微调整了身体，说："想买也买不成，我没带那么多钱。"莎莎说："你真给我买，我也不会让的。"

苏岩说："为什么？"

莎莎说："我可舍不得让你给我花那么多钱！"

他们坐电梯来到了四楼服装大世界。

苏岩像是想起了什么："莎莎，得买套衣服。"

莎莎说："买吧！"

苏岩在各个品牌面前徘徊着。

莎莎说："这套皮尔卡丹，你试试呗！"

苏岩看了看说："穿上不会太像……"

莎莎说："像什么？"

苏岩说："走，咱们换个地方。"

苏岩开车拉着莎莎来到服装批发市场。找这个市场，苏岩费了半天劲儿，打听了好几个人才找到。服装批发市场里乱哄哄的，到处是上货的服装贩子。莎莎说："到这儿干什么呀？"苏岩说："上几套服装你回去卖呀！"

莎莎信以为真了，她说："算了吧！"

苏岩不说话，盯着各种服装贼眉鼠眼地来回巡视着。他终于发现了什么。苏岩过去问老板："就买一套行不行？"老板说："行，但不能给你打折了。"苏岩说："我天天来上货，你还不给照顾照顾。"老板看了看莎莎说："行。这些衣服都是十块钱，你随便挑吧！"

苏岩挑了一套，很认真地穿在身上。

莎莎捂住嘴想笑。

苏岩说："像吗？"

莎莎说："像什么？"

苏岩说："像不像农民？"

莎莎说："不像，像地主。"

苏岩说："真的？"他转身问老板："你说我像农民还是像地主？"老板说："你们这是要干什么？"苏岩说："我们是演电视剧的，导演让我演一个农民。我过来挑套衣服。"老板说："什么电视剧啊？"苏岩说："《激情燃烧的岁月》。"老板说："不是都演过了吗？"苏岩说："导演嫌那个拍得不好，准备重拍一个。"

苏岩给自己挑了一套衣服，还给莎莎挑了一套。出了服装批发市场，莎莎才问："买这些衣服干什么？"苏岩说："一会儿用。"

两个人来到了车里。莎莎还问："干什么用啊？"

苏岩答非所问："你说的那个李成啊，我帮你打听了。这小子不错！李成干的买卖，别看不显山不露水的，但他挣的全都是实实在在的钱。看着吧，将来咱们市里有钱的，李成肯定能数得上。如果你能嫁给他，你这一辈子就行了。"

莎莎又说："你告诉我，咱买的这些衣服干什么用啊？"

苏岩说："你听我说完呀！"

莎莎不吱声了。

苏岩温柔地看着莎莎："生气了？"

莎莎说："没有。刚才我一直在听你说呢，你让我嫁给李成。李成能要我吗？"

苏岩说："我估计是没什么问题。莎莎，你对这个事儿吧，一定要重视。小姐能不干尽量不干。不就是为了赚钱嘛，你当小姐还真就不如去傍大款呢！当然了，大款也不好傍，现在的大款比猴还精。说良心话，傍大款的难度要远远大于当小姐。但我为什么让你知难而上呢，是因为你有着得天独厚的条件。"

莎莎说："什么条件呐？"

苏岩端详着莎莎，莎莎不好意思，脸红了。苏岩说："你怎么看都不像个小姐，这是天生的。你看我，别人一看就说我像流氓，我真上火。我像流氓，我还真不是流氓。你呢，是小姐，可你却像个大家闺秀。这都是命啊！莎莎，你要珍惜你现在给别人的印象，趁早悬崖勒马。李成不是喜欢你嘛，从现在开始，你要全力以赴对李成好，让李成更喜欢你，让他有一天爱上你。莎莎，这个事儿挺大呀！"

莎莎深情地看着苏岩。

苏岩说："你不知道如何让他爱上你是不是？听我的。你不是和他没上床嘛，你一定要坚持住，千万千万不能轻易地和他那样。你现在一定要装得非常非常的纯洁。你对他说，你在夜总会只坐台不出台。他可能会问你，为什么来夜总会工作呀，你就说你家有事儿了。你说，你爸总喝酒总赌博，借了一笔高利贷，如果不还钱，别人就得砍你爸的腿。你没办法，你怕你爸少一条腿才不得不出来当小姐。说到这个的时候，莎莎，你一定要哭，眼泪要顺着眼角刷地流下来。”

莎莎说：“我流不下来怎么办？”

苏岩说：“你能，你没问题！我教你一招儿。你万一哭不出来吧，你就想伤心的事儿。”他还举自己的例子：“我上次让两个歹徒截住了，为了制服他们，我就得装出十分害怕的样子。怎么装啊，我就哭。我怕眼泪出不来，我就想我爸我妈。他们俩为了我上大学省吃俭用。我妈过去是区委干部，为了我工作都辞了，和我爸去做买卖，你说，他们俩那么大岁数了，一开始就到那个服装批发市场去批发衣服……”

苏岩的眼眶湿润了，莎莎的眼泪落下来了。

苏岩控制住自己：“你看看你哭了是不是？莎莎，我为什么帮你，也是因为你心地善良。我相信，你爸真要是出了什么事儿，你肯定会帮他的。”

莎沙抽咽着点着头。

苏岩又平静如初，他说：“好。你一哭，我估计，李成就得相信你说的话。他会对你同情，但这时，你千万不能松动。让他同情远远不够，你必须要让他爱上你！跟你说，正常人爱上小姐比中500万元大奖还难。那怎么办呢？”

苏岩咬了咬牙：“我教你一招儿！你要和李成表明你来夜总会工作的原则，那就是卖笑不卖身。你可以陪人喝酒，可以陪人唱歌，但你决不陪人上床。这一点你必须要强调，懂不懂？”

莎莎下意识地点着头。

苏岩说：“到现在你不是还没跟他那样嘛，你这么说，李成会相信的。莎莎，这一点你一定要牢牢记住，你要让他相信你现在还是一个处女！我告诉你，李成这种人别看有钱了成了大款，他骨子里还是个农民。农民找老婆最看重的就是处女膜，处女膜比他的土地还重要。”

莎莎不太自然了。

苏岩说：“我给你说个真实的事儿。有一个农民，名叫牛东新，他有钱了，结婚呢就想找一个处女当老婆。可现在上哪儿找去呢？城里肯定是没了，农村也不太多了。怎么办？有人给他出主意，说，山里差不多应该还有。山里比农村偏僻封建，出现处女的可能性是有的。牛东新就到山里去找了，还真就找到一个。小姑娘羞羞答答，感觉挺像。为了防止出现错误，牛东新打算试探一下。怎么试呢？牛东新和这个姑娘吃饭的时候，假装裤子开了，把那个玩艺儿露出来了。姑娘见到之后，急忙捂住了眼睛，‘妈呀，俺没见过！’牛东新乐了，没见过，肯定是处女。牛东新花高额彩礼把这个姑娘娶回家。洞房花烛夜，牛东新傻了，这也不是处女啊！他问这个姑娘，‘你也不是处女啊！’姑娘说，‘俺也没说是处女啊！’牛东新火了，‘不是处女，你为什么说你从来没见过？’姑娘还委屈了，她说，‘那天你也没让俺把话说完呐，俺说从来没见过是说俺从来没见过你这么小的！’”

莎莎边笑边红了脸。

苏岩感慨地说：“莎莎，我说这种笑话，你还能脸红，说明你骨子里还是很纯洁的。真的，如果我不知道你是小姐，你现在这个样子，我都觉得你是个处女！所以，你就大大方方地装吧，你肯定会装得很像的！肯定没人会怀疑你的！”

莎莎显得十分不自然。

苏岩笑了：“我明白你啥意思，你怕你也像那个村姑似的最后露馅是不是？别担心，这太简单了。”

－8－

苏岩把车开到一家大医院门前，他让莎莎在车里把衣服换上。车窗上贴着蓝色的防晒膜，里面能看到外面，外面看不清里面。

莎莎换好衣服下了车。苏岩看到她就乐了。莎莎说："乐啥？"苏岩说："有点村姑的意思了。"莎莎还想问为什么要打扮成这样，苏岩却径直向医院里走。莎莎急忙跟在苏岩的身后。苏岩也换上了十块钱一套的新衣服，衣服上全是褶子。苏岩心想，转眼成农民了。

医院走廊里类似苏岩、莎莎这样衣着的人并不少见。走在一样的人流里，苏岩没觉得什么，可来到泌尿科门前，就不太对劲儿了。等候看病的人都很时尚！一个个穿得溜光水滑，哪像病人啊！苏岩、莎莎走到这里，显得太不合群了。早知道这样，装农民干什么呀！干这种事儿，苏岩是头一回。在他印象里，医院里农民模样的人很多，他打扮成这个样子无非是不想引来别人的注意。可没承想，在泌尿科门前却是这番景象。衣着笔挺、皮鞋明亮的男男女女像瞅动物似的瞅着苏岩和莎莎。一个贼眉鼠眼的家伙还走到他们的跟前，用审视的目光看着他们。搁平时，苏岩会迎着目光瞪他。但现在他不想惹事儿。农民嘛，得像农民样。

接待苏岩、莎莎的大夫是个男的，40 多岁，主任医师。

大夫问："你们俩谁有病？"

苏岩看了莎莎一眼，莎莎低下了头。

大夫小声地说："都有病了吧！"他看着苏岩："你先得的，然后给你妻子也传染了是不是？"

苏岩说："大夫，不是这么回事。她不是我妻子，她是我妹妹，我们俩都没病。"

大夫说："没病你们挂号干什么？"

平时苏岩什么都敢说，可到了这里，他有点难为情了。为了说清来这里的目的，苏岩先详细地阐述了理由，他说："大夫，我们是望春乡的！我们村子娶媳妇需要很多的彩礼。我这么大了，还没说上媳妇，就是因为我家太穷了，没有足够的彩礼啊！本来，我妹妹准备今年嫁人，娶她的人家给我们家彩礼挺多的，完全够我娶媳妇给别人家的彩礼……"

大夫不耐烦了："你来看病跟彩礼有什么关系啊？"

苏岩说："有关系。人家娶我妹妹给我们家这么多的彩礼是因为我妹妹是……处女，可现在她不是了，不是处女，人家就不会给彩礼了，那么我也没有彩礼娶媳妇了！"

大夫看了一眼莎莎："怎么知道你妹妹不是处女了？"

苏岩的眼泪出现在眼眶里，"上个月，她在道上让人给劫了。我们从报纸上看到广告说，你们这里可以做一个……"

大夫终于明白了："你看你这个费劲儿，你直接说做处女膜不就完了。"

苏岩说："对对对，就是做处女膜！"

大夫说："你们想哪一种？"

苏岩说："我们也不知道，你看呢？"

莎莎这时满脸通红。

大夫笑了："都别紧张，现在来这里做处女膜的女孩多的是。"

苏岩说："是嘛！她们也是为了彩礼吗？"

大夫摇了摇头，"她们是小姐，做这个主要是为了钱，不是为了彩礼。"大夫又笑了："其实，都差不多。"

苏岩说："不一样。我们是为了彩礼，她们是为了钱。"

大夫说："好好好，你说不一样就不一样。你们想做哪一种，价钱都差不多，都是2500。”苏岩看了看莎莎，莎莎脸红地低下了头。

苏岩心想，她真的装村姑了。

大夫很温柔，他和声细语地对莎莎解释说：“别紧张也别害怕。处女膜就是一层薄薄的黏膜，里面有结缔组织、血管和神经末梢。做这个手术呢有这么两种，一种是可吸收线缝合法，另外一种是不吸收线缝合法。你看想做哪一种呢？”苏岩说：“你看着办吧！”大夫说：“那咱们就做第一种吧！”大夫望着莎莎说：“咱们开始做，好吗？这个手术很简单，一会儿就完事儿。”他写了一个单子交给苏岩说：“你去把钱交了。”

苏岩起身走了出来。莎莎也跟着他走了出来。

苏岩说：“你出来干什么？”

莎莎说：“不做了，咱们走吧！”

苏岩说：“你是不是嫌大夫是男的？”

莎莎咬着嘴唇没吱声。

一个小姐还这么封建！

苏岩说：“男的就男的呗！你就当他是嫖客，怕什么的？”莎莎不吱声，一个劲儿往外走。苏岩追上去说：“是不是没带够钱呐？这个钱我给你拿。”

莎莎像是哭笑不得，她拉着苏岩的胳膊继续向外走。苏岩不高兴地轻轻推了她一下：“都来了，做完再走呗！”他说话的声音很大，周围的人异样地瞅着他们俩。苏岩虎劲上来了，谁愿意瞅就瞅吧！他不想就这么走了，刚才白费那么大劲儿了。

莎莎脸红地看着苏岩。

苏岩说：“莎莎，你没带那么多钱是不是？没关系，我先给你垫上，将来你再还我不就得了。”

莎莎小声地说：“不是钱的事儿！”

苏岩说："那是什么事儿呀？"

莎莎十分不好意思。苏岩挺来气，我帮你，你还装上了。

苏岩说："多大个事儿，你一咬牙就过去了。"

这时，那个大夫走了过来，他拍了一下苏岩，转身往回走。苏岩跟着他回到了诊室。

大夫关好门，不愿意地说："你在外面喊什么？"

苏岩说："我……们……"

大夫说："影响多不好啊，别的患者该以为我们科室出医疗事故了呢！"

苏岩说："对不起，我……们……"

大夫说："花这么多钱舍不得是不是？"

苏岩只好点着头。

大夫说："舍不了孩子套不住狼，你现在是花钱了，但你将来不是可以更多地赚回来嘛。就像你们种地似的，你们撒下的是种子，收获的却是庄稼。"

苏岩说："现在庄稼不值钱，去年卖了庄稼连买种子的钱都不够。"

大夫说："是吗？"

苏岩认真地点了点头。大夫同情地说："既然这样，你们就别做了。"苏岩说："不做了，那我的彩礼怎么办呐？"大夫说："我说不做了，是说不做这个手术了。你不就是想整个处女膜，不做手术也可以办到。"

大夫打开抽屉，找出了一个包装精美的小盒递给苏岩："这是一次性即插即用型的。你回去看看说明就知道怎么用了！"

盒子上面写着"贞德红人造处女膜"。

苏岩说："这得多少钱呐？"

大夫假惺惺地说："你们这么困难，送给你们，算扶贫了。"

苏岩说："别别别，你就说多少钱吧！"

大夫说："既然你非给不可，你就拿 250 块钱意思意思吧。"

苏岩说："行行行。"

苏岩出来向外走，莎莎紧紧地跟在后面。他们的不远处，那个贼眉鼠眼的男人也跟着他们走过来。

什么意思？

苏岩警惕地用余光盯视着那个男人。

男人走到苏岩的身后，苏岩猛地回身瞪着他。男人吓了一跳。

男人说："你这么瞅我干什么？"

苏岩说："你干什么？"

男人笑了："你们来做处女膜手术吧？我跟你说，用不着。买一个现成的一样管用。"说着他拿出一个同样精美的包装盒。苏岩接过去看了看，同样也是"贞德红人造处女膜"。

苏岩说："多少钱？"

男人说："100。"

苏岩把小盒还给男人，与莎莎向外走去。男人在后面喊道："80！你给60 拿走吧！"

–9–

莎莎从医院里出来，领着苏岩来到了一家档次很高的饭店。莎莎说："苏岩，我请你吃饭。"她的表情很幽怨。苏岩想，这是感动了！吃饭的时候，苏岩把"贞德红人造处女膜"放在了桌子上。莎莎拿起来瞧了瞧，脸很快又红了。

苏岩说:“莎莎，这个事儿，你就自己把握吧！既然做这个事儿，就一定做得像真的。其实，如果你不当小姐的话，凭你的条件，你是不是处女，人们也不会介意的。现在谁找朋友还关心这个事儿呀！可由于你是小姐，人们就会对你另眼相看了。别看李成现在喜欢你，如果你没有点特殊的东西，这种喜欢很快就会淡的。所以，你和他接触一定要小心谨慎，这都是值得的。小姐这碗饭虽然钱挣得多一点，但你吃得多辛苦啊！说不定哪天就得被抓起来。假如你嫁给了李成，你等于找到一份可以终身从事的好工作！”

莎莎的眼泪落了下来。

苏岩说:“你假装是处女骗李成，不是骗他的钱，你要和他好好过日子，你要一心一意地去爱他！你好好伺候李成，好好伺候他的父母。就这么点工作，你累还能累到哪儿去！这个工作不仅让你衣食无忧，你还会非常幸福。将来你再给他生个孩子，你就什么都有了。即使你老了，你人老珠黄了，李成能嫌弃你吗，就算他嫌弃你，你的孩子能嫌弃你吗！你说，你嫁给李成好好和他在一起生活，这个工作是不是比你当小姐强多了！”

莎莎一只手擦着眼泪，另一只手不由自主地来摸苏岩的脸。

苏岩把她的手拿下来:“莎莎，我知道你喜欢我，但我不会与你怎么样的。说良心话，你要不是小姐，我都可能去追求你，但就因为你是小姐，你送上门，我都不会要的。”

苏岩以为这些话会让莎莎无地自容，但莎莎似乎并不在意，她依然深情地看着苏岩。苏岩心想，这个傻小姐是不是以为我喜欢上她了！

苏岩不想让莎莎产生错觉。

苏岩说:“你知道我为什么帮你吗？”

莎莎摇了摇头。

苏岩伤感地说：“看到你，我想起了过去的女朋友！过去我们在一起的时候，她最愿意我开车拉着她，可是，我总是太忙了，很少拉她。有一次她让我拉她到省城来买衣服，我都答应她了，后来又变卦了。我特别后悔……你说，就算我是局长，我再忙还差那么点时间吗……今天虽然我到省城帮你办事，其实，你也是在帮我，我觉得今天是拉着她来省城买衣服！我心里好受多了。莎莎，谢谢你！”

莎莎静静地看着苏岩。

苏岩说：“今后，你要自重点儿！莎莎，我对小姐历来都心黑手狠，到我手里几乎全都教养。但我要是抓住你，可能就狠不起来。你别让我为难。就是李成不要你，我希望你也别当小姐了。如果你非当不可的话，你最好不要在郝飞的夜总会当了！你明白吗？”

苏岩这么说，等于泄露机密了。可莎莎深情地看着苏岩，像是根本就没在听苏岩说什么。

苏岩说：“我让你别在郝飞那儿干了，你明白我的意思吗？”

莎莎说：“我不明白。”

苏岩真想给她一个耳光，他耐心地说：“郝飞这个人很危险，可能将来有一天，我要把他抓起来。到那时，夜总会里的小姐也得统统处理……明白了吧？”

莎莎说：“我还是不明白！”

苏岩乐了：“这么说吧，今后，你别让我看见你行不行？”

莎莎难过地说：“为什么？”

苏岩说：“因为我是警察！”

第三章
CHAPTER 3 〉

- 1 -

滕锁荣结案后，被移交到市检察院准备起诉。在侦查阶段，苏岩可以很随便地提审滕锁荣，现在就不能这么随便了。见滕锁荣得通过检察院起诉科。苏岩找到副科长张颖。苏岩说："大姐，我得提提滕锁荣。去年 7 月 7 号在机车小区有起抢劫，手法挺像他们的。"张颖说："案子大吗？"苏岩说："不大。"张颖说："不大就算了，起诉书我都整完了，再核实下来，我还得整。"苏岩笑了。他说着温柔而贴心的话语，什么大姐这个什么大姐那个。大姐，我们不容易啊，我们真的不容易啊！说着说着，苏岩拿起桌子上张颖的保温杯，准备要喝一口。张颖急了，"行行行，你快去吧！烦死我了。"

中午吃饭前，苏岩赶到了看守所。他偷偷地在包里塞进两根香肠、两个猪蹄。

滕锁荣已经被戴上了脚镣子。犯罪嫌疑人有了这种待遇，基本就差不多了。滕锁荣进提审室就问苏岩："给我带了什么好吃的？"苏岩说："你小点儿声。"苏岩走到门前向外看了看。走廊里只有一名武警在来回巡逻。

那个时候的看守所不像现在管得这么严。滕锁荣背对着房间的铁门坐在椅子里，苏岩把香肠、猪蹄一个个拿出来递给滕锁荣。滕锁荣狼吞虎咽地吃着。苏岩把自己喝的矿泉水递给滕锁荣。滕锁荣见只有一瓶，就说："我不渴。"苏岩说："喝吧！"

滕锁荣吃完香肠、猪蹄，喝完多半瓶矿泉水，问苏岩："我得什么时候判？"苏岩开了一句玩笑："着急了？"滕锁荣不吱声了。苏岩说："你别太悲观了，不见得就死刑！我今天还特意问了问张颖，她说你弄不好还能整个死缓啥的！"滕锁荣说："苏哥，你真会安慰我！"他重重地叹了一口气："行啊！"他认真地看着苏岩："苏哥，今天找我啥事儿？说吧！"苏岩说："啥事儿也没有，就是过来看看你！"滕锁荣笑了："你就说吧！"

苏岩说："你上次和我提的盛斌还有印象吗？"

滕锁荣点了点头。

苏岩说："你当时说他和郝飞是同学，我查了一下，不是呀！"

滕锁荣说："是吗？盛斌和我说他们是同学呀！"

苏岩说："你记清了？"

滕锁荣说："我记清了。他当时领我到夜总会去玩，郝飞给免单了，盛斌说他和郝飞是同学嘛！"

苏岩说："他们明明不是同学，为啥要说是同学呢？"

滕锁荣说："他是不是随口说的？"

苏岩说："你看他像随口说的吗？"

滕锁荣说："我想不起来了。"

苏岩说："你再好好想想！"

滕锁荣说："我真的想不起来了。"

苏岩说："你分析分析盛斌这么说是不是想隐藏什么？"

滕锁荣糊涂了："隐藏什么？"

苏岩说："盛斌与郝飞之间可能有什么秘密？"

滕锁荣笑了："不能吧！他们俩会有什么秘密！不能，不能！"

苏岩不高兴了，"你这个脑袋呀，除了吃，什么也不想！"

滕锁荣说："不是我不想，是你想得太多了。"

这个傻 × ！

苏岩苦口婆心地和滕锁荣讨论这个问题。最后，滕锁荣被苏岩说服了，他说："按你这么说，郝飞与盛斌的确值得怀疑。"

苏岩笑了："猪蹄你算没白吃。"

下午一上班，苏岩就来到了陈凯鸣的办公室，把滕锁荣的怀疑添油加醋向陈凯鸣做了汇报。苏岩强调说："开始吧，滕锁荣和我说了之后呢，我没太当回事儿。是不是同学能怎么的？但陈局，从其他掌握的线索来看，郝飞这个夜总会有点神秘啊！我觉得有必要查查。"

陈凯鸣说："那你就查呗！"

苏岩说："能不能立案？"

陈凯鸣不冷不热地说："仅仅怀疑你就立案？"

苏岩不吱声了，陈凯鸣缓了一下口气，"你怀疑这很正常，但苏岩你不能乱怀疑。上次，马良的死是意外，你非得怀疑说郝飞是故意谋害国家干部。这次不就是什么一个同学不同学嘛，你又觉得郝飞的夜总会神秘了？有什么可神秘的！"

陈凯鸣的语气让苏岩不舒服。苏岩只好说："确实没什么神秘的，都怪我瞎想。"

陈凯鸣看了看苏岩，说："我知道你这都是为了工作，但你得谨慎啊！"

陈凯鸣给苏岩撇过来一支香烟，慢悠悠地说："郝飞我听说像是有点什么背景，查他的话，一定要实实在在，有理有据。懂吗？"

苏岩说："我懂了。"

– 2 –

从省城回来，莎莎再没给苏岩打电话。莎莎离自己很近的时候，苏岩负担挺重。警察与小姐搅和在一起，不是什么好事。莎莎远离自己了，苏岩又惆怅了。他时不时地想起莎莎，想着想着，他觉得莎莎也有点神秘了。

看莎莎的意思是喜欢上自己了。这反常啊，小姐与警察是鼠与猫的关系，老鼠喜欢猫不对呀！别的小姐见到警察躲还来不及呢，莎莎却勇往直前！男女之事在正经人眼里会心跳脸红，在小姐那儿就是吃饭喝水。可莎莎身为小姐却也时不时脸红，这些都咋回事儿呢？小姐一般都是县里的到市里，市里的到省里，很少有在自己家跟前做的！而莎莎的户口是在本地，这就是说她是本地人，这有点反常啊！

苏岩开始不想查莎莎身上的这些疑点。她又不是什么重要犯罪嫌疑人，一个小姐不值得苏岩动太多的脑筋。但现在呢闲着也是闲着，那就查查她吧！

莎莎的手机号苏岩知道了，莎莎的名字苏岩替她办身份证的时候也知道了，通过这些查一个人对苏岩来说太容易了！

– 3 –

学校外面的铁门关着，一条铁链子搭在门上，不注意瞅以为门被锁上了。苏岩拿下铁链子，进去后，又把铁链子按原来的位置放好。从铁门到校门还要穿过很长的学校操场，现在是上课时间，操场上空空荡荡的。校门口站着穿着制服的保安，警惕地注视着苏岩。苏岩仿佛他不存在一样，坦然地迎着他走去。保安问他：“找谁？”

苏岩没吱声，向楼里随意指了一下，继续往里走。保安拦住他，不高兴地说：“你找谁？”苏岩冷漠地盯视着他：“刘老师。”保安像是知道似的，马上态度温和地说：“啊，进去吧。”苏岩走到门口又转身走到保安的面前，严厉地说：“你知道我找哪个刘老师，你就让我进去？”保安愣住了。苏岩说：“今后一定要问清楚了，看看他的证件再让他进去。”保安急忙点着头。苏岩给他看了看自己的工作证，保安看完之后，诚惶诚恐地还给苏岩。苏岩问：“初三在几楼？”保安说：“二楼。”

苏岩来到二楼慢慢地走着，边走边从窗户里向教室里张望。第一个教室里，学生们正在聚精会神地听着老师讲课。老师是位戴着眼镜的老女人，她用手比画着。第二个教室里是位男老师，他像是很生气，在大声地喊着什么，一个学生嬉皮笑脸地站在他的面前，老师哆嗦着用手点着学生的脑门。

来到了第三个教室，苏岩有点接受不了眼前的情景。莎莎穿着职业套装，在黑板上流利地写着英语单词，边写边大声地朗读着。教室的门开着，莎莎的声音清楚地传出来。

像电视剧了！

这是陈凯鸣说过的话。陈凯鸣为什么这样说，苏岩不太记得了，但对这句话，苏岩记得非常牢，动不动，他就挂在嘴边。现在他张着嘴却半天说不出来。

莎莎从窗户里也看到了苏岩，她说了一句什么，学生们打开书高声地朗读起来，声音整齐而有节奏。莎莎从教室里走出来，苏岩迎着莎莎走过去，他像是早就什么都知道了似的。苏岩说：“刘老师，你什么时候下课？”莎莎抬起手腕看了一眼手表说：“还有 12 分钟。”苏岩说：“下堂课还是你的吗？”莎莎说：“不是。我今天就一节。”苏岩说：“我在门口等你。有点事儿问你，你方便吗？”莎莎说：“方便。”

莎莎的举止表情非常优雅，非常像一名人民教师。苏岩在心里感慨着，这个世界咋都变成这样了。

下课的铃声响起不久，穿着运动服的学生们冲出校门奔跑在操场上。他们在操场上又蹦又跳。莎莎拎着包稳健地穿过操场，她从铁门出来后上了苏岩的车。

苏岩把车开到了公安局。莎莎说：“来这儿干什么？”苏岩说：“有事儿。”他下了车，莎莎也下了车。苏岩径直往里走，莎莎也只好跟着走。两个人离着一段距离，碰到熟人，苏岩也不介绍。

苏岩没有回到办公室，而是直接把莎莎带到了审讯室。苏岩用力推开铁门，铁门撞在墙上，咣当一声。苏岩指了一下铁制椅子：“坐吧！”莎莎犹豫着。苏岩拿起一个垫子放在了铁椅子上，莎莎坐下了。

苏岩打开笔录，像是要记录什么。他对莎莎说：“刘芳同志，今天把你找来有几件事儿要问问你。”

莎莎说：“你问吧！”

苏岩说：“你在夜总会一共干了多长时间？”

莎莎说：“我没干过！”

苏岩说：“刘芳同志，我找你来不是闲着没事儿，你现在可能要被牵扯到一个案子当中，如果你不说实话……”

莎莎说：“我说的是实话。”

苏岩说：“刘芳同志，你说那个大款李成对你挺好，后来我们调查了，李成根本就不认识你，这些你怎么解释？”

莎莎说：“我承认这些我说谎了。”

苏岩说：“为什么要说谎？”

莎莎低下了头。

苏岩步步紧逼，“你为什么要编造李成如何如何对你好？”

莎莎说：“你忘了你老问我有没有哪个大款对我好，我说没有，你不信。我心想，我要是不说一个，你又不理我了。我不认识李成，也没见过李成，他对唐玉挺好的，唐玉和我说过，我……就……”

苏岩说：“你就把你自己当成唐玉了！”

莎莎摆弄着衣角点了点头。

苏岩叹了一口气：“我不知道你为什么要这样，你有男朋友，你受过高等教育，你现在是一名教师，我非常非常不理解你。我想，不仅我不能理解，你的父母你男朋友更不会理解了。”

莎莎从椅子上站起来，她走到苏岩的跟前看着苏岩。她的眼里含着泪水。

苏岩用纸巾给莎莎擦了擦泪水，温和地说：“这么做，也许你有自己的原因，但无论什么原因，我认为都是不应该的！你说是不是？”

莎莎点了点头。苏岩说：“今后一定不要再干这种事儿了。”莎莎又点了点头，她的眼泪不住地落下来。苏岩只好继续擦着。他说：“你注没注意今天一见面，我就管你叫刘老师。我希望莎莎这个名字，今后我永远都不叫了。现在，你可以走了。”

刘芳说：“你能送送我吗？”

苏岩想了想说：“可以。”

路上，两个人都没有说话。苏岩把刘芳送到了花园小区门前，刘芳说：“你第一次送我回来，你还记得吗？”苏岩点了点头，他伸出手，“刘老师，认识你很高兴，今后千万不要再淘气了。”

刘芳握住苏岩的手不松开，“你今后是不是再也不理我了？”

苏岩说：“你把手松开吧！”

刘芳又哭了，“你今后肯定不理我了。”

苏岩说：“别哭了，啊！”

刘芳说：“那……你拉我最后溜达溜达行吗？”

苏岩说：“行。”

苏岩拉着刘芳来到了江边。

现在江里的水越来越少了，最少的时候，人可以蹚过去。为了显得水多一点，市里在下游修了一个大坝。大坝是橡胶的，可以充气。水少的时候，把橡胶大坝充满气，水就给挡住了，于是流经市区的江水多了起来。这么搞虽然是人为的，但不细瞅谁也看不出来，毕竟江像个江样了。只是江里的水被拦住之后，流速降低了，从工厂里排出的废物全都漂在水面上。白的黑的一大片，挺壮观。中午的阳光照在上面，老远就能闻到其中刺鼻的味道。

沿着拦江大坝，苏岩迎着风把车开出了很远。这是江水的上游，江里乱七八糟的东西少多了，风也把难闻的味道吹到了下面。

苏岩下了车，站在江堤上。刘芳也下了车，站在苏岩的旁边。刘芳拉了苏岩一下说：“坐车里吧，这里的风大。”

刘芳来到车跟前，打开了后面的车门。

刘芳说：“咱俩坐后面呗。”

苏岩说：“为啥？”

刘芳说：“我想挨你近一点儿！”

－4－

刘芳说："我怀疑我不是我妈生的。我问过我爸，我爸说是，肯定是。他说，你是你妈的亲生女儿，生你的时候，我就在跟前。我问他，那我妈对我为什么这么不好？我爸说，她就是这个脾气，你看她对我不也这样嘛！我对我爸说，爸，咱们不跟她过了，你给我找一个后妈行不行？我爸就笑了，他说，你个傻孩子净说傻话，这话要是让你妈听到了，不得气死呀！我妈听了这话，不会气死，她会把我打死。真的，这种事儿，她能干出来。从小到大，我妈没少打我。从三岁起，我妈就让我学英语、学钢琴、学小提琴，后来又让我学舞蹈、书法、绘画……反正，只要她不会的，她就让我学。学不会，她就说我，掐我，不给我饭吃。你知道法西斯吧，我妈就是个典型的法西斯。小时候，我不愿意回家，如果不是因为我爸，我都想离家出走了。你说怪不怪，我妈这么不好，我爸可喜欢她了，天天给她做饭，给她熨衣服，还给她洗脚！真恶心人。后来，我考上了大学，我可高兴可高兴了，总算离开我妈了。但我妈还是天天通过电话管着我。她不准我谈恋爱，不准我穿短裙子。穿裙子必须穿长筒袜，夏天那么热也不准光着腿。我们寝室里谁都有男朋友，就我没有。我妈天天打电话查岗。有一个周末，我和同寝室两个女同学出去吃饭，我妈就是不信，她非说我和男同学出去吃饭。我就在电话里和她顶了一句嘴，我长这么大头一次和她顶嘴。第二天，我妈竟然坐飞机来到了我们学校。她可真好意思，当着那么多的人，她说我不要脸，这么点儿就谈恋爱……苏岩，你说，她能是我亲妈吗？"

确实不太像亲妈。苏岩说："这是你妈对你要求严，这都正常。我妈对我也这样。"

刘芳说："不可能，你忘你那天说你妈了，你说着说着就流眼泪了。要是我妈，她死了，我都不会流眼泪的。”

苏岩说：“你这样想可就过分了。她可是你妈呀！”

刘芳说：“我不怕你笑话我，左右今后你也不会理我了。我今天就想把心里的话都说给你。你理解最好，不理解，就当我是疯子。苏岩，我和你这么说我恨我妈，但表面上我对我妈可好了，她让我干什么我就干什么。我从来都没有违背过她，就算我心里不愿意，我不会表现出来，我也不敢表现出来。看见她，我就害怕。上学的时候，我就想，等我毕业就好了。毕业了我就可以谈恋爱，可以结婚了。我非常渴望有一个男朋友，我们寝室里的人都有男朋友，每天晚上她们都互相吹嘘，我可羡慕了。我也打算偷偷地谈一个，可我喜欢的，我不敢去追求；喜欢我的，我却一点都不喜欢他。我都想好了，等我毕业之后，我一定要找一个我自己喜欢的男人嫁给他，好好爱他，和他一起生活，远远地离开我妈。我拼命地学习，我当时想留在北京当一个白领。有两个外企到学校招人的时候，都看好了我。可是，我妈坚决不同意。她说，你一个女孩子留在北京，妈不放心。什么不放心？原来她是有目的。快毕业的时候，我妈给我介绍了一个男朋友，就是这个王松。和王松认识第一次，我就不喜欢他，这不是说他不好，他很成熟，说话聊天一套一套的，但不知怎么搞的，看见他我就觉得像看见了我妈，因为我妈就说话一套一套的，我怕死了。我担心王松也像我妈一样。我好不容易离开了我妈，我可不想再找一个我妈这样的人当丈夫。我和我妈说王松不适合我。我妈就火了，她说王松多好啊！怎么的，你有人了？我不敢和我妈顶嘴，既然她说好就好吧。可是，我实在是不喜欢王松，每次和他在一起就像我和我妈在一起一样，我都愁死了。我不知道，将来的日子会不会也像现在这样，我不敢想，可又不能不想。没事儿的时候，我一个人就到公园里去散心。公园有一个英语角，每天都有喜欢英语的人在那儿练习会话，我没事儿也去和他们说说。在那里，我认识了唐玉。我很喜欢她，她非常实在。她很快告诉我，她是干那种工作的。她以为我不会理她了，但我没有。我觉得唐玉是个很好的女孩。她说她干这个就是为了钱，但她并不看重钱，她和我在一起吃饭什么的，都抢着花钱，她很羡慕我英语说得那么好。她说，将来她有钱了，一定也上大学。她羡慕我，我有时还挺羡慕她。因为她比我自由，她可以想干什么就干什么，可我不能。我那么不喜欢王松，却不得不和他生活一辈子，因为王松是我妈喜欢的人。你知道我妈为什么喜欢他吗？因为他爸调到省里去了。我要是嫁给王松，他爸就能提拔我妈。我很了解我妈，我妈最喜欢的不是她的丈夫，更不是她的女儿，她最喜欢当官。只要她能当更大的官，她就可以把她的女儿当作礼物去送人。她才不管我是否愿意，更不管我一生是否幸福。你说，她这么对待我，我为什么不能好好对待自己一次？真的，我那时就想好了，我结婚前，一定要找一个我喜欢的男人，和他……约会。我不会过分的。我只要有一次就行。苏岩，无论你怎么看我，我都觉得我这个要求并不过分。我这么做是不对，但我将来会对得起王松的，我会永远对他好，就算他将来有什么对不起我的事儿，我也不会离开他的。我妈和王松都需要我做一个贤妻良母，我会的，我真的会做一个贤妻良母的。”

刘芳说着，眼泪一滴一滴地落下来。她的手已经在不知不觉中紧紧地握住了苏岩的手。

苏岩慢慢地把她的手拿开，平静地说：“那天晚上，你到宾馆去什么意思？”

刘芳说：“我想去见见你。”

苏岩说：“见我什么意思？”

刘芳害羞地低下了头。

苏岩冷冷地说：“你和我不认识，你从来没见过我，你见我干什么？”

刘芳说：“我见过你。”

苏岩说：“你见过我？”

刘芳打开包，拿出一张很旧的报纸，报纸上有苏岩穿着警服的照片。

苏岩笑了，越来越像电视剧了。他把报纸叠好放进了自己兜里。

刘芳说：“你还给我。”

苏岩说：“你留它干什么？”

刘芳哭了，她的哭声弄疼了苏岩。

苏岩说：“报纸也不清楚，将来我送你一张照片。”

刘芳说：“骗人。”

苏岩说：“我不骗你。”

刘芳深情地看着苏岩。

苏岩说：“刘芳，你今天和我说这么多心里话，我非常感动。感谢你能对我这么信任。放心吧，凡是属于你的秘密，在我这儿永远都是秘密。”

刘芳的眼睛直勾勾地看着苏岩。

苏岩说：“你的有些想法，我完全理解，但我不赞同。很多事儿并不像你想得那么简单。你想找个你喜欢的人在婚前这样一下，这太不可取了。你这么做不仅是对王松不负责，对你，包括对和你那样一下的男人都不负责。人都是有感情的，一下之后说不定就会有第二下、第三下！刘芳啊，你有这种冲动我可以理解，你小。但如果你今后再有这种冲动，我不仅不理解你，我还会瞧不起你。现在，我要把丑话说在前面，如果将来你胆敢通过唐玉再干这种事儿，第一，我要向你的母亲汇报。第二，我将毫不犹豫地把唐玉抓起来。我不仅要教养她，我还要搜集证据让法院狠狠重判她！”

－5－

苏岩说："知道为什么找你来吗？"

唐玉说："不知道。"

苏岩说："人民的好公仆马良，还记得吧？他被你活活地累死，这你没忘吧？"

唐玉不知所措地看着苏岩。

知道了唐玉与刘芳的关系后，苏岩对唐玉的态度也有所改变。

苏岩说："马良的死严格来说，起因不怨你，这应该怨马良作风不好！但这一点，你怎么来证明啊，马良的老婆会给你证明吗？不会吧。他老婆肯定得说马良如何如何正经，他学坏主要是你这种坏女人勾引的！"

唐玉说："郝飞会给我证明的！"

苏岩火气上来了，"郝飞给你证明？他妈的，到现在了，你还指望他来救你吗？"

唐玉急忙说："那没有。他这种人决不会来救我的！"

苏岩说："能救你的只有我们警察，这一点，你明白吗？"

唐玉说："我当然明白了。需要我做什么吗？"

苏岩说："我找你来并不是非得让你做什么！我们警察既打击罪犯也要挽救罪犯。我觉得你是具备一定挽救条件的，所以，我今天和你说这些，希望你能珍惜！"

唐玉说："我肯定珍惜。苏队长，你就说吧！让我做什么？"

苏岩说："你和郝飞关系怎么样？"

唐玉说："挺好的，他经常让我到他的办公室……他屋子里有床。"

苏岩说："他给你钱吗？"

唐玉说："不给。"

苏岩说："郝飞和其他小姐也这样吗？"

唐玉说："也这样。"

苏岩说："你在别的夜总会干过吗？"

唐玉说："干过。"

苏岩说："觉得有什么不一样吗？"

唐玉说："郝飞不给我们下任务，这和别的地方不一样。"

小姐的收入与夜总会老板都是按比例分成的。

苏岩说："这就是说，郝飞根本就不在乎你们能否给他创造利润？"

唐玉说："是的。"

苏岩说："你见过这样的老板吗？"

唐玉说："没见过。"

苏岩说："郝飞吸毒吗？"

唐玉说："应该是不吸。"

苏岩说："你怎么知道？"

唐玉说："吸毒的人，我能看出来。"

苏岩突然问："有一次我让郝飞安排一个小姐，你知道吗？"

唐玉不自然地点了点头。

苏岩说："郝飞安排谁了？"

唐玉说："安排我了。"

苏岩说："第二天，郝飞问你了吗？"

唐玉说："问了。"

苏岩说："你是怎么说的？"

唐玉说："我说你没做。"

苏岩说:“郝飞相信吗?”

唐玉说:“他不相信。我和他反复解释,但他就是不信!”

苏岩说:“他既然不信,你就不要和他解释了。既然他认为我是个嫖客,那就让他认为好了。”

唐玉不解地看着苏岩。

苏岩盯视着唐玉,又突然问:“你为什么要让莎莎替你到宾馆去见我?”

唐玉低下头。

苏岩拍了一下桌子,“问你话呢?”

唐玉说:“我想把莎莎介绍给你!”

苏岩说:“为什么?”

唐玉说:“因为她喜欢你!”

苏岩说:“你怎么知道她喜欢我?”

唐玉说:“莎莎每次见我都向我诉苦,说她母亲总欺负她,拿她不当人。我就和她说,如果让你做她男朋友,她妈就不敢欺负她了。另外,莎莎早就知道你,她在报纸上见过你的照片!你穿警服的样子,她特别喜欢!”

– 6 –

刑警一年到头很少穿警服,穿警服去抓人,没等到跟前,人就跑没影儿了。刑警们都穿便服。便服属于工作服范畴,应该局里给买。但没有,刑警们都得自己买。他们天天接触的都是社会上形形色色的人物,这些人大都衣着讲究。为了融入进去,警察也得穿差不多点儿。太水了,社会人也瞧不起,无形之中,降低了自己的威信,没地位,朋友少,方方面面的线索就上不来。没线索，破案就少，在队里也抬不起头。为了装自己还行，刑警们都穿得不错。不是国外名牌也得是国内名牌，尤其是皮带皮鞋皮包，裸露在外面的更得讲究点儿。

苏岩很讲究，穿的戴的全都是名牌。每次别人问他衣服多少钱，他总说："不值钱。假的。"他越说假的，别人越认为是真的，也没人认为他还能穿假的。苏岩的父母做买卖，有钱。就算苏岩穿假的，别人也得认为是真的。既然这样，苏岩心想，没必要买真的了！他买的名牌全是假的。就有一双皮鞋是真的，还是牛东新送给他的。牛东新看好了苏岩新买的一双皮鞋，他要拿自己的和苏岩的换。苏岩说："我这是假的。"牛东新不信，他说："你就是不想换。你不吃亏，我这是从意大利买的。"苏岩心想换就换吧！自己从上到下穿的全都是假的，整双真鞋穿上，也算对得起别人对自己的信任。

名牌是真还是假，苏岩都不喜欢穿。他穿名牌是给别人看的，大家都穿，自己不穿好像挺独特似的。

苏岩觉得，自己有必要为了和你们保持一致就得和你们穿一样的衣服吗？他想来想去觉得没必要！

我就不和你们穿一样的，还能把我枪毙了？

苏岩喜欢穿随意的，越随意他越舒服。他觉得自己最舒服的衣服，就是那套在省城买的农民装。虽然不太好看吧，但感觉不一样啊，穿上好像马上变了一个人似的。在医院里能穿，在单位里为什么就不能穿呢？衣服嘛，不就是穿的嘛！

苏岩穿着这套衣服上班之后，引起了广泛关注。这么破的衣服没人说破，这么旧的衣服也没人说旧，都问在哪儿买的？苏岩说："我托人从意大利买的。"

刑警们纷纷效仿。有的穿一条裤子，有的穿一件上衣。出去吃饭也没人笑话。周围都是名牌，你穿得又破又旧反而引人注目。现在这个社会，破点儿旧点儿无所谓，关键是要与众不同。苏岩很快落伍了，他总是那套破旧衣服，而其他人的不仅破旧还有补丁。社会人学得更快，比警察也有品味。破旧的衣服搭配名牌皮鞋、名牌腰带，再不就西装革履弄一民工书包背上。他们走在街上，整得真农民、真民工都糊涂了，一个个都啥意思？

苏岩又不穿农民衣服了，开始穿警服了。刑警们一般不穿警服，但没说不准穿警服。苏岩过去不穿警服，主要是不想让社会上的地痞流氓认出自己，但现在穿不穿，他们也都认识了。既然身份早就暴露了，在他们面前穿警服也就不影响工作了。在局里穿警服没人注意，都穿警服，谁注意谁呀！但社会人对苏岩穿警服还是蛮新鲜的。牛东新见到苏岩穿着警服走进自己办公室，都把眼睛眯缝成了一条缝儿！

苏岩说："啥意思？"

牛东新说："你像国民党的少校。"

苏岩看见屋子里衣服架上挂着一件破旧的民工服，问牛东新："你怎么也跟着装农民呢？"

牛东新说："现在到饭店里全是农民，我不装农民我装啥呀？"

苏岩说："我们队里也是，全是农民了。"

牛东新说："他妈的，谁整的呢？一夜之间都跟着装起农民来了。"

牛东新想起了什么："郝飞现在让夜总会里的小姐都打扮成农村姑娘了。"苏岩说："咋的呀，装处女啊！"牛东新说："现在夜总会火得不得了。"苏岩说："以前不也挺火吗？"牛东新说："现在更火了。"

马良死在了小姐的身上。开始社会上传的是谣言，往后就是传奇了。马良在房间里采取了哪些姿势，小姐用的是什么牌子的香水。马良不是累死的，他是想使自己达到最高境界。要想获得全新体验，就得少呼吸，最好是让自己处在窒息状态！马良本来可以活下来，但他太贪了。他进入到那种状态就不想出来，他为了追求最高享受，才到了另外的世界。马良的死不仅没吓倒广大新老嫖客，反而激起了更大的冲动。牛东新说："现在到夜总会得事先预约，临时去了都没地方！"

苏岩说："你挺了解啊！"

牛东新说："我了解是了解，但我不找小姐，我找小姐都为朋友找。"

苏岩说："你别白话了。"他知道牛东新今天找自己肯定是有什么事儿。

牛东新说："苏岩，快两年了，我也没干什么。人老待着不行啊！"

苏岩说："你不是天天搞文化嘛！"

牛东新说："我这是闲的才去搞文化。说真的，我最愿意干的还是赚钱啊！"

苏岩说："你都这么有钱了，还赚它干什么呀？"

牛东新说："我赚钱的目的不是为了更有钱。我把它当作一项事业。你说我，如果不赚钱，我去干什么呢！人活着总得干点儿有意义的事儿吧。"

苏岩怕牛东新说起来没完没了，就看了看表说："你有什么事儿，赶紧说。中午我还有事儿！"

牛东新这才说："那个从南方来的作家钟骅现在遇到点儿麻烦。"

苏岩说："什么麻烦？"

牛东新说："有人要杀他！"

－7－

刘芳眼睛直直地盯住穿着警服的苏岩。

苏岩被看得有点不好意思，他解释说："上午开大会来着，我们开会要求一律着装。警服我平时根本不穿，现在冷不丁穿一次还挺不习惯的。"

刘芳说："你咋不戴帽子呢？"

苏岩说："多热呀！"

刘芳看见帽子放在车里的后座上，拿起来给苏岩戴上。

苏岩说："你找我什么事儿？"

刘芳说："到饭店再说吧！"

苏岩说："就在车里说吧！"

刘芳说："你怕领我去饭店影响不好是不是？那咱们买点在车上吃吧！"

刘芳到超市买了一堆好吃好喝的！

苏岩开车拉着刘芳来到了凤凰山上，他们在山坡上铺了一张塑料布，就开始了野餐。

野餐品种挺多，有拌菜、狗肉、香肠、面包、可乐、酸奶。

刘芳说："也不知道你喜欢吃什么，我买的这些你喜欢吗？"

苏岩说："我吃什么都行。"

刘芳说："我和你一样，也是吃什么都行。"

苏岩说："王松也是什么都吃吧？"

刘芳说："不是。他不吃鸡蛋，不吃带鱼，不吃排骨，不吃肥肉，不吃饺子……还不吃什么了？反正他还有不吃的。我想不起来了。"

苏岩说："那他平时吃什么呀？"

刘芳说："我看他总吃土豆丝。"

苏岩说："光吃土豆丝呀？"

刘芳点着头，她给苏岩拿筷子拿吃的拿水拿烟，伺候得可殷勤了。

苏岩说："我自己来吧。"

刘芳说："我都习惯了，我不干还挺难受的。"

苏岩说："你这可能是天生的。"他很认真地向刘芳灌输这样的世界观。人生下来有两种，一种是伺候人，一种是被人伺候。

刘芳说："你说得真对。咱俩吧，我是伺候人，你就得被人伺候了。"

刘芳如此接话，把苏岩整不会了！

苏岩说："你找我到底什么事儿，现在可以说了吧！"

刘芳说："我想问问你感情的事儿。"

苏岩说："我的感情，我不想和别人说。"

刘芳说："我不是问你的感情，我是问我的感情。"

苏岩说："你的感情问我？"

刘芳点着头："你不是谈过恋爱嘛，我觉得这方面你应该有经验，我想问问我和王松之间算不算有感情？"

刘芳认真地谈了她和王松交往的全过程。她说："我和他认识这么长时间了，我们约会始终是这样。每个星期四晚上5点40，我们准时到大都快餐店门前见面，然后，到里面吃饭。他给自己要一份土豆丝，给我要一份红烧肉。我们第一次就这么吃，到现在还是这么吃。红烧肉吧，我不是特别愿意吃，我只是第一次的时候很想吃，可从第二次以后，我就想吃别的了。"

苏岩说："你点别的不就完了。"

刘芳说："他请客，我咋好意思点别的。"

苏岩说："那他不问你吗？"

刘芳说：“他问！每次他都说，你还要红烧肉是不是？我就只好说是。”

苏岩说：“这你不能怨人家，他肯定以为你就爱吃红烧肉呐。这个太简单了，下次吃饭的时候，你大大方方地点你自己喜欢吃的不就完了。另外，你们换一家饭店，老吃快餐，搁谁都得烦呐！”

刘芳难过地摇了摇头：“算了。反正每周就一次。”

苏岩说：“吃完饭你们干什么？”

刘芳说：“去看电影。”

苏岩说：“挺浪漫啊！”

刘芳说：“浪漫也不能每回都看呐，有的电影都能看两遍三遍，烦死了！”

苏岩说：“他是不是喜欢看电影呀？”

刘芳说：“他其实也不喜欢……他喜欢摸我的手。”

苏岩说：“光摸你的手吗？”

刘芳说：“他还……吻我。”

苏岩说：“你什么感觉？”

刘芳说：“我感觉像是在吃一块木头。”

刘芳说这些话的时候，身体不知不觉地靠向了苏岩。

树林中的几只小鸟落在跟前，叼食着残渣碎屑。苏岩把大块的香肠、狗肉丢给小鸟。小鸟们吓飞了，但很快又都飞回来继续吃着。

刘芳说：“苏岩，你说咋办呐！每次和他约会，我都觉得心里可沉重了。吃饭的时候，我就盼着赶紧吃完。看电影的时候，我就盼着电影赶紧演完。每次，他送我回家，我就可轻松了。到了家，跟他说再见，我就感觉心里的一块石头放下了。可是，随着下次约会时间的临近，我又开始觉得沉重了，就好像一块更大的石头，压在了我的心里。”

刘芳说着说着眼睛都湿润了，她最后说："苏岩，我真不想再和他约会了。"

苏岩用手指擦了擦刘芳脸上的泪水，给她出主意："下次吧，你们别去看电影了，去卡拉OK要个包房吧。你们可以在包房里一边唱歌，一边跳舞。感情都是培养出来的，跳舞的时候，你不妨往他怀里钻……"

刘芳说："我才不钻呢！"

苏岩说："听我话，你就钻吧，钻几回，你就能兴奋了！"

这时，刘芳把下巴抵在了苏岩的肩上。

苏岩说："你干吗呀？"

刘芳说："我兴奋了。"

苏岩说："你不能跟我兴奋！"

–8–

牛东新告诉苏岩有人要来杀钟骅后，苏岩内心一阵激动。

击毙宋建、活捉滕锁荣之后，再没碰到太像样的案子。

得知南方要来杀手，苏岩顿时热血沸腾。警察都这个德行，遇到好的案子，哪怕仅仅是个好线索，也能激动得跟要高潮了似的。

苏岩马上找到钟骅去了解详细情况。

钟骅说："我在南方帮一家证券机构操盘，说好事后按利润的0.067给我。我一共赚了一亿五千七百万，我应得1052万，可那家机构只给了我100万。我不甘心，就威胁那个机构去证监会举报。但那个机构的老板袁晓刚是黑社会，上个月六号，我被两个蒙面人堵在了屋子里，他们俩拿着刀要杀我，我……害怕了，就到东北牛东新大哥这儿来躲躲。”

苏岩问钟骅：“你说那两个人把你堵在了屋里，是在你家里吗？”

钟骅说：“不是，是在宾馆里。”

那个时候，南方的宾馆也大都有监控了。委托当地公安机关查查，就能查清。

但苏岩压根儿没去查。

蒙面人拿刀到宾馆的房间里，应该是去恐吓的。真要是想杀钟骅，用不着这么费劲。

苏岩没了兴趣，只好没话找话地问钟骅：“你当时干吗住在宾馆里，你怎么不住在自己的家里呢？”

钟骅说：“我平时就一个人，住在家里不舒服，我习惯住在宾馆里，吃点儿喝点儿都很方便。”

苏岩说：“那你现在又是怎么知道那伙人要来东北杀你？”

钟骅说：“我有预感，最近，我心里总不静。”

苏岩心想，钟骅这个人精神可能有些问题。

– 9 –

苏岩问牛东新：“你认为有人要不远千里到东北来杀钟骅，这种可能性有吗？”

牛东新说：“有没有这种可能性不重要，重要的是，作为人民警察，你要让钟骅先生觉得我们这里是最安全的。”

苏岩说：“人民警察是为人民服务的，不是为钟骅先生一个人服务的。”

牛东新说："钟骅先生也是人民中的一员呐！"

牛东新现在满脑袋都在琢磨如何让钟骅为他炒股票赚钱。为了达到这个目的，牛东新必须得把钟骅先留在这里才行。

牛东新恳求苏岩："你就随便派个警察过去就行。"

苏岩说："让警察过去干吗呀？"

牛东新说："在宾馆里住几天呗，这样呢，钟骅就会完全放心了。"

苏岩说："如果我亲自住在宾馆里，钟骅是不是就更放心了？"

牛东新说："那当然了，老弟，你太够意思了，我代表东北人民感谢你……"

苏岩说："先别感谢，我还没打算来呢！"

牛东新说："什么意思？"

苏岩说："没什么意思，我到宾馆来保护钟骅，这得让我们领导批准，你看，要不你和我们局长说说……"

牛东新说："这么点儿小破事儿，用得着和你们局长说吗？苏岩，你就说，这个事儿你干不干吧？"

苏岩说："我干不了。"

牛东新不高兴了。

苏岩嘴上说干不了，其实，暗中已经布置了相应的警力。

人命关天，万一真有人来把钟骅杀了，事先得到线索的苏岩，那责任可就大了。

搁过去，苏岩肯定会把已经布置了警力这件事儿告诉牛东新，但这次苏岩故意装糊涂。

牛东新着急了："你就看我的面子，来住两天呗！"

苏岩说："那我有什么好处啊？"

牛东新说："那你想要什么好处？"

苏岩说："你帮我劝劝郝飞，行吗？"

牛东新说："劝他干吗？"

苏岩说："你让他告诉我盛斌在哪儿！"

牛东新明白了苏岩的企图，笑了："你现在怎么盯上盛斌了？"

苏岩说："我想抓他！"

牛东新说："抓他干吗呀，他到底干什么了？"

苏岩说："我抓他就是想知道他到底干什么了！"

牛东新满脸疑惑："你这什么意思？"

苏岩笑笑没过多解释，现在似乎他也没法解释。

盛斌最开始是滕锁荣提供的线索，线索只是说，盛斌可能吸毒了。

这应该是个很小的案子，即便抓住了盛斌，苏岩也得把他移交给缉毒大队处理。起初，苏岩没当回事儿，但当他通过夜总会的老板郝飞去寻找盛斌时，郝飞却极其不配合。

这让苏岩怀疑盛斌或者郝飞他们一定是有什么见不得人的事儿！为了查清真相，苏岩开始下更大的力气去抓捕盛斌。

为了麻痹郝飞，苏岩甚至让郝飞为其安排了一个小姐。

但意外的是，苏岩由此遇到了可爱的刘芳。

后来刘芳对苏岩说，她来见苏岩是唐玉让的。可苏岩却有点不大相信，苏岩怀疑这是盛斌让唐玉这么干的。

应该说，这种怀疑明显有点想当然了。

一线警察大都有这个毛病，他们总是怀疑一切，任何一点点反常的举动，都会让他们认为里面有什么阴谋诡计。

也许，盛斌真就是个普普通通的吸毒人员！但没抓到他之前，苏岩无法控制自己的大脑不胡思乱想。

苏岩对牛东新说："只要你帮我抓住了盛斌，我就肯定帮你！"

苏岩的这种执着，牛东新已经习惯了。他郑重地说："这你就放心吧，我肯定帮你找到盛斌。"

苏岩这才笑着说："老牛啊，你可真是我的好大哥！"

见苏岩笑了，牛东新也提出了要求："帮你抓到盛斌，我能有什么好处？"

苏岩说："我会亲自到宾馆里去保护钟骅啊。"

牛东新说："保护钟骅只是需要你去做做样子，这根本费不了你什么事儿！"

苏岩说："你什么意思？"

牛东新说："我的意思是，我帮你抓住了盛斌，你还得答应我件事儿！"

苏岩说："什么事儿？"

牛东新想了想，小声地说："你不能处理王松！"

苏岩心里猛地一惊，但表面却神态自若。

牛东新这么说，王松显然是有问题啊！前两天，苏岩为了帮刘芳，想通过牛东新去了解王松，但牛东新当时却支支吾吾。

很显然，牛东新以为苏岩掌握了王松什么事儿！

那王松到底有什么事儿啊？

为了套出这个内情，苏岩故意对牛东新为难地说："王松求到你了？"

牛东新说："我和王松不熟……"

苏岩说："你和他不熟，那你……"

牛东新说："我和他父亲是好朋友。你可能也知道，他父亲调到省里去了，现在你如果处理了王松，那他父亲这张老脸往哪儿放呀！"

苏岩怕自己说露馅，没怎么接话，但他心里却在急速地推测着，他妈的，这个王松到底干了什么事儿，才让他父亲的老脸没地方放呢？

－10－

手机响了一下，苏岩看看来电显示，是刘芳。苏岩把电话打了回去。

刘芳说："你在睡觉吧，我是不是把你吵醒了？"

苏岩说："没有没有，我早就醒了。"

两个人没说上几句话，刘芳就说："苏岩，我想见你。"

苏岩说："见我干什么？"

刘芳不吱声了。

苏岩说："你要跟我谈事儿，是吗？"

刘芳说："嗯！"

苏岩说："你想在哪儿见呐？"

刘芳说："在哪儿见都行。你现在在哪儿呢？"

苏岩说："我在家呢。"

刘芳说："那我到你家去吧！"

苏岩犹豫着。

刘芳说："不方便是不是？"

苏岩说："方便倒是方便，我就是担心你找不着。"

刘芳说："我能找着，我肯定能找着。"

苏岩说了自己家的位置及门牌号，刘芳很快就找到了。

苏岩的家里乱糟糟的。

苏岩说："你不用换鞋了，你就直接进来吧！"

刘芳说："你还是给我找双拖鞋吧！"

苏岩翻了半天，给刘芳找出了一双。

刘芳进屋之后，仔细地打量着房间。她问怎么就你一个人呢，你爸你妈呢？苏岩说，我爸我妈都住在郊区，那儿还有一套房子。刘芳说，平时，他们回来吗？苏岩说，不回来，有时间我去看他们。

客厅里的沙发上堆着报纸、影碟和各种书籍。苏岩收拾出了一个单人沙发，让刘芳坐。

刘芳说："这么乱你咋不收拾收拾呢？"

苏岩说："我习惯了。"

苏岩打开一听可乐，递给刘芳。他坐在刘芳的对面，一本正经地看着她。刘芳拿着可乐还在四处巡视。

苏岩说："你见我什么事儿？说吧。"

刘芳把可乐放在了茶几上，表情忧郁起来，还是关于王松的事。

刘芳说："我还是不想跟他处了。"

苏岩说："那不行。"

刘芳说："怎么不行啊？"

苏岩说："你和他处了这么长时间，你现在不跟他了，他怎么办？"

刘芳说："他再找别人呗！"

苏岩说："他要是找不着，你不把人家坑了吗？"

刘芳说："那我要是跟他，不就把我坑了吗？"

苏岩说："人家娶你是你的福气，怎么会把你坑了呢？"

刘芳说："是我的福气？"

苏岩说："那当然了！他父亲那么大的官，将来你们肯定会到省城去生活，你想想，你不就跟着去享福吗？再说，你妈还等着王松的父亲提拔她呢！你不跟王松，你妈不得打死你！”

刘芳哭了，“打死就打死吧！反正，我活着也没什么意思了。”

苏岩说：“你怎么这么想呢！行了行了，你别哭了，你在我这儿哭算咋回事儿？”

刘芳控制住自己。苏岩把可乐从茶几上拿起来递给刘芳。

刘芳接过去，喝了一口说：“你能教教我怎么离开王松吗？”

苏岩说：“这我怎么教你啊？再说，我也不会呀！”

刘芳说：“你会，你肯定会。”

苏岩说：“我真不会。”

刘芳恳求道：“教教我呗，我今天来就是请教你这个事儿。”

苏岩说：“我教你倒是可以，问题是这太不道德了。我也不是这样的人呐！”

刘芳说：“别人也不知道，你怕什么？”

苏岩说：“别人不知道也不行啊，做人不能这么做。今后我要是碰见了王松，我得多内疚啊！再说了，我帮你这么干，我有什么好处啊？”

刘芳笑了，“你想要什么好处？”

苏岩向四周看了一眼，“你给我把屋子好好收拾收拾行吗？”

刘芳说：“行行行。”她站起身，“我刚才进屋就想给你收拾。”

苏岩笑了，“哟，这么会说话呀！”

刘芳说：“真的。刚才怕你说我，我没好意思。”

苏岩说：“你给我收拾屋子，我干吗要说你呀？”

刘芳说：“我又不是你女朋友，我没资格给你收拾屋子。”

苏岩笑了，“收拾屋子还要什么资格！再说，女朋友哪有收拾屋子的，这全都是保姆干的活儿。”

刘芳落落大方，像女主人似的开始干活。她很认真地把外衣脱下来，挂在门口的衣帽钩上，又到厨房里找了一条围裙系上，问苏岩：“像保姆吗？”

苏岩说：“少说没用的，抓紧时间干活！”

苏岩靠在沙发上，看着刘芳认真地一下一下擦着玻璃。

刘芳干活是真卖力，玻璃擦完又擦厨房，擦完厨房又收拾卧室和客厅。到了中午吃饭时间，苏岩问她：“想吃什么？”

刘芳说：“我什么也不想吃，我想在你家洗个澡行吗？”没等苏岩答应，她接着又说：“我洗完接着就把卫生间给你擦出来。”

苏岩显得有些无奈：“你想洗就洗吧！”

刘芳干完活儿，走进卫生间，向客厅里的苏岩喊：“这里有两条毛巾，你平时用的是哪条？”

苏岩说：“我用黄色的那条。”

洗完澡，刘芳用黄毛巾擦着湿漉漉的头发，走出卫生间。她穿着自己的套装，有点别扭。她对苏岩说：“我带套睡衣来就好了。”

苏岩说：“要不，你穿我的吧！”

刘芳说：“你能舍得吗？”

苏岩说：“一个破睡衣有什么舍不得的！”

苏岩找出了自己的睡衣，刘芳拿着睡衣到卫生间里换上了。

苏岩到饭店买了四个菜。回来后，刘芳说：“你买菜去了？我给你做多好啊！”

苏岩说：“你都干活了，再让你做饭，说不过去。”

刘芳说：“那怕什么，我不是你家保姆吗？”她帮苏岩把方便袋里的菜倒在了盘子里。她问苏岩："你怎么没买酒呢？"

苏岩说："想喝酒了？"

刘芳说："我想跟你喝。"

苏岩说："你不怕我把你灌多？"

刘芳笑道："你肯定喝不过我。"

刘芳把菜放在客厅的茶几上，苏岩和她并肩坐在沙发上。吃饭的时候，刘芳笑眯眯地问苏岩："什么叫尤物？"

苏岩说："不知道。"

刘芳说："唐玉说我是尤物！"

苏岩说："为什么？"

刘芳说："你看。"她伸出了细长的舌头，又伸回嘴里。

苏岩说："怎么的，这就是尤物啊？"

刘芳说："我的长。"她伸出舌头，舌尖灵巧地探到了鼻子上，"你能够着吗？"

苏岩伸出舌头探向鼻子，根本够不着。

刘芳笑了，"你不行。"

苏岩说："舌头能够着鼻子为什么就是尤物呢？"

刘芳说："我也不知道，所以就问你嘛！"

苏岩说："你现在和唐玉还有来往吗？"

刘芳说："怎么了？"

苏岩说："少来往。"

刘芳说："为什么？"

苏岩说："你一点社会经验都没有，别让她给你骗了。"

刘芳说："她能骗我什么呀？"

苏岩说："你要是不相信我吧，你就接着和她来往。"

刘芳说："我信我信，我今后不和她来往就是了。再说，她现在也很少理我了。"

苏岩说："她是不是知道咱们俩关系挺好的？"

刘芳笑了："对呀！"

苏岩说："你笑什么？"

刘芳说："咱俩关系好吗？"

苏岩说："不好你能帮我收拾屋子吗？"

刘芳说："我是说你跟我好吗？"

苏岩说："当然好了！"

刘芳说："既然好，那你现在就赶紧教教我怎么离开王松吧！"

苏岩说："我现在不想教你了！"

刘芳说："为什么？"

苏岩说："我教你离开了王松，你就没男朋友了，你将来怎么办呐？"

刘芳说："我再找呗！"

苏岩说："没那么容易，你这样的不太好找。"

刘芳说："不会吧！"

苏岩说："我还真不跟你开玩笑。你不是都说过嘛，不好的你看不上，好的吧，你还不好意思去追人家。所以整不好，你这样的得一辈子嫁不出去了！"

刘芳靠近苏岩，"那怎么办？"

苏岩说："要不你先学学怎么去追男人吧！"

刘芳说："你教我吗？"

苏岩说："你想学吗？"

刘芳说："想学。"

苏岩说："那我教你什么，你就得学什么。"

刘芳点了点头。

苏岩说："先学学接吻吧！"

刘芳闭上了眼睛，像是在等待什么。

苏岩说："你闭眼睛干什么？"

刘芳说："不是学接吻吗？"

苏岩的声音变得无比温柔："那也不用闭眼睛啊！来，搂着我。"

刘芳像得到特赦似的，一下子搂住了苏岩，她的舌头迅速地伸进了苏岩的嘴里。

苏岩说："你轻点儿。别这么使劲儿！"

刘芳兴奋得已经满脸通红。

苏岩推开刘芳，问："像在吻一块木头吗？"

刘芳摇了摇头。

苏岩说："我现在不想教你了！"

刘芳说："为什么？"

苏岩说："你太笨了，我教你吧，你也不见得能学会。你看这么行不行，你将来嫁给我怎么样？"

刘芳愣愣地看着苏岩，苏岩说："我知道，你心里不愿意，我只是向你提个建议。我这么做也是替你考虑……"

刘芳搂住苏岩："我愿意，我愿意嫁给你！"

苏岩说："你不能冲动，这是一件大事儿，你要好好考虑考虑。"

刘芳的眼睛湿润了，"苏岩，你告诉我，你是真心想娶我吗？"

苏岩说："我是真心。但我得事先告诉你，我过去有过女朋友，我对她的感情很深，现在我还经常想她。刘芳，你要是嫁给我的话，你会很吃亏，我现在不敢保证能像爱她似的那么爱你！”

刘芳说：“我不是问你这个意思，我是问你娶我是真的吗？”

苏岩说：“是真的。这个事儿，我都和我妈说了。”

刘芳高兴地搂着苏岩。

苏岩推开刘芳，认真地说：“刘芳，我虽然不敢保证像爱过去女朋友那么爱你，但我肯定会对你好的。”

刘芳搂着苏岩说：“你能娶我就够了！”

–11–

办公室的窗外有几棵树，树上的叶子很翠绿。苏岩站在窗前看着翠绿的树叶，很甜蜜地想着什么。

高军来到苏岩的跟前，突然问：“还在想昨晚的事儿呢？”

苏岩回身凝视高军反问：“昨晚什么事儿呀？”

高军说：“昨晚你肯定捅咕你女朋友来的，是不是？”

苏岩说：“净胡扯，我没女朋友已经很久了。”

高军说：“前些日子，你不是还帮着一个女孩办身份证来着吗？”

苏岩说：“帮着办一个身份证，女孩就能成我女朋友啊？”

高军说：“那当然了。”

苏岩说：“你凭什么这么肯定？”

高军说：“凭我的直觉！苏岩，你敢对天起誓吗？”

苏岩说：“起誓什么呀？”

高军说：“你刚才是不是在想昨晚的事儿？”

苏岩说：“真没有。高军，实话告诉你，刚才我在想什么，打死你，你都猜不到！”

高军说：“你在想什么？”

苏岩说：“我在想，如果你我脱光了，睡在一个被窝里……”

高军说：“行行行，你快别想了，太恶心人了！”

苏岩说：“正因为恶心，所以，我刚想到咱俩在一个被窝里……”

高军说：“求求你，别往下说了好吗，我身上已经全是鸡皮疙瘩了。”

虽然感到十分恶心，但两个人还是继续往下说着。

苏岩说：“真是他妈的怪了，咱俩想想都恶心，为什么王松他们却津津有味呢？”

高军说：“我问过法医，法医说，这种人的内分泌出问题了，像咱们分泌的都是喜欢异性的激素，他们不是，他们分泌的是喜欢同性的……”

苏岩说：“哪个法医说的？”

高军说：“高法医。”

苏岩说：“高法医有时也净瞎说。什么叫只喜欢同性，你记不记得咱们抓的那个许男，那小子不就是既喜欢男人也喜欢女人吗？”

高军说：“是呀。”

两个人笑呵呵地说着内分泌说着高法医、刘法医时，王松就敲门走了进来。

见到王松，苏岩、高军脸上的笑容马上消失了。

高军让王松坐下。王松坐下时，屁股只有不到 1/10 落在了凳子上。

高军问王松：“认识许男吗？”

王松的表情显得十分紧张。

高军这么问，纯粹是因为刚才苏岩提到了许男。他事先并没有这方面的线索。见王松这么紧张，高军就又接着继续问:“你们是在哪儿认识的？”

王松说:“是在洗浴中心里！”

高军说:“洗浴中心哪儿啊，是在大池里泡澡的时候吗？”

王松说:“不是。是在更衣室里。”

高军说:“你给许男多少钱呐？”

王松说:“我没给他钱，我只是给他买衣服了！”

高军说:“买衣服就不花钱了？说，给他买衣服，你一共花了多少钱？”

王松说:“具体数，我不记得了，至少有2000块钱吧！”

这些如果能证实，就可以按照卖淫嫖娼处理王松了。

虽然那个时候法律没有明确规定，但这种人即便这样处理了，也不会像现在似的，敢到处给自己去“维权”。

拿到了证据之后，苏岩就把高军支开了。今天把王松找来，苏岩没打算处理他。既然法律没有明确规定，这种事儿当然也就可以不处理。

苏岩不仅没处理王松，还对王松很客气，他甚至给了王松一支烟。

王松受宠若惊，一个劲儿地说着感谢的话。

苏岩说:“你不用感谢我，牛东新是我好朋友，懂了吧！”

王松说:“懂了，懂了。”

苏岩煞有介事地说了很多题外的话，才不经意地问王松:“刘芳是你女朋友？”

王松说:“是。”

苏岩说:“你这种人干吗还要交女朋友？”

王松说:“我没想交女朋友，是我爸我妈逼我交的……”

苏岩说:“那你打算和刘芳还继续处下去吗？”

王松说:“我压根儿就没想处，可是……”

苏岩说:“别可是了。王松，为了调查你这个事儿，我接触到了刘芳，我觉得她是个非常好的女孩！”

王松说:“她的确是非常好的女孩，我不想坑她，可我又不知怎么拒绝她，苏队长，说心里话，我不善于和女孩交往！”

苏岩心说，是啊，你的强项是和男人交往！

苏岩直截了当地说了心里话:“王松，实话告诉你，我现在很喜欢刘芳，我打算去追求她……”

这句话没说完，王松就跪在了苏岩的面前。

苏岩说:“你这什么意思？”

王松说:“苏队长，我知道，你这是在帮我，谢谢你，我王松今生今世都不会忘记你的大恩大德！”

– 12 –

苏岩实在理解不了王松这种人的世界观。明明抢了他的女朋友，他反过来还要给自己下跪感谢。

大概是做贼心虚，苏岩和牛东新说的时候，多少有些内疚:

“这个刘芳你没见过，真是好啊，那个单纯，那个善良，我要是不娶她当老婆，我都觉得对不起人民对不起党！”

苏岩故意用调侃的方式说出这么尴尬的事儿，但没想到，牛东新却握住了苏岩的手，滔滔不绝地说着:

“行了行了，别把自己说得那么不堪，我知道你是在帮我。苏岩，我他妈的也是才知道，那个刘芳是杨云的女儿。杨云当初想让女儿嫁给王松，无非是想将来让王松的父亲提拔提拔她！假如她要是知道了王松是这种人，那将来……就他妈的太尴尬了！你都不知道，杨云特别特别要面子！你如果真的能娶那个刘芳，你那不仅是帮了王松，你这也等于帮杨云啊！苏岩，苏岩呐，现在我代表全体东北人民，深深地感谢你！”

说着，牛东新恭恭敬敬地给苏岩鞠了一躬。

此时的苏岩，内心是无比窃喜。本来，得到了美丽、贤惠的刘芳，应该是他好好感谢。但既然牛东新、王松都觉得应该感谢他，苏岩心想，那我就不客气了。

苏岩说：“老牛啊，你觉得我够意思吗？”

牛东新说：“你何止是够意思啊？你简直就是释迦牟尼！”

苏岩说：“别跟我扯没用的了！你就说，我够不够意思吧？”

牛东新说：“你当然够意思了。”

苏岩说：“既然我够意思，那你觉得你够意思吗？”

牛东新有些不自然。这之前，苏岩让他帮着去找盛斌。

牛东新小声地解释说：“这两天，我真的一直在帮你找……”

苏岩说：“我不想听你解释。”

苏岩不仅已经放了王松，还帮牛东新稳住了钟骅。这个人情太大了，如果再不帮着苏岩抓住盛斌，苏岩肯定会和他翻脸。

牛东新想了想，对苏岩认真地说：“你再给我点时间，行吗？”

苏岩说：“你还想要多长时间？”

牛东新坚定地说：“一天。”

－13－

郝飞说："一天？净胡扯，一天时间，我上哪儿去给你找盛斌。"

牛东新说："郝飞，我可警告你，如果在一天时间里再找不到盛斌，一切后果你要自己承担。"

郝飞说："我承担什么？"

牛东新指着郝飞的鼻子："你说你承担什么，苏岩已经盯上盛斌了，他要是再抓不到盛斌，他肯定会把你抓起来。"

郝飞不吱声了。

牛东新加重了语气："你应该知道苏岩的脾气，因为一个盛斌，你已经把他给得罪了，如果你再不给他这个面子……"

郝飞说："这个面子，我没法给他。现在，我不能出卖盛斌。"

牛东新说："盛斌无非就是一个吸毒的，你有什么不能出卖的？"

郝飞说："你不知道，盛斌现在吸毒吸得大脑出了问题。"

牛东新说："出了什么问题？"

郝飞说："我感觉他像得了精神病似的。不瞒你说，我早就劝过他，我说，'盛斌，你赶紧向苏岩去投案自首吧，你不就吸毒了嘛，苏岩最多把你送到戒毒所里，你怕什么呀！'"

牛东新也说："对呀！他确实不应该再怕什么呀！你这么劝他没毛病呀！"

郝飞说："可这小子不听啊，当时没等我把话说完，盛斌就给了我一刀。"

牛东新很惊讶："是吗？"

郝飞亮出胳膊，一条伤疤十分醒目。

这让牛东新大感意外。盛斌平时胆小如老鼠，他不应该这样啊！

牛东新说："盛斌这小子现在不光吸毒了，我怀疑他身上应该还有其他事儿！"

郝飞说："我也这么怀疑。"

牛东新说："既然你都怀疑了，那就尽快把他交出去吧，要不将来盛斌出了事儿，苏岩更不会放过你了。"

郝飞犹豫着："可那样的话，我就把盛斌彻底得罪了。盛斌将来出来肯定会找我麻烦……"

牛东新说："找你麻烦就找你麻烦呗！你现在还怕他吗？"

郝飞说："我是有点怕他。牛总，你要理解我，搁过去，我是真不怕，可现在我毕竟开了个夜总会，盛斌真要是找我麻烦，我防不胜防啊！"

牛东新知道郝飞这么说是在耍心眼。最后，他很无奈地说："这样吧，你配合我一下，我来想办法把盛斌交给苏岩吧！"

第四章

CHAPTER 4 〉

－1－

牛东新对苏岩说："盛斌知道你在抓他，他现在想离开本市，但他没钱。昨天晚上，他给我打了一个电话。"

苏岩说："干吗呀，借钱？"

牛东新点了点头。

苏岩说："你借他了吗？"

牛东新又摇了摇头。

看牛东新这个熊样，苏岩心里已经有数了。他问牛东新："你为什么不借他钱？"

牛东新说："这种人我躲还躲不起呢，我要是借钱给他，我不是在惹麻烦嘛！"

苏岩说："你要想不再有麻烦，那你就听我的，你一会儿给盛斌打电话，你告诉他，说钱马上给他送去。"

牛东新说："能不能别把我扯进来，我把他的电话号码给你，你自己去找，行不行？"

这样其实也行，但整不好会贻误战机。

苏岩说："既然你都答应帮我了，你就帮忙帮到底吧！盛斌就是吸毒，抓住他，我也不能把他怎么样。他不会恨你的。再说，这么个烂货，恨你还能怎么的！"

牛东新无奈地说："那好吧，我听你安排就是了。"

－2－

牛东新给盛斌打电话，告诉他钱很快就给他送去。盛斌在电话里催促牛东新，最好现在就给他送去。

苏岩和盛斌吃过一回饭，当时有一桌子人。盛斌对苏岩即使有印象也不会太深刻。苏岩决定亲自扮演给他送钱的这个人。

送之前，苏岩给盛斌打电话，很不客气地说："你别再给牛东新打电话催他了。"

盛斌在电话里问苏岩："你是谁？"

苏岩说："我是他司机，最多一个小时，我就把钱给你送去。"

盛斌说："你能不能快点儿？"

苏岩假装不高兴地说："你急什么呀！"

盛斌说："求你了，现在你给我送到宾馆来吧！"

苏岩原本打算自己去，他对付一个盛斌绰绰有余。但他还是给高军打了一个电话，让高军带着传唤证马上来。到目前为止，还没掌握盛斌任何犯罪证据，唯一的线索是滕锁荣的检举揭发，现在对盛斌采取的措施也只能是传唤。

苏岩来到了宾馆门前不久，高军也赶来了。

苏岩给盛斌打电话："我到了。"

盛斌说："你到 1204 房间。"

苏岩和高军来到了 1204 房间。门没锁，苏岩和高军推门进去了。

屋子里竟然没人！

苏岩心想，坏了，盛斌会不会在对面的房间里通过猫眼已经看到了他们。他马上给盛斌打电话，不高兴地问："你没在屋里？"

盛斌说："你把东西放在柜子里就行。"

盛斌的口气还像刚才那样。苏岩这才松了一口气，他说："那你给牛东新打个电话，就说已经收到了。"

盛斌说："一会儿我就打。"

苏岩说："那我先走了。"

苏岩合上电话，高军说："咱们在屋子里等他吧！"

苏岩说："这个盛斌弄不好在大堂的咖啡厅里监视咱们呢，咱们得马上出去。"

苏岩从大堂里走过时，用眼角的余光向咖啡厅里看了看，没有什么可疑的人。他们匆匆走出了宾馆，上了一辆出租车离开了。他们没有真的离开，只是绕到了宾馆后面的小门。他们刚刚下车，盛斌就给苏岩气极败坏地打来电话，喊道："他妈的，你马上回来。"

苏岩假装害怕地说："怎……怎么了？"

盛斌说："你少跟我装糊涂，赶紧回来。"

苏岩说："那……好吧。"

刚才从房间里出来前，苏岩把准备给盛斌的钱抽出一万带走了。他要让盛斌认为这个送钱的想要趁机密下。

盛斌上当了。

苏岩和高军急匆匆地来到了 1204 房间。在走廊里，苏岩给盛斌又打了一个电话，解释说："我……我不是特意的，我没留心，刚才，我上了车才看到，包里还剩一个。"

盛斌的火气消了许多："既然这样，你给我送回来就行了。"

苏岩说："我到了，你开门吧。"

盛斌把房间的门刚刚开了一条缝儿，苏岩和高军就冲了进去。

盛斌惊讶地说："苏岩！"

苏岩高兴地说："哟，没想到，你还记得我呀！"

面对着两支黑洞洞的枪口，盛斌一点害怕的意思也没有，他竟然从兜里掏出一把刀。

苏岩说："你啥意思？"他用枪指着盛斌。

盛斌的眼神里有了恐惧，拿刀的手出现了颤抖。

苏岩说："你赶紧把刀扔了吧，别再把自己扎着。"

这句话，苏岩曾经和滕锁荣说过。滕锁荣听完，扔下了手里的军刺。但盛斌听完却拿着刀向苏岩冲过来。

苏岩下意识地扣动了扳机！

但枪没响。苏岩这才想起，自己的枪击发前得压一下击锤才行。

盛斌的刀瞬间刺入了苏岩的衣服里。当盛斌拽出刀再次刺向苏岩时，高军的枪响了。

子弹从侧面贯穿了盛斌的脑袋，带出的污血和脑浆飞溅到苏岩的身上。这个过程中，苏岩才压完击锤，开枪把子弹射进盛斌的心脏里。

盛斌倒了下去。

高军对苏岩说："你出血了。"

苏岩说："没事儿，是他的血。"

高军说："是你的。"

高军帮苏岩解开上衣，脱下背心。刀锋是贴着左肋骨过去的。皮肤上被划开了一道血口子。

高军说："真他妈的悬。"

盛斌喷出的血飞溅到苏岩的身上和脖子上，又沿着苏岩的身体，不断地滑落着。

苏岩俯下身查看着盛斌。盛斌的样子已经惨不忍睹。

高军说："别看了！"

苏岩说："他啥意思？"

高军说："赶紧吧！你去冲冲。"

苏岩像是没听到高军的话，还在呆呆地注视着盛斌。从盛斌脑袋里射出的污血像是随着他的刀一齐刺入了苏岩的身体里，苏岩感到浑身很难受。他点燃了一支香烟用力地吸着，袅袅升起的烟雾围绕在苏岩的身边，他像是希望自己的身体能整个被烟雾笼罩起来。

高军从苏岩的嘴里拽下了香烟，"你身上全是味了！"

苏岩从烟雾中走出来，来到了卫生间。他脱光衣服，站在了淋浴下面。

强大的水流冲刷着苏岩的全身，身上的污血沿着身体迅速地奔跑着。

水流冒出了热气，苏岩的全身又被笼罩在温暖的水汽里。

– 3 –

杨远过去也在刑警队。他和高军长得高大威猛，咋看都像警察。不像苏岩那么白白净净，咋看都不像警察。他们俩虽然年龄比苏岩大，资格比苏岩老，但挨欺负的却总是他们俩。两个人曾向苏岩感叹道：

“像警察的整天被不像警察的欺负，我们很郁闷！”

苏岩安慰他们说：“你们不要郁闷！你们挨欺负是因为你们生下来就该挨欺负。”

苏岩给高军和杨远灌输这样一种世界观：人生下来有两种，一种人欺负人，一种人被人欺负。这是命里注定的。

高军明知苏岩胡说八道，也拿苏岩没办法。但是杨远现在成了督察就不一样了，他可以欺负苏岩了。

苏岩渴了要喝水。

杨远说：“你坚持坚持！”

苏岩说：“你再不让我喝水，我就昏倒在你的办公室。”

杨远说：“你老实点儿。这是哪儿知道不，这是督察队，不是你们刑警队。”

公安局里的督察专门管警察。苏岩恳求杨远：“看在咱们过去是同事的分上，给口水喝行吗？”

杨远说：“行是行，但你得连喝三瓶。”

苏岩一口气喝了三瓶矿泉水。喝完不久，他又想上厕所。

杨远说：“你坚持坚持。”

苏岩说：“我不喝水可以坚持，可我来尿了坚持不了啊。”

杨远说：“怎么坚持不了，你看我不也没去嘛！”

苏岩熊了，他讨好地说：“你和我不一样，你是正常人，我是病人。”

杨远说：“你什么病啊？”

苏岩说：“我前列腺炎。”

杨远说：“你过去不是说我前列腺炎嘛！”

苏岩说："你不是，我才是呢。我过去给搞错了！"

杨远说："啊，你原来搞错了。你还搞错什么了？"

苏岩说："我以为我生下来就可以欺负人，其实不是。杨远，你才是呢！"

杨远说："那你是什么？"

苏岩说："我是挨欺负的！"

杨远说："为什么呢？"

苏岩说："因为我生下来就长着一个挨欺负的脑袋！"

杨远说："你总算有了正确的世界观。好吧，你先上厕所吧！"

苏岩上完厕所，杨远说："你把经过再讲一遍。"

苏岩说："我都讲一百遍了。"

杨远不高兴了，"咋的，你讲不讲？"

苏岩赶紧说："我讲我讲。"

趁着办公室里只有他们两个人时，杨远小声地嘱咐苏岩："你别不当回事儿，现在高军也被审查呢！"

苏岩这才意识到问题的严重性。

–4–

陈凯鸣走进了督察队，阴着脸看着苏岩。苏岩只好硬着头皮迎接他的目光。

陈凯鸣拍了一下桌子，"把一个吸毒的打死了！你们简直疯了！"

苏岩说："我们没疯，是他疯了。他拿着刀向我冲来，我没办法才开的枪。他给了我一刀不说，他抽出来还要给我第二刀。不信，你看。”

苏岩脱下了衣服，露出了伤口。

陈凯鸣走到苏岩的跟前细心地查看着伤口。他的态度缓和下来，他说：“你也够笨的了，拿着枪还挨了一刀。多悬呐！”

苏岩心说，多亏我挨了一刀。

枪杀宋建，苏岩受到了表扬；枪杀盛斌，却受到了审查。虽然都是正当防卫，但宋建负案累累公然袭警，杀他活该！可盛斌这么一个弱不禁风的家伙，没有任何证据就惨死在警察的枪口下，苏岩受到审查太正常了。只不过幸运的是，苏岩负伤了！

盛斌的刀把苏岩的身体划出了一个口子，这怎么说都有理由了。

不可思议啊。盛斌拿着刀冲向苏岩，苏岩要是当场开枪击毙他，盛斌也就没机会让苏岩负伤了。可苏岩的枪有毛病没响，于是挨了盛斌一刀。也正因为这一刀，使得苏岩完完全全处在正在进行的伤害之中，于是击毙盛斌不仅有理由还有证据了。

陈凯鸣说：“苏岩呐，不是我说你，你这支破枪也太传奇了！上次没响，救了你一条命，这次没响，你又得到了正当防卫的证据。我是你的领导，我可以相信这是巧合。可是，我怎么让我的领导也相信这是巧合呢？”

苏岩想说：“这不是巧合，这是命里注定！”

陈凯鸣说：“虽然你是正当防卫，但这给人感觉太不真实了，好像你是故意干掉了盛斌，伪造了这么一个杀人现场。”

苏岩的身上一下子冒出了冷汗。

陈凯鸣说：“你说盛斌是吸毒的，只能说他过去吸过毒。他死的时候，身上没有毒品。即使有的话，他也不该死啊！这么一个普普通通的犯罪嫌疑人，你拿着枪，他拿着刀，他就敢迎着你的枪口往上冲。别说市里领导和普通群众不相信，连我都不信。苏岩，你自己信吗？”

苏岩说：“我也不信。局长，你放心，我尽快去查！”

陈凯鸣说：“你要查什么？”

苏岩说：“我查查盛斌到底都有什么违法犯罪行为。”

陈凯鸣说：“他活着的时候，你都没查清，他死了，你怎么查啊？”

苏岩说：“我全力以赴去查。”

陈凯鸣给了苏岩一巴掌，“如果你查不明白，那最后我们就只能去查你了！”

–5–

刘芳的生活规规矩矩，一般过了晚上十点钟，就把手机关了。苏岩试着拨她的手机，竟然通了。刘芳在电话里声音很小。

苏岩说：“你咋没关机呢？”

刘芳说：“我不是怕你给我打嘛。”她打了个哈欠，问苏岩，“你在哪儿呢？”

苏岩说：“我在大街上溜达呢！”

刘芳说：“这么晚了不回家，瞎溜达啥！”

苏岩说：“我想你了。”

刘芳说：“那你过 15 分钟，到我家楼下。”接着她又嘱咐苏岩，“别在门口！”

刘芳有个女友叫王晓薇，过去来往不多。苏岩告诫刘芳一定要和这个王晓薇处好关系，说不定将来会用到她。刘芳听从苏岩的教导，很快和王晓薇打得火热。

刘芳心想，苏岩确实有远见，现在王晓薇就可以用一用了。她在自己屋子里用手机给王晓薇打了一个电话，跟她说明了自己的意思。王晓薇很快拨通了刘芳家里的电话。刘芳的母亲杨云接通后，让刘芳接。王晓薇在电话里说和男朋友打架了，弄出要死要活的语气，她说什么也要让刘芳去陪她过夜。刘芳在母亲面前装出满脸不愿意的样子。母亲严厉地对刘芳说："你就去陪陪她吧！人家不是你的朋友嘛！"刘芳说："那好吧！"王晓薇的家庭背景不一般，杨云愿意刘芳有王晓薇这样的朋友。

刘芳上了苏岩的车，佩服地说："你怎么知道我妈就会同意呢？"

苏岩没接茬，他担心地问："你妈不能怀疑你撒谎吧！"

刘芳说："不能，我头一次和她撒谎。"

苏岩说："你头一次就这么老练。"

刘芳不好意思了："你看我不是为了你嘛！"她轻轻地拧着苏岩的耳朵，"这几天为什么不给我打电话？"

苏岩说："我太忙了。"

回到家上楼前，刘芳撒娇让苏岩把她背上楼。背到一半，刘芳就下来了。苏岩说："咋的了？"刘芳说："我舍不得让你背。"苏岩说："没事儿。"刘芳笑眯眯地说："别把你累坏了！一会儿，你不是还得干活嘛！"

两个人回到苏岩的家里，很快就躺在了床上。

苏岩脱衣服时，刘芳看到了苏岩身上有一条创可贴。她问："这怎么了？"

苏岩说："在单位摔了一跤，卡在凳子上，凳子有一个钉子，划了一下。没事儿。"

刘芳说："疼吗？"

苏岩说:“不疼。”

刘芳俯下身，吻着苏岩的伤口。

苏岩说:“你亲别的地方吧。”

刘芳的舌尖在苏岩的身体上游动起来。苏岩觉得一条暖洋洋的蛇正缠在自己的身体上。

刘芳问:“这样舒服吗？”

苏岩说:“舒服。”

刘芳变换着方式，“这样舒服吗？”

苏岩说:“舒服。”

刘芳说:“是刚才舒服还是现在舒服？”

苏岩说:“都舒服。”

刘芳说:“你认真点儿。我这是从影碟里学的，也不知道对不对？”

苏岩说:“对。”他睁开眼睛把刘芳搂了过来……

高潮过后，苏岩感觉浑身的毛细血管全都张开了。这个时候，他最渴望的是立即进入梦乡。但刘芳却没有丝毫睡意，她缩在苏岩怀里，让苏岩摸着自己的身体，说着情意绵绵的话。尽管苏岩困得说的差不多都是梦话了，但他始终耐着性子和她说着聊着。也不知过了多久，刘芳终于重重地打了一个哈欠，搂着苏岩的胳膊进入了梦乡。

苏岩的睡意更浓，但他仍睁着眼睛不敢睡。

第一次和苏岩上床之后，刘芳就养成了一个习惯，半夜喝水。那天夜里，刘芳的处女时代结束了。为了安慰她，苏岩想着法献殷勤。半夜，刘芳要起身下床，苏岩以为她要上卫生间，就说:“我抱你去吧！”刘芳说:“我想喝水。”苏岩赶紧下地为她倒了一杯水。她长这么大，头一次半夜有人为她倒水喝。刘芳对苏岩这个微不足道的关怀十分感动，甚至过分了。从那以后，只要他们在一起，夜里为她倒一杯水喝成了一种仪式。每次接过苏岩递给她的水杯，刘芳的脸上都流露出幸福。即使夜里一点都不渴，她也得让苏岩给她倒水。苏岩知道，她这么做不是成心的，但这却让苏岩吃尽了苦头。

或许是苏岩的神经过于敏感，也可能是他的职业性质让苏岩对拥有一个美好的睡眠十分向往。多年以来，苏岩的睡眠一直不好。白天他要去找线索，夜里他要去抓人。他在梦里经常被突如其来的电话惊醒。这些没黑没白的刺激搞得苏岩的神经始终处在紧绷绷的状态里。

每天睡觉前是苏岩最难受的时候。尽管常常疲倦异常，可躺在床上经常是翻来覆去难以入睡。但是和刘芳激情做爱后，苏岩却产生了极大的困意，他的大脑一片空白，他也由此得到一个完美的睡眠。

但是这对苏岩来说，目前还是一份奢求。高潮过后，他想进入梦乡，但他不能，因为他得陪刘芳说话。而刘芳睡着了，他还是不敢睡，因为半夜她要喝水。在香甜的睡梦里，苏岩一旦被弄醒就很难睡着了。所以，尽管困倦异常，苏岩也得咬着牙等着刘芳半夜醒来喝水。

今天夜里大概连续两次的高潮让刘芳过于疲倦，她睡得十分香甜。苏岩观察着她的睡容，一点醒来的迹象也没有。

苏岩心想，干脆我也睡吧。今天夜里，她可能不喝水了！可是，她万一醒来要喝呢？

有了这种心理负担，苏岩就是睡着了也不踏实。他只好睁着眼睛等着刘芳醒来。

刘芳要是一觉睡到天亮，可就太坑人了！

苏岩很想尽快进入梦乡，白天的事儿乱糟糟冲进他的脑海。他十分渴望用睡眠忘记一切。

苏岩决定人为地让刘芳醒来喝水，尽管这么做损点儿，可他真是等不起了。

刘芳睡得真香，小打小闹一点作用也不起。后来动作可能大了点儿，刘芳一下子从睡梦中惊醒坐了起来。苏岩急忙闭上眼睛装作熟睡。

刘芳喘着粗气，过了一会儿，她又躺在苏岩的身边。她用手轻轻捅了苏岩一下，苏岩翻了一个身睁开眼。

苏岩温柔地说："你醒了？"

刘芳点了点头。

苏岩说："你喝水？"没等她回答，苏岩就要起身。刘芳搂住他。

"我刚才做了一个梦。"

"什么梦？"

"有人打我。"

刘芳像是很紧张，苏岩心虚地搂着她："别害怕，做梦都是反着来。有人打你，说明你打别人。"

"我没打别人呐！"

"你不净打我嘛！"

"我也没真打呀！"

"做梦不管是不是真打，只要你打人，梦里就会有人打你！"

刘芳还当真了，她的脸上布满了歉意，"我那是和你闹着玩嘛！"

见她平静了，苏岩又问她："你喝水吗？"刘芳还说："那今后我不打你了啊！"她歉意地说："刚才我把你整醒了，对不起。我不是有意的，我就是觉得太害怕了。你不知道，那个梦可吓人了！"

苏岩说："你别怕，有我呢！你忘了我是警察，谁要是敢打你，我他妈的……"

刘芳捂住他的嘴，"亲爱的，别骂人，你睡吧啊！"

苏岩估计她不会再让自己倒水了，便闭上眼睛很快进入了梦乡。

苏岩做了一个梦。

梦里出现了他和莎莎在金星宾馆518房间的情景。莎莎对他说："我洗澡行吗？"苏岩说："当然行了。"莎莎洗澡的时候，在卫生间里叫苏岩。苏岩问她："什么事儿？"莎莎让苏岩把毛巾递给她。苏岩说："外面没有毛巾，毛巾都在卫生间里，你自己找找吧！"莎莎说："没有啊！"苏岩说："有，肯定有。"莎莎还坚持说："真的没有，不信你进来看看。"莎莎这是在勾引自己啊，我可不能上当。可是，这时，苏岩忽然见到床头柜上确实有两条毛巾。他只好拿起毛巾走向卫生间，但卫生间的门却锁着。他敲了敲门，说："莎莎，我找到毛巾了。"莎莎说："你等等，我马上给你开门。"

这个梦没有做完，苏岩就被刘芳捅醒了。

刘芳说："苏岩，我还想喝水。"

–6–

苏岩给郝飞打电话，问他忙吗？郝飞说，不忙。苏岩说，过来喝茶呀？郝飞说，好好好，我马上过去。郝飞来到了茶馆，苏岩亲自用热水为郝飞烫杯、斟茶，他笑眯眯地看着郝飞，"这茶是牛东新存这儿的，怎么样？"郝飞喝了一口，"不错，不错。"他从苏岩的手里接过小巧的茶壶，为苏岩的杯子满上。

"盛斌让我打死了。"

苏岩一边喝着茶，一边慢腾腾地讲述了枪杀盛斌的过程。郝飞不断惊讶地感叹着，是嘛是嘛。苏岩诚恳地说，郝飞你帮我分析分析，我手里已经拿着枪，盛斌为什么还要向我冲来呢？郝飞说，他是不是以为你不敢开枪呐！苏岩说，不会吧！上次宋建被我打死，社会人都知道。你说宋建这样的我都敢打死，盛斌算什么呀！郝飞说，也是呀！

苏岩不动声色地看着郝飞，郝飞的目光躲闪着。

苏岩说：“上次我找你问盛斌的事儿，你还记得吗？”

郝飞说：“我记得。”

苏岩说：“你当时怎么不告诉我呢？”

郝飞说：“他的情况吧，我确实不了解。”他给苏岩的杯子里又斟满了茶，歉意地说：“那次吧，我对你态度不好，你别往心里去。”

苏岩说：“没有。我要是往心里去的话，也不能让你帮着找小姐呀！”

郝飞笑了。

苏岩说：“你和盛斌有来往吗？”

郝飞说：“没来往。”

苏岩说：“一点来往也没有吗？”

郝飞说：“没有。”

苏岩说：“没有，他怎么净给你打电话呢？”苏岩从兜里拿出一张电信通话清单，上面已经用笔勾画出来，“你看前几天，你们还通话呢！”

郝飞不吱声了。

苏岩说：“盛斌为什么给你打电话？”

郝飞说：“他管我借钱。”

苏岩说：“你借了吗？”

郝飞说：“没有。”

苏岩露出不相信的目光。

郝飞说：“我真的没借给他，你想，我要是借他的话，他就不会给我打电话了。”

苏岩笑了："那我刚才问你盛斌的事儿，你为什么说你不知道？"

郝飞说："我和他是同学，我要是和你说了，就不太够意思了。"

苏岩说："你和他是同学吗？"

郝飞说："是呀！"

苏岩说："你又撒谎，你们根本就不是同学。"

郝飞愣愣地看着苏岩。

苏岩说："你别这么看着我，我找你吧，没别的意思，就是想了解了解情况。我把盛斌打死了，现在很多人都认为我是故意杀他。"

郝飞说："是吗？"

苏岩难过地说："郝飞，你说我冤不冤，盛斌和我无仇无恨，我杀他干什么呀！"

郝飞说："苏队长，我能帮你什么吗？"苏岩说："盛斌和你究竟是怎么回事？郝飞，你别多想，现在吧，我不光问你，凡是和他有接触的我全问。"

苏岩说得没错。这些日子，相关人员，苏岩不仅问了，有的都被抓了起来。郝飞不想惹火上身，最后他说："我找盛斌确实有事儿！"

苏岩说："什么事儿？"

郝飞说："有个女人看上盛斌了，她让我给他们介绍一下。"

苏岩说："这个女人谁呀？"

郝飞说："吕梅。"

－7－

吕梅的丈夫汪田尾比吕梅小9岁。他能和吕梅结婚，外人都说是因为吕梅有钱的缘故，但他们俩却总说是因为缘分，是因为爱情才走到一起，报纸还曾连篇累牍地介绍过这对姐弟恋。在吕梅创业最艰难的时候，她原来的丈夫离开了她，事业上取得辉煌之后，吕梅遇到了汪田尾。汪田尾不仅英俊潇洒，还有着成熟的微笑。他对吕梅说："你要是没有这么多的钱，我肯定追求你！"吕梅说："你不追求我，那我追求你好了！"汪田尾和吕梅的爱情被记者们描绘得十分浪漫，那些美好的细节，让读者们觉得爱情还是蛮神圣的。

苏岩认识吕梅。这个城市太小了，谁认识谁十分容易。苏岩走进吕梅的办公室，吕梅正和一屋子的人谈工作。她说："苏岩，你怎么来了？"

苏岩说："大姐，有个着急事儿，您能不能先接见我一下？"

吕梅笑了，她和苏岩走出自己的办公室，来到了一个豪华的会议室。长长的桌子上摆着各式各样的水果和饮料。

苏岩说："一会儿，是不是要开会？"

吕梅说："市里有个检查的，赶趟。"她把一盘水果推到苏岩的跟前。苏岩没客气，挑好的拿起来就吃。

吕梅说："苏岩，什么事儿？"

苏岩说："盛斌让我打死了。现在我们正在调查他的社会关系，大姐，好像你们也认识是不是？"

吕梅说："是认识。"

苏岩说："你能具体说说吗？大姐，你别多想，找你只是例行公事。"

吕梅说："苏岩，你自己知道就行了。这个盛斌曾追过我，我没理他。"

苏岩说："是嘛，这小子这么不要脸！大姐，盛斌是怎么认识你的？"

吕梅说："有一次别人请客吃饭的时候认识的。"

苏岩说："你记得是谁请客吗？"

吕梅说："郝飞呀。"

苏岩说："啊，原来是郝飞！"

吕梅说的与郝飞说的十分吻合。他们俩说的应该都是真的，但苏岩认为是假的。吕梅和苏岩就是一般的认识，她为什么这么痛快承认盛斌曾追过她？这毕竟属于隐私啊！吕梅这么说，是不是郝飞让她这么说的！他们想共同欺骗苏岩，让苏岩相信，盛斌与郝飞确实没什么关系。可假如郝飞与盛斌的关系真的这么简单，苏岩第一次找郝飞了解盛斌的时候，郝飞就没必要那么遮遮掩掩呐！他那时就完全可以说出这些情况啊！

郝飞是在演戏啊！他要掩盖与盛斌的关系，他怕苏岩通过这条途径，发现什么秘密。

是什么秘密呢？这个秘密一定是个见不得人的大秘密。为了掩盖这个秘密，郝飞就让盛斌不顾一切地干掉苏岩。

陈凯鸣认为苏岩谋杀了盛斌，苏岩却认为是郝飞利用盛斌来谋杀自己。

–8–

钟骅住在宾馆里，每天的早餐都是他一个人，午餐和晚餐牛东新只要没事儿都过来陪他。钟骅把早餐叫早茶，他吃早茶的时候，愿意一个人坐在西侧靠窗的位置。这里可以一边喝着茶，一边观看窗外的风景。时间都快中午了，用餐的人已经很少。钟骅有滋有味地品着香茶，高军悄悄地走到他的跟前。“钟先生吧！”钟骅说：“你好！”高军说：“我是刑警队的，你跟我走一趟！”高军向他出示了工作证。警察出示工作证，只表明了自己的身份，一般情况下不能强制别人跟他走。钟骅有点不知所措。他说：“好吧！”

路上，钟骅给牛东新打了一个电话。

牛东新吓了一跳，急忙来到了苏岩的办公室。屋里只有高军在看书。高军说：“牛总，快请进。”牛东新说：“你把钟骅找来干什么？”高军吞吞吐吐地说：“没……没有啊！”牛东新说：“苏岩呢？”高军说：“可能在审讯室吧！”

牛东新来到了审讯室，门关着。他趴在门上听了听，里面有说话的声音。一个干警走过来，牛东新赶紧起身在门前踱着步。警察问：“你找谁？”牛东新说：“我找苏岩。”

警察进了审讯室，苏岩很快走了出来。他问牛东新：“你怎么来了？”牛东新说：“我想你了，过来看看你。”苏岩说：“你到我办公室等我一会儿。”说完，苏岩又进了审讯室。

牛东新没走，在门前来来回回踱着步。碰到警察过来，他就拿出手机假装打电话。中午吃饭时间，苏岩和钟骅才从审讯室里出来。苏岩对钟骅说：“钟先生，那就麻烦你了。”钟骅说：“不客气，不客气。”牛东新对他们说：“你们想吃什么？”苏岩说：“你们去吃吧，我中午有事儿。”牛东新说：“走吧！”苏岩说：“我真有事儿。”

走出公安局，钟骅的脸色十分难看。牛东新问钟骅：“苏岩找你干什么？”钟骅说：“搞不懂。”牛东新说：“怎么搞不懂了？”钟骅说：“你这个朋友让我帮着炒股票。”牛东新说：“帮谁炒股票？”钟骅说：“帮他们刑警队。苏先生说，他们刑警队太困难了，问我能不能帮他们挣钱？”牛东新说:“他们准备出资多少钱呐?”钟骅说:“500 块钱。”他像是很不高兴,“500 块钱还想炒股票啊!没听说过。”

牛东新笑呵呵地说:“他们警察穷啊! 500 块钱就不少了!”

钟骅说:“他没安好心。这么点儿事儿和你说不就完了,干什么把我找到这里来。真是搞不懂!”

牛东新说:“钟先生,你别往心里去。我们这儿的警察素质低,他这是拿你没当外人。”

牛东新把钟骅送回宾馆,马上给苏岩打电话,亲切地问他:“你干啥呢?”

苏岩说:“才吃完饭。”

牛东新说:“你在哪儿吃的?”

苏岩说:“食堂啊!”

牛东新说:“你现在干什么去?一块去喝茶呀!”

苏岩说:“好啊!”

两个人来到了茶馆,谁也没提钟骅的事儿。牛东新给苏岩倒茶的时候,情绪低落。他重重地叹着气。

苏岩说:“怎么了,叹什么气呀?”

牛东新苍凉地说:“昨天夜里,我梦见盛斌向我借钱,我心里好难受。”

苏岩说:“他都死好几天了,你才难受啊?”

牛东新不高兴了,他大声地说:“你这叫什么话?”他把茶杯用力放在桌子上,杯子里的水溅到了桌面上。

苏岩没看牛东新,他平静地用餐巾纸擦了擦桌子,又拿起小茶壶给牛东新的杯子里添满了水。

苏岩安慰牛东新说:“我当时不想打死盛斌,可这小子太过分了,他看到我的枪口还拿着刀向我冲来，我要不把他打死，我就玩完了。”

牛东新仿佛沉浸在痛苦之中。他拿起杯子喝干了茶水，沉重地说：“我对不起盛斌啊！”

苏岩说：“现在盛斌被我打死是最好的结局。如果盛斌不死，他肯定会知道是你把他出卖的。就他那个破嘴，他肯定得把你说出去，到时候，你老牛在社会上就抬不起头了。”

牛东新忽然温柔地看着苏岩，“你是不是为了我才特意把他干掉的？”

苏岩说：“这个事儿吧，不要和别人说。”

牛东新说：“苏岩，你真够意思。”

苏岩说：“咱们不是朋友嘛！”

牛东新给苏岩的杯子里倒满了茶水，他实在是憋不住了，“哎，对了，上午你找钟骅干什么？”

苏岩说：“他没和你说吗？”

牛东新说：“没有啊！”

苏岩说：“我找他吧，假装让他帮我们炒股票。其实，我是想帮你了解了解他。”

牛东新说：“了解他，你把他整到你们审讯室干什么？”

苏岩说：“审讯室里没人，肃静，我怕别人听见。”他语重心长起来，“老牛啊，这个钟骅你真得要小心点啊！上午，我跟他没少聊，他和我讲了他的经历。他说，他过去只是一名自来水厂的工人，在他 22 岁的时候，遇到了自己的师傅。他说，离他家十公里有一座高山，这座山很有名，每天都有很多人来。一天，来了一位老人。当时钟骅正站在树下仰望天空，这个老人走到他的身后，拍了拍他。钟骅回头看他。这个老人就给了钟骅一个电话号码，让他到上海去找他。钟骅就去了。没想到，这个老人可了不得，他在国民党时期就开始炒股票了。老人认为钟骅是可塑之才，他要收钟骅为徒，当时，钟骅连股票都不知道是啥……”

牛东新打算苏岩：“你别说了，这些我早就知道了。”

苏岩说：“你知道了，你还让他帮你炒股票？钟骅肯定是个骗子，他说的也太神奇了，快赶上孙悟空了。老牛啊，这个人绝对不会炒股票。你想想，他是自来水厂的工人。人家炒股票的都得是大学毕业才行。”

牛东新说：“你大学毕业，你帮我炒啊！”

苏岩说：“你别跟我抬杠。我了解你，你心好，容易轻信别人。这个钟骅你说什么也要警惕警惕，我准备正式立案对他进行调查。”

牛东新突然气呼呼地说：“苏岩，你已经答应我不再找钟骅的麻烦！”

苏岩说：“我是答应你，但我不能让钟骅给你带来麻烦。”

牛东新说：“你什么意思啊！你让我帮你找盛斌，我已经帮你了。”

苏岩说：“你是帮我了，但你现在还得帮我。”

牛东新说：“你还想让我怎么帮你？该说的我全说了，该做的我全做了。盛斌已经被你打死了！你还想怎么的？”

苏岩说：“我还想搞清你和他是什么关系。”

牛东新愣愣地看着苏岩。

苏岩说：“他一个吸毒的竟然拿着刀不顾一切地和我拼命。”苏岩揭开了上衣，露出了伤口。伤口已经愈合，留下了一条伤疤。

苏岩说：“我压根儿就没想到他敢这样，我一点准备都没有。如果不是高军，我现在就拉倒了。”

牛东新说：“他为什么对你这样，我哪知道？”

苏岩说：“你们究竟是什么关系？”

牛东新说：“我和他什么关系也没有！”

苏岩说："不可能。那天我没好意思点你，他管你借钱，你为什么一下子给他拿了5万块钱？"

牛东新说："我这个人大方惯了，你又不是不知道！"

苏岩说："老牛啊，别说你大方，你大方是分人的。有用的你大方，没用的你从来就没大方过。告诉我，你对盛斌为什么这么大方？"

牛东新不自然了，"我给他拿5万是因为我知道你能给我拿回来，我是为了让他相信我。说白了，这么做不还是为了你嘛！"

苏岩笑了。

牛东新说："你笑什么？我说的都是真的。"

苏岩慢悠悠地说："我没说你是假的呀。老牛啊，你对我太好了，但你也是太善良、太实在了。为了报答你，我不能让你再受别人的欺骗。这个钟骅啊，我一定要好好地查查。"

牛东新猛地把手里的茶杯扔在了地上。

苏岩平静地看着牛东新。

牛东新站起来往外走。

苏岩没有表情地说："你干什么去？"

牛东新想了想，小声地说："我上厕所。"

– 9 –

苏岩与刘芳做爱达到高潮以后的反应不太一样。苏岩恨不能立刻进入梦乡，刘芳却没有丝毫睡意。她还是缩在苏岩的怀里，让苏岩讲笑话。苏岩讲了一个，刘芳说："讲过了。"苏岩说："我没讲过，你是不是听别人讲的？”刘芳说：“没有啊！这种笑话别人怎么会给我讲？”苏岩说：“王松给你讲的吧！”刘芳说：“他要是会讲笑话，我可能都嫁给他了。”

两个人已经有一段时间没提王松。刘芳说：“哎，你说也真怪了，王松再也没有找过我。”苏岩说：“是不是想他了？”刘芳说：“没有。离开他，我觉得卸掉了一个大包袱。”苏岩说：“这你可不对啊！”他打了一个哈欠。刘芳说：“你困了？”苏岩说：“没困。”

苏岩不好意思说困。好几天没见刘芳，见了就这样，这样完了就睡觉，好像见刘芳就是为干这种事儿似的。

刘芳说：“有件事儿，我得问问你。”

苏岩说：“你问吧！”

刘芳说：“你找王松，和他是怎么说的？”

苏岩说：“我让他今后不准再找你。”

刘芳说：“真是这么简单吗，你能这么厉害吗？”苏岩说：“还行。我在社会上挺硬实，只不过一看到你就软了。”刘芳笑了，“没软。”她打了一个哈欠，苏岩也赶紧打了一个哈欠。她问苏岩：“困了是不是？”苏岩说：“没困。”刘芳说：“你再给我讲个笑话，咱们就睡觉吧！”苏岩说：“好。你听着，两个屎壳郎讨论足球彩票，甲说，我要是中了大奖，就把方圆 50 里内的厕所都买下来，每天吃个够！乙说，你丫太俗了！我要是中了大奖就包一活人，每天吃新鲜的。”

刘芳说：“真恶心。”她最烦这样的笑话。

苏岩说：“这个不算恶心，还有比这更恶心的。你听我说……”

刘芳说：“好了，亲爱的。不讲了，睡觉吧！”

刘芳搂着苏岩的胳膊闭上眼睛，进入了梦乡。

苏岩看着刘芳可羡慕了。他也想睡，但他不能，他得等着刘芳半夜醒来喝水。他睁着眼睛静静地注视着她。

也不知过了多长时间，刘芳终于醒来。

苏岩晃晃悠悠起身，来到桌子旁，给刘芳倒了一杯水。

苏岩说："你渴了吧，喝点水吧！"

刘芳甜蜜地接过来，喝了几口。她把杯子递给苏岩，"你也喝点吧！"

苏岩说："我不渴。"

刘芳撒娇说："你渴了，喝点嘛！"

苏岩接过杯子，把剩下的水全都喝了。

苏岩把杯子放到桌子上，躺在了刘芳的身边，心情好极了。他就要开始正式地睡觉了。

刘芳爱抚地摸着苏岩，"你今后晚上就不用给我倒水喝了。"

苏岩高兴坏了，但他还是故意说："那晚上你要喝水怎么办？"

刘芳说："我自己起来喝就完了。"

大概想到今后不用夜里起来为刘芳倒水了，苏岩还卖起乖了。他说："亲爱的，你说怪不怪？我现在一到半夜就醒，我要是不给你倒杯水喝，我就好像有什么事儿没做似的。"

苏岩这么说，不是卖乖，是困糊涂了。

刘芳说："是吗？苏岩，我也是。真的，我晚上要是不喝几口你给我倒的水，我就总也睡不踏实。"

苏岩只好硬着头皮说："亲爱的，那今后我还天天给你倒水喝吧！"

刘芳说："那你多辛苦啊！"

苏岩说："没事儿。"他说的也是心里话。刘芳跟自己没提任何条件，就这么个要求，说什么也得满足她。只是刘芳不太领情，她说："苏岩，你要是愿意倒就倒吧，要不然，你半夜也得醒是不是？"

苏岩说:“可不是咋的，现在我都成习惯了。”

刘芳这才感到了歉意，她说:“亲爱的，你看我净欺负你。在你家过夜，你还得给我倒水。”

苏岩说:“没事儿。只要你能在我身边，我愿意永远为你倒水。”

刘芳在甜言蜜语中安详地入睡了。苏岩也很快进入了梦乡。

不知睡了多长时间，苏岩突然被惊醒了。这次是手机响了。

半夜听到手机叫声，苏岩已经习以为常，可能是发生了大要案。苏岩以最快的速度起身，来到了桌子前。

不是自己的手机，是刘芳的手机在响。

刘芳也醒了，苏岩把手机拿起来递给刘芳。刘芳看了一眼来电显示，睡眼朦胧地说:“是我妈！”

– 10 –

刘芳的母亲杨云长得年轻，衣着也时髦，猛一看不太像领导干部。她很出名，过年过节访贫问苦总有她的身影。她是副主任，别人一般情况也很少叫她杨副主任，都叫她杨主任。区里市里提杨主任都认识，苏岩也认识，但杨主任不认识苏岩。

苏岩在办公室和高军聊天的时候，杨云推门走了进来。苏岩急忙站起身来。杨云打量着他，“苏岩吧！”苏岩说:“对对对。”他向高军使了一个眼色，高军什么也没说，离开了办公室。苏岩手忙脚乱地打开抽屉找茶叶。

杨云说:“昨天晚上莎莎和你在一起吧？”

苏岩犹豫了一下，莎莎这个名字苏岩现在从来不叫，杨云这么叫还有点不习惯。杨云大声地喊道：“她是不是和你在一起？”

苏岩说：“是，阿姨。”

杨云说：“你管我叫什么？”

苏岩不吱声了。杨云的身体有点哆嗦，刚才她进屋时的镇静都是装的。

杨云指着苏岩的鼻子：“流氓！”说完，杨云摔门而去。

– 11 –

苏岩开车来到了刘芳家小区的门口，刘芳离老远就向苏岩的车走来。刘芳上车后，苏岩说：“亲爱的，怎么没上班呢？”刘芳小心翼翼地看着苏岩没吱声。苏岩说：“你怎么了？”刘芳的眼泪掉了出来，她搂着苏岩的胳膊，把头抵在苏岩的身上。苏岩赶紧把车停在路边。

刘芳哽咽地说：“苏岩，我全说了，我不敢不说。她……她说，我要是不说出来，她就让公安局开除你！”苏岩摸着刘芳的身体，“她她她的，她是谁呀，她不是你妈吗？”刘芳抬头望着苏岩，“我妈是不是说你了？”苏岩说：“没有。她说你小不懂事，让我多让着你！”刘芳说：“我妈肯定骂你了是不是？”苏岩说：“没有，真没有。”刘芳说：“她嘴可损了，她肯定骂你了。苏岩，对不起，你骂我吧！”

苏岩的眼泪差点出来，他搂着刘芳，刘芳搂着苏岩，两个人感觉罗密欧和朱丽叶似的。苏岩说：“宝宝，这个事儿吧，不怨你妈说我，确实是我做得不好，没结婚就把你骗上床了。你妈是领导干部，挺有身份，换成别人都得揍死我！我这不是流氓嘛！”刘芳说：“你不是流氓。”苏岩说：“你妈是不是已经不让你和我来往了？”刘芳没回答，却说：“苏岩，你咋办呐！我妈认识你们局长。她肯定会让你们局长开除你……苏岩，对不起，我连累你了。”

苏岩说：“刘芳，你别哭。我想问问你，现在你还跟我吗？”

刘芳说：“我跟，我跟，我永远都跟你！”

苏岩说：“你妈不同意……”

刘芳说：“我不管她同意不同意，我就跟你。”

苏岩说：“那她打你怎么办，不给你饭吃怎么办？”

刘芳说：“别开玩笑了。苏岩，我现在担心的就是她去开除你！”

苏岩说：“公安局又不是她开的，没那么容易。”

刘芳小声地说：“容易，我妈和你们陈局长可好了。”

苏岩微微一愣，“是吗？”

刘芳说：“我以前没好意思告诉你，你们陈局长过去净到我家。”

苏岩说：“啊，是这么回事！”

刘芳说：“把你开除怎么办呢？”

苏岩说：“那你就得上班养着我了。”

刘芳说：“行行行，我一定养着你。”

苏岩说：“刘芳，从现在开始你要完全听我的，我让你干什么你就干什么，咱们绝对不能和你妈搞僵。她是你妈，今后也是我妈了，不论她说什么做什么，咱们都不能和她对着干。你放心吧，刘芳，我保证让她同意把你嫁给我！”

刘芳吃惊地看着苏岩，“你能吗？”

苏岩硬着头皮说：“你还不相信我吗？我不是一般的人。上次我说让王松离开你，他不就马上离开你了！刘芳，我会特异功能。你看，为什么你离不开我，我给你发功了！”

刘芳搂着苏岩，嘱咐道：“那你今后可不能再给别人发功了！”

－12－

苏岩被陈凯鸣叫到了办公室。陈凯鸣冷冷地看着苏岩，苏岩豁出去了。他明知陈凯鸣找他是关于刘芳的事儿，还愣是一本正经地向陈凯鸣汇报案子。他跟陈凯鸣讲，对盛斌的调查已经有了初步进展，如果顺利的话，他会很快得到线索。

陈凯鸣说：“你对盛斌的调查先放放吧，局里对你的调查马上就要开始了。”

苏岩说：“调查我，我有什么可调查的？”

陈凯鸣说：“杨主任向公安局纪检委检举揭发了关于你违法乱纪的若干问题，我们局党委研究决定，从现在起，停止你的工作，对你立案审查。苏岩，你要老老实实交代问题。”

苏岩傻了。

陈凯鸣说：“你走吧！现在你就到纪检委去报到。”

苏岩没走，他目不转睛地看着陈凯鸣。

陈凯鸣从桌子上拿起烟盒，慢慢地从里面抽出一支香烟。平时，苏岩早已经把火递到局长眼前了。现在，陈凯鸣把烟都拿到嘴边了，苏岩还愣愣地瞅着陈凯鸣。

陈凯鸣看了一眼香烟，又看了看苏岩。苏岩这才急忙从兜里掏出火柴，为局长点了烟。

陈凯鸣吐了一个烟圈，“她女儿已经有男朋友了，你怎么还去找人家呢！”

苏岩说：“她和男朋友已经黄了。”

陈凯鸣说：“你给挑拨黄的是不是？你胆子也太大了。她男朋友是谁，你知道吗？”

苏岩说：“我知道。”他把王松的有关情况一五一十地说了。

陈凯鸣很惊讶，“是吗，这个王松喜欢男人？”

苏岩点了点头：“如果不考虑到这些关系，王松都够被处理了。”

知道了全部案情后，陈凯鸣笑了，“杨云老惦记攀上大树，这次想攀也攀不上了！”他问苏岩，“她女儿脾气怎么样？”

苏岩说：“好，非常非常的好，百依百顺。”

陈凯鸣说：“那是随她父亲。”

苏岩小心翼翼地看着陈凯鸣。

陈凯鸣说：“你和她女儿的事儿，按理说，她不应该来找我。你和她女儿都是未婚，你们在一起谈恋爱，也都正常。但她毕竟是副主任，她和我说，我不能不管。苏岩，你看这个事儿，怎么办好呢？”

苏岩说：“我听你的。”

陈凯鸣很愿意帮助苏岩。苏岩是他的手下，为自己的干警排忧解难，局长义不容辞。另外，陈凯鸣心里不太希望杨云攀上王松父亲这个大树，如果杨云向上再迈个台阶，就是正处了。陈凯鸣现在还只是副处，副处和正处咋处都不好处。

陈凯鸣想了想，对苏岩说：“牛东新和你关系现在怎么样？”

苏岩说：“行啊。”

陈凯鸣说：“这么的，你让牛东新安排一下，看看能不能把刘区长请出来！”

－13－

苏岩见面就握住了牛东新的手。苏岩的眼泪都快出来了。牛大哥，你可得帮帮我呀！牛东新说，你这是咋的了？苏岩一五一十地说了。牛东新笑了，他本想和苏岩开句玩笑，小兔崽子，你总算求到我了吧。但牛东新没有。这是正经事儿，不能开玩笑。牛东新说："放心吧，放心吧，这个事儿，我一定给你办好。"

牛东新准备在海鲜世界宴请陈凯鸣和刘耕地。他让苏岩也来。苏岩说，我去不好，容易露馅！牛东新说，你要是不来，我说什么你也不知道啊！到时候，你来露一面就走。苏岩说，好吧。

这顿饭吃得感觉像电视剧。

吃饭的时候，苏岩坐在椅子上，一言不发。旁边是局长、区长，这种场合，他感到压力很大，即使说话他也会说得语无伦次。陈凯鸣、牛东新倒谈笑风生，牛东新给刘耕地倒酒，陈凯鸣给刘耕地点烟。

几个人的酒都没少喝。陈凯鸣说刘耕地讲话如何如何有水平，刘耕地夸公安局的工作近来如何如何有成效。苏岩利用他们亲切交谈的时候，不断地给他们倒酒点烟。他心里很着急，杨云怎么还不来。

陈凯鸣让杨云来吃饭，没说刘耕地也在，杨云来晚是可以理解的。再说了，和刘区长吃饭，杨主任来不来能怎么的，但苏岩太希望杨云赶紧来了。

好在杨云尽管姗姗来迟，但她推开门正好看见苏岩给刘耕地倒酒。杨云很是诧异，一个小警察和区长在一起喝酒！咋回事儿？苏岩见到杨云，显得十分尴尬。

牛东新对杨云说："杨主任，你怎么才来呢？刘区长见你不来，这酒喝不下去了。”

杨云笑眯眯地看着刘耕地：“我才不信呢！”

牛东新让苏岩给杨云倒酒，苏岩小心翼翼地望着杨云，杨云把杯子向苏岩的位置推了推，“来，满上。”

苏岩倒满了酒，杨云拿起酒杯对刘耕地说：“不知道刘区长也在，我来晚了，自罚一杯。”她干了杯中的酒。苏岩起身要悄悄地向外走，牛东新大声地说：“你干什么去？”

苏岩说：“我……我单位有事儿，我先走了。”

牛东新说：“你们局长在这儿，你敢走？”

苏岩向陈凯鸣望去。

陈凯鸣对牛东新说：“单位确实有事儿，让他走吧！”

牛东新给苏岩杯子里满上酒，“你敬刘区长一杯再走。”

苏岩拿起杯子看着刘耕地，“刘……区长，你随意，我干了。”

刘耕地也干了，他小声地对苏岩说：“下次，宋处长从北京回来，你和东新说一声。”他转向牛东新，“到时候，你想着通知我。”

牛东新说：“一定一定。”

苏岩糊涂了，哪来个宋处长？

牛东新吃饭前向刘耕地替苏岩吹嘘说，中组部几局几处的宋处长是苏岩家的亲属。这种谎言也太大了，苏岩都后怕，他对牛东新说：“宋处长真来了怎么办？”

牛东新说：“根本就没有宋处长，你怕什么？”

苏岩说：“你不是骗区长嘛！”

牛东新笑了，“你别紧张，咱们这么说，不是为了骗你未来的岳母嘛！谁让她见官眼开呢！”

苏岩本打算让杨云看见自己给刘耕地倒酒就够了，可牛东新玩得更狠，竟然整出这样一个弥天大谎。也是，既然撒谎就干脆撒大谎，谎言越大，别人越容易相信！

杨云看起来是相信了，但她没有直接表现出来。吃完饭，她问陈凯鸣，怎么和刘区长在一起吃饭？陈凯鸣说，他也不知道刘耕地会来。他让杨云来主要是想让苏岩和她说说，王松离开刘芳和苏岩无关。

提起王松，杨云像是做贼心虚，她说："你们可能都想歪了。我让莎莎嫁给王松，绝对不是因为王松的父亲调到了省里。我是喜欢王松这小孩，你没见过他，那孩子可老实了。"

陈凯鸣说："你怎么知道他老实？"

杨云说："我见过他当然知道了。"

陈凯鸣说："你不喜欢苏岩吧，没事儿。但是，你可绝对不能让你姑娘嫁给王松！"

杨云说："为什么？"

陈凯鸣说："因为王松这样的人压根儿就不适合结婚。"

杨云疑惑地看着陈凯鸣。

陈凯鸣说了原因。

杨云吃惊地看着陈凯鸣。

陈凯鸣说："杨云，不用说别的，就凭这一点，你就应该好好感谢苏岩。"

杨云说："感谢他？小流氓！"

陈凯鸣说："咋回事儿，怎么骂人呢！"

杨云说："就骂了，你能怎么的？"

陈凯鸣说："你这哪像个主任啊！"

尽管杨云在陈凯鸣面前还说苏岩是流氓，但她回家好像就不说了。

刘芳见到苏岩，紧紧地搂住他，呼吸都急促了，“咋……回事儿，你知道我妈和我说什么吗？她说，让我领你到我家来玩。”

苏岩高兴地说：“是吗？”他把刘芳抱起来。

刘芳说：“我妈对你的态度为什么来了个 360 度大转变？”

苏岩说：“360 度等于没变啊！你是不是想说 180 度呀？”

刘芳说：“你别跟我讲数学，我是学文科的。你快告诉我，这到底是怎么回事儿？”

苏岩没说那些乱七八糟的事儿，这些事儿苏岩永远都不会告诉刘芳。他不想让刘芳知道，这个世界有时是见不得人的！

第五章
CHAPTER 5 〉

–1–

牛东新帮了苏岩很大的忙，但他丝毫没有居功自傲，见了苏岩像什么都没发生似的。他不提刘耕地，不提陈凯鸣，也不提杨云，他还是津津有味地说什么文化之类的话。

这让苏岩不免有些内疚。求牛东新帮忙的时候，苏岩握着牛东新的手那么虔诚。完事儿之后，怎么的也得向牛东新表示一下啊。

可表示什么呢？

真诚地说一声谢谢吧！

和牛东新这种人用嘴说谢谢等于没说，人家帮你解决了那么具体的问题，你就用嘴说谢谢就完了。想什么呢？

牛东新需要的同样是具体实际的。这之前，苏岩逼迫牛东新说出他为什么要给盛斌 5 万块钱，牛东新不说，他气得把茶杯都摔了。现在，为了回报牛东新帮过自己，对这个问题，苏岩也应该不提了，装糊涂！

但苏岩想来想去不想装，装的话，太难受了。

盛斌为什么面对枪口还要拿着刀向自己扑来？

这么大的谜不整明白，心里能好受吗？苏岩不怕苦不怕累，就怕想不明白。想不明白闹心啊！白天想夜里想。白天想吧算工作了，可夜里想呢耽误睡觉呀！苏岩渴望睡眠比渴望幸福有时更急切。不找出谜底，拥有美好的睡眠想都别想。

牛东新给连朋友都谈不上的盛斌拿了5万块钱，一定事出有因！

苏岩满脸歉疚地看着牛东新，“牛总，我比你小，有时挺任性，你别往心里去。你看上次，把你气得把杯子都摔了。”

牛东新说：“你是我弟弟，我和你生什么气啊。上次吧，不怪你，都怪我没说实话。”

牛东新应该远离这个话题，没想到他直奔主题。

苏岩笑了，“我就知道你没说实话，怎么样？”

牛东新也笑了。

苏岩说：“你给盛斌拿那么多钱，是不是有什么事儿被他捏住了？老牛，我可不是想打听你的什么隐私啊！”

牛东新叹了一口气，“你是不是已经都知道了？”

苏岩没有表情地笑了笑，“我不知道。”他说是不知道，但他那感觉又像是在假装不知道。

牛东新说：“钟骅和王松一样。”

苏岩一阵恶心。

苏岩曾让牛东新帮着了解王松的情况，牛东新告诉苏岩王松喜欢男人不喜欢女人。苏岩当时还奇怪，牛东新怎么那么快就了解到这么恶心的事儿。他妈的，牛东新是不是也是这样的人呐！

苏岩眯缝着眼睛看着牛东新，牛东新说：“你别这么看着我，我不爱好这个，我和你一样喜欢的是女人。”

苏岩说：“你不爱好怎么知道钟骅和王松都爱这个？”

牛东新说："我给钟骅找过女人，但他不太感兴趣，我就估计出来了。"

苏岩说："你为了拉拢他，你就开始给他找男人是不是？"

牛东新点了点头，苦涩地说："苏岩你说我容易嘛，为了让钟骅帮我挣几个钱，我他妈的连这种事儿都得干。盛斌就是干这个的！"

苏岩说："是嘛！"

牛东新点着头，"没看他长得像个女人似的，他专门干这个。"

苏岩说："你为钟骅找过他是不是？"

牛东新点了点头。

苏岩想了想，"那你是怎么找到盛斌的？"

牛东新不吱声了。他点燃了一支香烟，才慢慢地说："为了给钟骅找男人，我找到郝飞问他能不能帮这个忙。郝飞就介绍了盛斌。"

苏岩心里一动，会不会郝飞与盛斌之间也有这种关系？

差不多啊！怪不得和郝飞提盛斌，郝飞显得那么不正常。他们一定有这种关系。他们有了这种关系，盛斌为了郝飞才可能去和苏岩拼命啊！苏岩听说，这种男人与男人之间的爱情和男人与女人之间的爱情一样可怕。

苏岩不愿意往下想了，想到男人与男人在一起，他就浑身起鸡皮疙瘩。

牛东新这时脸上忽然布满了愁容。

苏岩说："你怎么了？"

牛东新说："你上次把钟骅弄到公安局去，把他吓坏了。他现在不打算帮我了。"

苏岩歉意地说："是吗？"

牛东新说："你看看你多不冷静啊！"

苏岩说："是。这都怪我。"

牛东新说："你得帮帮我。"

怪不得他这么轻易说出盛斌的秘密，原来有求于我呀。

苏岩说："帮什么，你说吧！"

牛东新说："我想抓住钟骅的把柄。只有这样，他才会帮我。"

苏岩愣住了，"那你想让我怎么帮你去抓他的把柄？"

牛东新说："钟骅和男人在一起胡搞的时候，你去抓住他。"

这招挺狠！

苏岩说："你是想让我利用职务之便？"

牛东新说："怎么样？"

苏岩没吱声。

牛东新说："我也不跟你兜圈子了。你现在非常想知道盛斌的事儿，可他已经死了，你想继续了解他是不大可能了，但我可以给你一个线索。"

苏岩说："什么线索？"

牛东新说："这你就别管了。现在，你告诉我，到底帮不帮我这个忙？"

苏岩笑了："你威胁我？"

牛东新也笑了，"我哪敢威胁你啊！我只是和你做一个交易！"

苏岩面无表情地看着牛东新。

牛东新有点难为情，"我太赤裸裸了是不是？按理说应该委婉点儿，我毕竟看了这么多的书，也算是有文化的人呐！但苏岩，和你我是没办法，我这也是让你逼的。"

牛东新从桌子上的烟盒里抽出一支香烟，小心翼翼地插进苏岩的嘴里。他从兜里掏出一盒火柴，抽出一根，擦的一下划着了。

苏岩说："你咋不用打火机呢？"

牛东新说："跟你学的。"

–2–

苏岩从电梯出来又走回电梯。他有点犹豫，看见两个男人在床上太别扭了。

电梯里就苏岩一个人，他让电梯上上下下来回运行着，觉得自己像一个幽灵漂泊在空气里。

苏岩把电梯定格在四楼，他用脚别住电梯的门，自动门不时地冲向他的脚，碰到之后又随即张开。电梯门不断地开启合上，这导致电梯就这么一直停着。

高军走过来，问苏岩："你啥意思？"

苏岩说："你自己进去吧，我在外面等你！"

高军说："咋的了？"

苏岩说："我没抓过这样的。"

高军笑了，"没抓过进去看看才有意思呢，两个傻男人都脱光了……"

苏岩说："别白话了。你赶紧进去。"

高军不愿意独自一个人进去。他倒不在乎什么男人不男人的，他是担心别再出什么意外。上次盛斌的事儿，让他心有余悸。高军劝说苏岩："其实一点事儿都没有，你纯粹是心理作用，你平时洗澡时见到的不都是男人啊！"

苏岩想想也是。

高军说："你就当一会儿去洗桑拿了。"

苏岩说："高军，我看出来了，你就是怕你自己进去被他们给摁倒。好吧，我跟你一块进去。"

– 3 –

钟骅和许男被带回刑警队不久，牛东新急急忙忙地赶来了。钟骅当时在苏岩的办公室。苏岩正训斥钟骅：“你怎么干这种事儿呢？钟先生，你可是个有文化、有教养的操盘手啊！”

牛东新进屋之后，走到苏岩的跟前趴在他的耳边，小声地嘀咕着什么。钟骅焦急地看着他们俩。

苏岩说：“今天全市大搜捕，我要是让他走了，领导批评我，我怎么交代啊？”

牛东新不愿意地说：“领导，哪个领导？他要是找你麻烦，你让他来找我。”他看了一眼钟骅，“现在他得马上跟我回去。”

苏岩满脸不情愿地看着钟骅，“跟你回去，他跑了怎么办？”

牛东新说：“他跑了你找找就是了。”

苏岩叹了一口气，“好吧！”

牛东新把钟骅领回去了。

走廊里，刑警队各个办公室的门都开着，每个屋子里都在审讯着犯罪嫌疑人，一副热火朝天的景象。苏岩刚才说，全市大搜捕，确实没说错呀。牛东新的面子真不小！抓了这么多的人，谁都没放。他牛东新一句话，警察就把钟骅放了。牛东新确实不简单呐！实际上，刑警队夜间工作，每天差不多都这样。这就像工厂里的车间，夜班也都是灯火通明。

为了让钟骅感到自己问题的严重性，牛东新对钟骅还夸大其词：“我们不像你们南方，什么新鲜事物都可以接受，我们这里是小地方，男女之间怎么整都能理解，可男人和男人整的话理解的人就少了。警察素质都低，没什么文化，他们对你们这样的人不仅不理解，还非常狠呐，能拘留的不罚款，能教养的不拘留啊！当然了，这也得分谁。我牛东新不敢说来公安局就像走平道，但我来了，他们一般就得给我面子。你知道，他们不是给我面子，他们这是给刘区长面子。都知道我和刘区长是拜把子弟兄，他们对我还是不太敢惹的。他们都很聪明，我要是在刘区长面前说句难听的，他们的警服就得脱下来。”

钟骅被牛东新忽悠蒙了，估计今后他得一心一意地为牛东新炒股票赚钱了。

牛东新对苏岩心存感激，虽然这小子挺不是东西，但关键时刻，苏岩还是讲义气的。警察怎么的？警察也是人呐。其实，《刑法》及《治安管理处罚条例》当中没有关于男人与男人之间有了这种事儿该如何处理的法条。苏岩不处理钟骅说不出什么毛病来。当然了，牛东新对此是不清楚的。他平时只关心文化了，对法律还没有太细致的研究。再说，苏岩对钟骅不感兴趣，他感兴趣的是许男。

牛东新告诉苏岩的线索是，许男是盛斌介绍给钟骅的。许男对盛斌的情况应该是了解的。

苏岩来到审讯室，阴冷地看着许男。许男看起来完全是个正常人，他穿着西服扎着领带，怎么看也看不出他有什么不正常。

苏岩说：“你有妻子有孩子，为什么还要干这种事儿？”

许男低着头不说话。

苏岩说：“你要是再不回答，我就给你老婆打电话。”

许男哭了，这么一哭像女人了。

苏岩说：“你给我憋回去。你再哭，现在就把你送进去。”

许男不哭了，他委屈地向苏岩供述了他有老婆为什么还要干这种事儿。他说，他也不想干这种事儿，可没办法，他心里老想这个事儿。他娶女人是没办法，别的男人都娶女人，他也得娶。他不想娶女人，他想娶的是男人。他从小只对男人感兴趣。

苏岩的皮肤有点发麻。他说："行了行了。你谈谈你和盛斌的事儿！"

许男说："我和他没事儿。"

苏岩瞪着他，许男说："真的，我和他没有这种关系。"

苏岩说："为什么？"

许男说："盛斌向我要钱。我觉得这是两相情愿，花钱干这种事儿，我接受不了。我是知识分子，花钱的话，和嫖娼有什么两样？"

苏岩想笑，"那你和钟骅也不花钱吗？"

许男点了点头，"我和钟骅是因为有感情才在一起。"

苏岩真想臭骂他一顿。没有金钱来往，对这个许男也没法处理了。

当初牛东新找到盛斌，介绍给钟骅后，钟骅也不喜欢盛斌。他说，盛斌像个妓女，没意思。他让牛东新找一个懂感情的。牛东新还挺不理解，他妈的这种关系也讲感情？牛东新找不着，只好求助盛斌。盛斌说，我可以给你介绍，但你得给我钱。牛东新说，没问题。盛斌介绍了许男之后，向牛东新要5万块钱。牛东新气坏了，这不是讹人嘛！牛东新就不理盛斌了。

苏岩问许男："你了解盛斌其他情况吗？"

许男说："我不了解，真的。你要是不信的话，你可以去问钟骅。这些情况，他都了解。"

许男不像说谎，这就意味着通过许男也不会了解盛斌更多的情况了。

苏岩并不灰心。盛斌和许男有没有关系无所谓，关键要搞清，郝飞与盛斌是否有这样的关系。

苏岩问许男："郝飞你认识吗？"

许男说："我不认识，真的，我确实不认识。"

苏岩说："你和男人接触，你怎么知道他就是和你一样的呢？"

许男说："很简单，只要一看对方的眼睛，就知道他是不是。"

苏岩暧昧地看着许男，温柔地说："是嘛，那你看看我的眼睛？"

许男笑了，他摇了摇头，"这不是装出来的。心里不想这种事儿，你装也不像。"

苏岩笑了。他心里有了新的办法！

– 4 –

星期天，刘芳让苏岩到她家里玩，说这是她妈的意思。苏岩对此非常重视。一大早就起来，剪了头，洗了澡，还特意穿上了牛东新给他的名牌皮鞋。出门前，他站在镜子前端详自己，觉得无论从哪个角度看，自己都不像流氓。这给了他很大的自信。

开门是刘芳的父亲，他笑容可掬满脸慈祥，"来了！"

苏岩说："刘叔，您好。"

刘芳的父亲俯下身要亲自给苏岩拿拖鞋。苏岩赶紧弯腰抢先拿到了。

刘芳的家是复式结构，面积很大。客厅就得有 60 平方米，高档沙发、高级音响一应俱全。

杨云让苏岩坐在沙发上。苏岩的屁股只坐了一个角。杨云的神态属于平静型的，既没有严厉也没有热情，既不像领导接见下级，也不像岳母会见未来的女婿。

刘芳的父亲和她完全不一样，那种热情那种慈祥，让苏岩太舒服了。这是无论心里想什么都能显现在脸上的老人。

跟我父亲一样一样的！弄不好，比我父亲还老实啊！

刘芳的态度和平时也不一样，她对苏岩爱搭不理的，见面还埋怨他，“不是让你早点嘛，怎么才来呢？”

苏岩毕恭毕敬地说：“我去……取东西去了。”他指了一下地上的礼物，这是一套高档化妆品。苏岩慢声细语地解释着，本来他托人买的这套化妆品，昨天晚上就该给她送来，可飞机晚点了，只好今天早晨去取等等。刘芳也不听他的解释。她拿起化妆品，打开递给母亲，刘芳说：“妈，这是苏岩让朋友特意从香港给你买的。”

杨云友好地露出笑容，“苏岩，谢谢你了。”

苏岩说：“阿姨，你看看是不是真的？”

杨云说：“不用看了，肯定是真的。苏岩，这一共多少钱呐？”

苏岩紧张了，“没……花钱。”

杨云严肃地说：“怎么能没花钱呢？”她拿出钱包准备掏钱。

苏岩尴尬地看着刘芳，刘芳像是也糊涂了，她壮着胆子小心翼翼地说：“妈，这是苏岩送给你的。”

杨云问苏岩：“是吗？”

苏岩说：“是……是呀！”

杨云指着苏岩，“那我可得批评你啊！你应该给刘芳也买一套，你太抠了啊！”

苏岩说：“阿姨，我买了，刘芳的，我放在车上了。”

杨云笑着看了看刘芳，“原来是这么回事儿呀！”

刘芳傻呵呵地说：“妈，我不要。我那套也给你。”

杨云拿起茶几上的中华烟递给苏岩，苏岩下意识地接过来。

刘芳严厉地打了苏岩一下，“你又抽烟。”

苏岩急忙谦卑地放下了。

父亲说刘芳："抽就抽吧！警察都抽烟。"

刘芳给父亲抽出一支，父亲接过来，看着杨云像是在征求意见。

杨云说："你去做饭吧！"

父亲拿着香烟站起身，对苏岩说："你坐会儿啊！"

刘芳也跟着父亲向外走，"爸，今天我做。"

父亲说："你别管了。"两个人边说边走出客厅。苏岩不希望他们俩离开，他不愿意独自面对杨云。

客厅里只剩下杨云和苏岩。

苏岩紧张了，杨云可能要和自己说点什么吧！

杨云拿起一个苹果，笨拙地削着，好不容易削好之后，递给苏岩。苏岩受宠若惊地接过来。

杨云看了看地上的化妆品，有点感触地说："刘芳从小被我管得太严了，她对我一点感情也没有。过去回到家里她和我基本上连话都不说，可最近好像变了一个人似的，不仅和我说话，还总给我买东西，可会溜须了！苏岩，这都是你教她的吧！"

苏岩说："没……有啊！"苏岩大口地吃着苹果，掩饰着自己的窘迫。

杨云笑了，"你别紧张，你就把这里当作自己家。"

杨云问起了苏岩的父母，苏岩痛痛快快地说了自己的母亲和父亲。他说，他母亲跟杨云的性格差不多，在家里也是说一不二。杨云说："是嘛！那你爸是不是也怕你妈呀？"苏岩说："可不是咋的。这么大的岁数了，一整我妈就不让我爸吃饭。"杨云笑了，"你妈可比我厉害多了。"

苏岩说："其实我妈一点也不厉害，她就是性格直！"

杨云说："你是不是一点都不怕你妈，她从小就对你可惯着了是不是？"

苏岩惊奇地说："阿姨，你怎么知道？"杨云笑了，苏岩喋喋不休地说着自己的母亲。说母亲对他何止是娇生惯养，简直像把他供起来一样，考大学的时候，苏岩得偷着学。晚上超过十点，他母亲就让他睡觉。他母亲总说："大宝，行了。考不上就拉倒啊，可别把身体累坏了。"

苏岩眉飞色舞地说着，杨云认真地听着。苏岩最后对杨云溜须说："阿姨，别看你那么厉害，其实，我在心里一点也不怕你。因为看见你，我就像看见了我的母亲。"

杨云的眼眶好像湿润了，她情不自禁地叹了一口气说："我要是有儿子，我惯他可能比你妈还严重！"

两个人谈得融洽之后，杨云主动问起陈凯鸣和刘耕地的关系。

苏岩实实在在地说："他们具体关系吧，说不上来，但估计就是上级与下级之间吧！牛东新和刘区长的关系应该是挺近的，牛东新每次有什么活动，刘区长都能来捧场。阿姨，我分析吧，我们陈局长想要请请刘区长拉近拉近感情，但他不好直接说，他就让我找牛东新，估计就是这么回事。"

杨云说："你和牛东新关系不错啊！"

苏岩说："一般吧。"他借机解释了自己的背景。他说："中组部的宋处长不是我家亲戚，他是牛东新的亲戚。牛东新和刘区长说是我家亲戚，主要是想抬高我的身份。阿姨，你知道，那种场合，又是区长又是局长，我一个小警察哪有资格来参加他们的聚会。牛东新大概也觉得把我这么个小人物带到区长面前，没面子，所以，就假装抬高我。其实，我啥也不是。"

苏岩虽然把自己说得很低，但杨云似乎并没有低看苏岩，她像是已经接纳了这个未来的女婿。

吃饭的时候，杨云对苏岩已经关怀备至了，她主动给苏岩夹了三回菜。苏岩更会来事儿，除了向杨云、向刘芳的父亲大献殷勤之外，对刘芳更是疼爱。

吃完饭，苏岩主动收拾碗筷，他大包大揽，一个人刷碗打扫厨房。刘芳在客厅里给父母削着苹果。父亲说刘芳：“你男朋友第一次来就让人家刷碗，这样好吗？”

刘芳说：“他不刷谁刷啊！苏岩说了，今后他要刷一辈子碗。”

父亲说：“不好，你不能跟你妈一样啊！”

杨云撇了一下嘴，看了刘芳一眼，“你可没我这两下子。苏岩也就是现在刷刷吧，将来呀，这都得是你的活儿！”

吃完饭，送苏岩回到家里，刘芳就问苏岩：“将来结婚之后，你就得让我天天刷碗是吗？”

苏岩说：“谁说的？绝对不可能。我可跟你讲好，你要是不让我刷碗，我就不吃你做的饭！不是都说好了，你做饭，我刷碗吗？”

刘芳温柔地搂着苏岩的脖子，“不用你刷，今后都我刷。”

苏岩说：“那你多辛苦啊！”

刘芳说：“亲爱的，看你在那儿刷碗，我可心疼了。今后这些活儿，在我家你也不用干！”

苏岩说：“那样不好。你妈该以为我欺负你了！”

刘芳说：“你本来就净欺负我嘛！”

苏岩说：“今天在你家你不也欺负我来的吗？”

刘芳说：“那不是你让的嘛！”她笑了，“我妈都看出来了，她说平时我和你在一起，保证挨欺负的是我。”

苏岩搂着刘芳亲吻着她。温存了一会儿，苏岩问：“你妈对我印象是不是强一些了？”

刘芳说：“何止是强一些啊，你没看见吃饭的时候我妈给你夹了三回菜，她从来不给别人夹菜。”

苏岩说：“是吗？”

刘芳像是有点吃醋了，“你和我妈都谈什么了，她怎么能一下子就转变这么多呢！”

苏岩说：“亲爱的，我说完你别生气。你妈有点重男轻女，她对你严厉吧，可能是因为她当时想要儿子，结果却生了你这么个女儿。”

刘芳说：“你咋什么都知道呢？”

苏岩说：“你千万别对你妈有偏见了。你是她的女儿，过去你妈对你不好，也是你造成的。你说你回家和你爸有说有笑，和你妈一句话也没有，你妈能愿意嘛。你看现在，是不是好多了！你妈同意我和你处朋友，不是我有魅力，而是她已经把你当大人看了，她这是尊重你的选择！”

刘芳说：“你别瞎白话了。我问你，你妈是重男轻女吗？”

苏岩说：“我妈不是。”

刘芳说：“我才不信呢！”

苏岩说：“我不骗你，我妈最喜欢的是儿媳妇。你知道为什么吗，因为儿媳妇能让她抱孙子！”

刘芳说：“那我要是生不出来儿子怎么办？”

苏岩说：“我说的意思不见得非得是男孩，只要是你生的孩了，她保证全都喜欢。”

刘芳说：“最好我能给她生个孙子！”她叹了一口气，“也不怪我妈烦我。苏岩，我和你说心里话，我也喜欢小子。”

苏岩说：“是吗？你这么老实，怎么也重男轻女呢？”

刘芳说：“谁知道呢！刚才咱们回来的时候，我看见一个小男孩光着屁股在街上让他妈领着走，我可喜欢了。我当时就想，这要是我儿子该多好啊。”

苏岩也注意到那个小男孩了，他说：“那小孩像非洲人，多黑呀！我儿子肯定要比他好看一千倍。”

刘芳搂着苏岩附和着他。

两个人一边憧憬着未来，一边说着肉麻的话语。夜幕降临了，他们还喋喋不休地说着。

苏岩亲了一下刘芳，“亲爱的，天黑了。你该回家了！”

刘芳说：“你撵我走是不是？”

苏岩说：“不是。我怕你回家晚了，你妈该说你了。”

刘芳说：“不会。我今晚不回去，她都不带说我的。”

苏岩说：“不说你，咱们也得自觉。”

刘芳赖在床上不走。

苏岩哄着刘芳，“宝宝，起来啊。”

刘芳脸红地说：“今天你还没要我呢！”

苏岩笑了。

刘芳说：“你别笑。我是怕你憋着难受。”

–5–

苏岩让高军去把郝飞带回来，但是不能带手续。

高军说：“不带手续，我可带不回来。”高军也知道这个郝飞有背景不好惹。

苏岩说：“你把他骗来就行。”

高军说："骗他干什么？开个传唤证不就完了。"

苏岩说："开传唤证吧，我怕让他惊了，我想给他来个突然袭击。"苏岩说了自己的想法。

高军说："那好吧！"

高军来到了夜总会，找到了郝飞。他热情地邀请郝飞去喝茶。郝飞和高军没打过什么交道，对高军心里没底儿。他说："在我这儿喝呗！"高军似笑非笑地说："郝老板，不给我面子？"郝飞说："我不是这个意思。"高军神秘地说："我来个朋友想要见见你，你到那儿坐会儿就走，行不行？"郝飞说："好吧。"

郝飞和高军来到了外面。郝飞摆了一下手，他的车开到了跟前。高军严肃地说："坐我车吧！"郝飞感觉不太妙，这是带他走啊！他认为高军这么嚣张，肯定兜里揣着手续。

郝飞上了高军的车。

高军开着车直接来到了公安局。下了车，郝飞故作轻松地问："不是上茶馆嘛，怎么跑到你们单位来了？"高军没吱声，径直向里走。这个时候，他最怕郝飞和他较真，他心想，赶紧带回来就完成任务了。

郝飞稀里糊涂地被高军带到了苏岩的办公室。郝飞进屋见到苏岩正在聚精会神地看书。苏岩指了一下对面的椅子，意思是让郝飞坐下。郝飞坐下了。苏岩向高军使了一个眼色，高军对郝飞说："郝老板，我手机没电了，用一下你的手机行吗？"郝飞无奈地拿出自己的电话交给高军。高军假装到外面打电话。

苏岩放下书严肃地看着郝飞，郝飞说："找我有事儿？"

苏岩像是想起了什么，他打开抽屉找着什么材料。郝飞目不转睛地看着苏岩。

这时，有人敲门。苏岩头不抬地说："进来。"

许男推门进来，苏岩看了他一眼，"你在外面等会儿。"

许男转身向外走，苏岩又把他叫回来，"你倒杯水。"

许男来到饮水机跟前，用纸杯接了杯水，放在郝飞的跟前。

苏岩用眼角的余光观察着郝飞的反应。许男认真地看着郝飞，郝飞客气地说："谢谢。"许男看郝飞是特意的，他要通过眼神判断一下，郝飞是不是和自己一样也喜欢男人。

许男说，他是属于那种一见倾心型的，只要是那样的男人见到他一定会有表示的。但这种表示其他人看不出来，只有心里都想着这种事儿的人才能感觉出来。

许男给郝飞倒完水，走了出去。

苏岩把手里的书递给郝飞，"你看看。"

郝飞接过来，疑惑地翻看着，苏岩说："写得太好了，我看完都哭了。"

郝飞抬头看了看苏岩，苏岩满脸真诚。

郝飞说："小说呀？"

苏岩说："是。"

这时，高军走了进来。他对苏岩说："有人找你。"

苏岩站起来走了出去。

苏岩把许男带到走廊的尽头。走廊的尽头是一个凉台，平时凉台的门用一根铁丝钩牵着。苏岩拿开铁丝，推开门来到凉台上。公安局大楼临着繁华的上海路，车来车往十分喧闹，站在凉台上好像行走在街道上。

苏岩看着如流的车辆和行人，慢慢地点燃了一支香烟。苏岩忽然转身抓住许男的衣服领子，把许男往凉台边挪了挪，像是要把他扔下去。许男害怕地抓住护栏不松手。

苏岩松开了许男，“你看你那个熊样。”吓唬完，苏岩递给许男一支香烟，许男用一只手接过来，另外一只手仍抓着护栏。

苏岩给许男点燃了香烟。

许男小心翼翼地看着苏岩。

苏岩说：“他和你一样吗？”

许男说：“不一样。”

苏岩瞪着许男，许男说：“真的。他绝对不是我们这种人。”

苏岩抓住许男，“我都看出来了，他刚才还向你暗送秋波呢！”

许男说：“那不是秋波。”

苏岩说：“不是秋波是啥呀？”

许男说：“啥也不是。我刚才看他的时候，他一点反应也没有，于是我就给他抛了个媚眼。他有点糊涂，他看我的那种眼神表示他不明白我是啥意思。”

苏岩说：“他是不是装糊涂？”

许男说：“不是。如果他装糊涂，他会假装不懂，躲开我的目光。”

苏岩非常非常失望。

郝飞不是那种男人！说明郝飞与盛斌之间就不会有那种特殊关系。

苏岩回到办公室，高军和郝飞正面对面相互凝视。高军本想对郝飞热情点儿，但考虑到一会儿可能要翻脸，就只能以这样的表情面对。苏岩进屋后，问高军：“你把郝老板接来干什么？”

高军说：“不是喝茶嘛！”

苏岩说：“你糊涂了？喝茶跑到公安局来干什么？赶紧把郝老板送回去吧！”

郝飞急忙说道：“不用不用，我打个车就回去了。”

高军笑眯眯地对郝飞说："那你就辛苦了。"

郝飞说："没事儿没事儿。"他起身离开了。

高军问苏岩："他咋没问问把他找来到底为啥呀？"

苏岩说："问不也是白问嘛，也没强迫他来。找他来喝茶呀，没毛病。"

高军说："郝飞百分之百知道找他不是喝茶，他一定认为咱们有事儿找他。"

苏岩说："那就更好了。他知道有事儿，但他不知道是什么事儿，让他去想，想得他吃不下饭，睡不着觉。"

高军笑了，"我感觉你像是在说你自己似的。"

苏岩无可奈何地叹了一口气。高军说得不错，这些日子，他确实想得有点寝食不安了。

郝飞既然不是那种男人，那他和盛斌到底是什么关系呢？

到现在苏岩仍然固执地认为，盛斌是在为郝飞来杀自己。这个念头的产生，是因为盛斌不顾一切地拿着刀来杀苏岩。

面对着黑洞洞的枪口，盛斌毫无恐惧地扑了过来，这给了苏岩极大的刺激。

无论如何苏岩都得想法搞清楚，盛斌为什么要这么做？

–6–

滕锁荣一审被判处了死刑，他上诉等着二审。像这种情况，二审一般都是维持原判，二审一完，滕锁荣也就离死不远了。

苏岩给滕锁荣买来好多吃的。滕锁荣虽然没几天活头了，但食欲还是蛮好的，他大口大口地吃着。苏岩说："你慢点儿，我和管教说好了，剩下的你拿回去吃。"

滕锁荣说着感谢的话，说着说着，他主动提起盛斌。他说："苏哥，你把盛斌打死了？"

苏岩说："可不是咋的。"

苏岩详细地把打死盛斌的过程讲了一遍。滕锁荣放下手里的猪蹄，疑惑地看着苏岩。

滕锁荣说："这小子什么意思？"

苏岩说："我也不知道他什么意思。你帮我分析分析，盛斌为什么看着我的枪口，还要往上冲？"

滕锁荣摇了摇头，"搞不懂。"

苏岩说："你别搞不懂啊，你忘了你和宋建当时不也往上冲嘛！"

滕锁荣说："两码事儿。宋建往上冲，主要是想赌一把，他认为你的枪有毛病，不见得还能打响。如果不响呢，他不就捡了一条命嘛。你没看我，一见你的枪响了，赶紧就扔下了军刺！"

苏岩笑了，"要是不响，你是不是也往上冲啊？"

滕锁荣说："那是肯定的。"

苏岩说："他妈的，我还以为是我把你说服的呢！"

滕锁荣说："都到你死我活了！你靠说服能好使嘛！"

苏岩说："也是啊，那现在你帮我分析分析，盛斌为什么要这样呢？"

滕锁荣说："不知道。"

苏岩说："会不会有人雇他杀我呀？"

滕锁荣说："一个吸毒的，谁会雇他呀！杀你，怎么也得雇个像样的！再说了，当时，不光你一个警察，你们都把枪亮出来，他还往上冲，我认为，他绝对不是为了杀你！”

苏岩说：“不为杀我，是为了什么呢？”

滕锁荣说：“他什么都不为，他这纯粹是在找死啊！”

苏岩的大脑嗡的一下。

对呀！盛斌的确是在找死啊！

虽然滕锁荣说得有道理，但苏岩心里并不接受。他说：“找死的方式太多了，干嘛非得让我干死他？跳楼、上吊、吃毒药，偷偷地自杀不就完了！”

滕锁荣说：“他是不是没胆量自杀呀？”

苏岩说：“你的意思是说，盛斌一直想要自杀，但他始终下不了手，那天正好看见我的枪口，他就一下子冲过来，他想让我帮助他去死。”

滕锁荣点着头，“你说得对！”

苏岩说：“对个屁！这不是在演电视剧嘛！不可能。”

滕锁荣说：“我觉得有可能啊。”

–7–

苏岩认为滕锁荣是胡说八道，可他又不得不按着滕锁荣的提示开展调查了。这毕竟是一条线索，任何线索都得重视，搞案子经常就是瞎猫碰死耗子。盛斌为什么要找死，应该有三种可能：心灵受到打击了，没钱活不下去了，得了绝症治不了。

盛斌曾经开过一个饭店，挣了不少钱。这些钱他全都自己挥霍了，他父亲有病，弟弟上学，他一点也不管。这种无情无义之人，心灵早就变得如同铁石一样坚硬，不太像因为受到心灵打击就不想活了。

盛斌活不下去可能是没钱了。一个吸毒的人如果没钱吸毒，可能会活着比死还难受，与其遭罪不如一死了之。但因为没钱吸毒就故意死在警察的枪口下，也没有说服力。而且，从客观上，也永远不知道盛斌找死究竟是不是这个原因。死亡把答案和盛斌一起带到了另外的世界。

会不会得了什么绝症呢？

苏岩把盛斌当时的遗物重新检查了一遍。他检查得非常细致，遗物中有几瓶感冒药引起了苏岩的注意。

这是瓶装的那种很廉价的感冒药。

苏岩的与众不同之处就是愿意多想，看到瓶装的感冒药，他就感觉不对劲儿。现在人们都吃成板的，谁还吃这种成瓶的。他打开瓶，把感冒药往外倒。

在他记忆里，这种感冒药是白色的药片，可倒出来的却是花花绿绿的胶囊。

苏岩拿起一粒，上面是英文单词。他把英文单词输入电脑进行搜索，很快结果出来了。

这种药物是治疗 AIDS 病毒的。

AIDS 是 Acquired Immune Deficiency Syndrome 的缩写，名为获得性免疫缺陷综合征，简称艾滋病。

–8–

盛斌得了艾滋病，不想活了，却没胆量自杀。这时，他碰到了苏岩的枪口。于是，他拿着刀向苏岩冲来。他希望死在苏岩的枪口下，可是苏岩的枪没有响，盛斌的刀刺入了苏岩的身体。高军的枪响了。子弹贯穿了盛斌的大脑，乌黑的血喷到了苏岩的身体上。苏岩的身体已经被盛斌的刀划开了口子，苏岩的血流了出来。

盛斌迎着苏岩的枪口究竟是不是为了找死，一下子变得毫无意义！是与不是真无所谓。有所谓的是，盛斌的血和苏岩的血流在了一起，苏岩极有可能被盛斌感染了艾滋病病毒！

– 9 –

艾滋病病毒攻击人的免疫系统，目前没有任何药物能够根除这种病毒。艾滋病病人由于免疫系统被严重破坏，各种致命性感染、肿瘤等重病极易发生。

– 10 –

苏岩起初没往心里去，不见得就那么巧被传染吧！他记得当时自己还到卫生间去冲了一个淋浴，就算有病毒的话也应该都被冲走了。

不要太介意了。艾滋病离自己很遥远，这种病与自己无关。

苏岩这么想的目的大概是不想吓唬自己，他想尽快忘记这件事儿。苏岩决定到医院去查查，查完证明他没有被感染，他也就没有心理负担了。

苏岩开车来到了传染病医院，把车停好，却忽然犹豫起来。

苏岩想，要是真被传染了怎么办？

那就意味着自己得了艾滋病！这可是个很大很大的事儿呀！艾滋病可不像感冒什么的，吃几片药就好了。得了这种病，就等于被判了死刑。

苏岩不敢往下想了，也不敢下车去检查了。他坐在车里一支接一支地抽着香烟。

医院门口不时有行人出没，苏岩坐在车里默默地看着他们。他们都大大方方地出去或进来，没有人像苏岩这样来了还待在车里不进去。

苏岩觉得这里不是医院，是个法院。他进去之后，就得开庭对他审判了，会怎么判决呢？有两种结局，或是无罪释放，或是死刑缓期执行。无罪释放会让苏岩高兴，一场虚惊之后总会找回幸福的。但要是死刑缓期执行呢？苏岩感觉自己还没有胆量接受这个判决。这是一个恐怖的判决，法律上死刑缓期执行基本上全都改为无期徒刑，这名义上是去死，实际上是捡了一条命。可对苏岩的判决就不这么简单了。一旦查出他被感染了这种病毒，除了宣判他死刑之外，还要慢慢地让他去等待死亡。死够可怕了，眼睁睁地等死，就更可怕了。那种滋味想想就让苏岩不寒而栗！

苏岩想来想去，觉得没必要去搞清自己是否已经感染了这种病毒。

艾滋病是绝症，查出来也无法医治。既然这样就没必要去查了，万一真的查出来，就意味着自己只能面对残酷的现实。知道自己将要死去，却还得眼睁睁地等死，自己有这个能力去承受吗？

苏岩想起了盛斌。现在他完全理解盛斌为什么面对枪口还敢勇往直前了，盛斌一定是整天生活在恐惧之中，恐惧把一个懦弱者变成了一个疯子。

苏岩担心自己会不会也成为盛斌那样的疯子！要是这样的话，还真不如装糊涂呢！

苏岩心想，去他妈的，干脆我装糊涂算了！

只要我不去查，我就永远不知道是否真的得了这种病。即使我真的得了，我也会抱着一丝幻想。这样，我的思想就不会崩溃，我就可以继续生活下去。

苏岩开车离开了传染病医院，他准备尽快忘记这件事儿。

可忘记什么有时比记住什么更艰难，况且这么大的事儿能说忘就忘吗？盛斌是艾滋病患者，他的血与苏岩的血流在了一起，这些记忆深刻而残忍，想要忘记它比登天还难。

整个夜里，苏岩睁着眼睛不停地回忆击毙盛斌的那一幕。他在认真地追忆盛斌的血是否流进了自己的血里，想着想着，苏岩就想进去了。

艾滋病是否感染了苏岩的身体，还不清楚，但有一点已经确切无疑，那就是这种病毒已经深深地感染了苏岩的思想。苏岩无论睁开眼睛还是闭上眼睛，他的大脑里已经全是这种病毒了。

– 11 –

苏岩待在家里两天两夜没有合眼。他没有吃饭，只喝了几瓶矿泉水。他和单位说，他去查线索了。单位也没问他去查什么线索。按理说，就是出去查线索也不能整天都不回队里。刑警队比较宽松，刑警们白天可以不待在办公室里，但晚上或早晨开会时，必须要回队里汇报一天的工作。要不然，刑警们都天天不来，谁知道在外面是不是查线索？但苏岩只要说，他去查线索，就可以不用回来开会。他在刑警队里算是一个特殊的警察，队长知道他和局长关系好，对他一般都是睁一只眼闭一只眼。另外，苏岩也很少让队长为难。他虽然有点特殊，但他很少特殊。他总是和大家一样，该干什么就干什么。这次，他和队里说出去查线索，队里都以为他真的发现了什么好线索呢！苏岩一个人静静地待在家里。在两天时间里，队里是没人找他，可刘芳却总给他打电话。苏岩说，他在查线索，就挂断了电话。过去，一连两天不见面，也是常有的事儿。可这次，刘芳说什么也非要见苏岩不可。

晚上下班的时候，苏岩到刘芳的单位去接她。刘芳见到苏岩吓了一跳。苏岩黑黑的眼圈，让刘芳愣住了。苏岩起初像往常一样装得蛮轻松的样子，可装了一会儿，他就有点心不在焉了。苏岩开车拉着刘芳去吃饭，他稀里糊涂地竟然把刘芳拉到了一家快餐店。这家快餐店过去刘芳和王松总来。刘芳觉得苏岩这么做是不是在暗示什么？吃饭的时候，刘芳的眼睛就湿润了。苏岩问她，你怎么了？刘芳说，没怎么的。

吃完饭，苏岩送刘芳回家。刘芳说："我想回咱们家。"

苏岩还说什么咱们现在得注意点儿，不要让你家里人说闲话之类的。

苏岩这么一说，刘芳又哭了，她的眼泪搞得苏岩心烦意乱。他喊道："你哭什么？"

刘芳赶紧不哭了。苏岩把车停在刘芳家小区的门前，刘芳坐在车里低着头就是不下车。看着刘芳白皙的脖子，苏岩的心理变得十分脆弱，他真想全都告诉刘芳，但他不会说的。苏岩伸手摸着刘芳的脖了，刘芳转身一下子就依偎在苏岩的怀里。她用力搂着苏岩，这么亲密的接触，让苏岩很紧张。

苏岩微微推开刘芳："亲爱的，你回家吧！"

刘芳还说："我想回咱家。"

苏岩说："这两天我在查线索，我没时间回家。今天请你吃饭我还是抽时间呢！"

刘芳哭着说："苏岩，你是不是有女人了？"

苏岩说："你为什么要这么说？"

刘芳说："你这两天一直待在家里，你的车就停在楼下。"

苏岩说："你怎么知道？"

刘芳说：“你说没在家里，我就想来给你收拾收拾屋子，可我看见你的车在楼下……”

苏岩说：“那你怎么没进屋呢，你不是有钥匙吗？”

刘芳说：“你屋里肯定有女人，我要是进去了，不是该打扰你了吗！”

苏岩开车拉着刘芳回到了自己的家，屋子里像过去一样乱七八糟。

苏岩对刘芳说：“你看我这屋子里像有女人来过吗？”

刘芳也没怎么仔细地看，她搂着苏岩不松手。

苏岩说：“亲爱的，你怎么了？”

刘芳说：“我还想问你怎么了？你看你眼圈这么黑，这两天，你肯定是没睡觉！”

苏岩苦笑道：“所以，你就怀疑我一直在搞女人是不是？”

刘芳微微点了点头。

苏岩埋怨她说：“刘芳，你这么想就不对了。你这不是对我不放心嘛！再说，我是那样的人吗？”

刘芳搂着苏岩撒娇道：“那你肯定没搞女人是不是？”

苏岩说：“我当然肯定了。”

刘芳说：“那你现在要我吧！”

苏岩不吱声了。

刘芳不动声色地看着苏岩：“你对我没兴趣了，还是已经没有能力了？”

刘芳这么说，让苏岩真是不知如何回答了。苏岩轻轻地推开刘芳，呆坐在沙发里，他开始一支烟接一支烟抽着。过去，他早就用各种话把刘芳哄住了，但现在他却失去了这个能力。他心里的那个阴影太重了，压得他什么都不会了。他静静坐在沙发里，默默地抽着烟。烟雾不断地在眼前升起，眼前渐渐地被烟雾笼罩。

刘芳悄悄地跪坐在苏岩的脚边，她拿着打火机等着给苏岩点烟。

抽了几支之后，苏岩才向刘芳说："刘芳，我很想和你上床，但这几天我太累了。"

刘芳说："我知道。"她握着苏岩的手，急忙说着："我没别的意思。我让你要我，不是想考验你，我就是怕你不喜欢我了。苏岩，你千万千万别生我的气，这些日子，我总欺负你，你别往心里去……"

苏岩说："你什么时候欺负我了？"

刘芳说："我净让你半夜给我倒水喝……其实，我知道，你那时非常非常困。对不起，苏岩，我太过分了。今后我再也不让你给我倒水了。"

苏岩双手捧着刘芳的脸："我愿意给你倒水喝！"

刘芳说："每次晚上你给我倒水，我可心疼了，但我挺喜欢这样的。你给我倒水喝，我就觉得你心里有我。苏岩，本来我打算咱们一结婚，我就不用你给我倒水喝了。我都想好了。只要咱们一结婚，我就天天伺候你，我什么都不让你干。所以，我就想，结婚前，我就浪漫浪漫欺负欺负你吧！但苏岩，我错了。从今往后，我再也不让你给我倒水了，我再也不欺负你了。"

刘芳搂着苏岩哭着说："你别不要我。"

– 12 –

苏岩把车果断地停在了传染病医院的停车场。他熄灭了发动机，毫不犹豫地下了车。他不想在车里停留，停留会让他软弱，最终会让他退缩。他要进去，他要去化验，他要尽快知道自己是否染上了这种病毒。

院子里有茂密的树木，树荫下是三三两两的医生和护士，他们走在清爽的空气里，脸上是平静的笑容。苏岩在他们身边走过，他们大概还不知道苏岩去干什么。

苏岩想对他们说，我这是去赌博。

赢了。

我就会与你们一样，我要领着刘芳也到清爽的空气里去散步，我们的脸上也会挂着平静的笑容。

输了呢？

输了就输了吧！

苏岩的脑袋现在只能想这么多了。想多了，他就不敢赌博了。他现在异常渴望知道结局，知道他是否能赢。

苏岩有个同学在传染病医院工作。苏岩来之前特意给同学打了个电话，问他在不在班上。同学名叫李建学，是皮肤科的副主任。他热情地说："我在我在，你来吧！"李建学过去在第二人民医院，当时他是一名普通的医生。他调到传染病医院就当上了副主任，现在自己有单独的办公室。他见到苏岩之后，故意让苏岩坐在自己的椅子里。苏岩说："啥意思，你让我装主任啊！"李建学向旁边的屋子里喊道："小张。"一个水灵灵的护士走了进来。李建学从兜里掏出10块钱，让她去买两瓶矿泉水。护士说："我屋子里有。"她出去后，李建学暧昧地说："这小护士今年才毕业。"搁平时，苏岩顺着这个话题能说上一气，但现在他什么心情也没有了。小护士拿来了两瓶矿泉水。李建学问她："哪来的？"护士说："还是那个家属买的。"李建学说："一会儿，咱们也买一箱吧！"护士点了点头走了出去。

两个人胡乱地聊着。话题大都围绕着同学中谁谁谁提拔了，谁谁谁发财了等等。苏岩有点心不在焉，他在考虑着该如何开口说化验的事儿。

苏岩的神态让李建学察觉了，他问苏岩："哪儿不舒服吗？"苏岩说：

“你能看出我哪儿不舒服吗？”李建学说：“你要是哪儿都舒服，你不会来找我的。”

这话让苏岩不舒服了。他后悔来找李建学，这种事儿为什么要找同学？苏岩这才意识到，自己的大脑已经缺少应有的判断能力。这属于隐私呀，找同学来不等于公开了嘛！苏岩说：“我没事儿，我就是来看看你！”李建学说：“你别不好意思了。”

苏岩说：“是这么回事儿。我有一个朋友想要来检查一下身体，可他不敢来。”

李建学说：“你让他来吧，到我这儿，不会有麻烦的。”

苏岩说：“他怀疑自己得了艾滋病！”

李建学看着苏岩，苏岩说：“不是我，是我的一个朋友，牛东新，你认识吗？”

李建学说：“是那个大款吧？我认识他，但他不认识我。”

苏岩说：“这几天，他就像得了精神病似的，总是疑神疑鬼。他总说自己可能得了艾滋病。”

李建学笑了：“牛总为什么害怕？”

苏岩说：“我也不知道。”

李建学说：“他肯定没少干坏事儿。你领他到我这儿来吧！”

苏岩说：“他不敢来，他怕检查出来。”

李建学说：“他要是真有的话，怕也不行啊！”

李建学的目光又有了不信任。苏岩继续编织谎言：“牛东新现在就是怕得要死，不仅他怕，我们几个朋友也都怕。”

李建学说：“你们怕什么？”

苏岩说：“牛东新现在靠上了一个炒股票的操盘手，说是百分之百能挣钱，牛东新已经把全部家产都押上了，我们这几个朋友见他下了这么大的茬子，也都跟着把积蓄投了进去。这个事儿现在已经开始运作了，可是牛东新这几天忽然害怕自己得了什么艾滋病，整天对自己的生意不闻不问。他妈的，现在还没查出来，他就吓成这样，真要是查出他得了这种病，那这个生意可就泡汤了。他牛东新的钱不是好来的，赔就赔了，你说咱们靠工资攒的钱，要是也跟着赔了，我们可接受不了。我们现在最担心的不是他的病，是他这种心理素质。你说，他一旦知道自己染上艾滋病，他会不会崩溃呀？”

李建学说：“太有可能了。疾病本身并不可怕，可怕的是对疾病的恐惧。你知道吗？咱们国家每年得癌症死亡的人大约为 160 万，其中有 1/3 都是被吓死的。”

苏岩被吓了一跳。他急忙说：“那就先别给牛东新检查了，省得他被吓死。”

李建学说：“问题是牛东新已经怀疑自己了，他不来检查，这本身也折磨他呀！他会睡不着觉的。”

苏岩不吱声了。

李建学说：“真的，我不骗你。不信你去问问他。”

苏岩说：“那好吧，我去说服牛东新。”

苏岩离开传染病医院并没有去说服牛东新，他坐在车里说服自己。今天到医院来的时候，苏岩还决心蛮大的，见到李建学这么一折腾，他又不敢检查了。想到每年那么多被吓死的，他就浑身哆嗦。后来，苏岩想到了刘芳，他就不哆嗦了。这已经不是他一个人的事儿了，他必须要尽快查清隐藏在自己身体里的秘密。苏岩终于下车向医院里走去。他现在也不在乎李建学会怎么看待自己，既来之则安之吧！苏岩脑海里只有一个想法了，我要去赌一把。

李建学的办公室在走廊的最里侧，门严严实实地关着。苏岩敲了几下，没反应。

苏岩心里马上有个声音说，既然没人就走吧。

苏岩没有走。他在门前静静地站着，他要等着李建学回来。

苏岩拿出香烟，点燃了一支。刚刚抽了两口，他听到屋子里有动静。李建学大概是在里面休息，苏岩又敲了一下。

“建学，我，苏岩。”

屋子里传来了脚步声。

门开了，那个水灵灵的护士走了出来。她向苏岩微微笑了笑，她的笑有点不自然，像是做错了什么。

李建学跟在她的后面，对苏岩笑道：“谁让你这个时候来的？”

这句话把那个小护士说脸红了，她低下头走进了另外的办公室。

李建学把苏岩让进了屋子里。过去碰到类似这种事儿，苏岩会饶有兴趣地盘问一通，但现在他一点反应也没有。恐惧如同利剑已经阉割了苏岩。

苏岩想对李建学马上说明来意，但李建学的心思还在刚才的温柔里。他问苏岩：“这个小护士怎么样？”

苏岩说：“不错。”李建学似乎还要说什么。苏岩果断地说：“化验是不是得先去开个票？”

李建学说：“牛总来了？”

苏岩说：“来了。”

李建学说：“牛总想通了？”

苏岩说：“这种事儿想不通也得来啊！”

李建学找到了一张化验单，他拿起笔在姓名栏准备写字。他说：“编个名吧，别用真名。”

苏岩说：“那就写李建学吧！”

李建学笑了，他真把自己的名字写上了。他把化验单递给苏岩，“你去先把款交了。”苏岩接过单子。李建学歉意地说：“要是你的话，我就替你交了。”

苏岩拿起化验单看了一眼，检验栏目上写着 HIV。

苏岩说：“到哪儿去抽血？”

李建学说：“就在隔壁。”

出门前，他又问苏岩：“一会儿，用不用我出面和牛总打个招呼？”

苏岩说：“不用了。”

苏岩拿着单子走出了李建学的办公室。他艰难地走着，隔壁的办公室开着门，那个水灵灵的护士坐在办公桌前津津有味地喝着矿泉水。她看到苏岩，目光里充满了友好。一会儿，她要是见到是苏岩来抽血，大概就会换成另外的目光吧！

这时，李建学在身后喊道：“苏岩。”

苏岩站住转过身，李建学向他摆了摆手，意思是让苏岩回到他的办公室。他一定已经察觉出是苏岩来检验了。他要免单吧！苏岩犹豫着是否回去，李建学又向苏岩摆了摆手。

苏岩向他的办公室走去。进了办公室，李建学问：“牛总是什么时候觉得被感染的？”

苏岩想了想，说：“大约有半个月了吧！”

李建学说：“你先回去好好问问他，如果只有半个月的话，你让他先别检查了。”

苏岩说：“为什么？”

李建学说:“人要是刚被艾滋病病毒感染的话，是检查不出来的。最低得过三个月才行，这叫窗口期。”

李建学解释了艾滋病病毒感染的原理。他说:“牛东新现在检查也是白检查，将来他还得害怕，不如等过了窗口期之后，再来检查吧！”

苏岩说:“好吧！”他竟然在心里重重地松了一口气。他像是得到特赦似的。他承认，到目前，他还是没有足够的胆量接受对自己的判决，三个月无疑给了他一个缓冲的机会。

– 13 –

苏岩给滕锁荣买了好吃的之外，还买了崭新的内衣内裤和一套白色的运动服。滕锁荣看到之后，就猜到自己离死不远了。滕锁荣说:“你想得真周到，我还寻思呢，我走的时候怎么的也得换套新衣服啊！苏哥，谢谢你！”苏岩给他开了一瓶矿泉水，“你不用谢，我不给你买，所里也会给你买的。”

滕锁荣喝着矿泉水，津津有味地啃着猪爪。苏岩静静地看着滕锁荣，滕锁荣说:“你想问什么，你就问吧。”

苏岩说:“我没什么可问的了，你该说的早就都说完了。”滕锁荣说:“也是。”他想起了什么:“盛斌为什么要在你面前找死，你搞明白了吗？”苏岩说:“搞明白了。”滕锁荣说:“为什么呀？”苏岩说:“他吸毒欠了一屁股债，活不起了！”滕锁荣笑了:“原来是这么回事儿！”

滕锁荣的笑容是真实的，不像是装出来的。过去苏岩也送过其他死刑犯，大都显得非常绝望。可滕锁荣面对死亡却如此坦然，这令苏岩很惊奇。

苏岩说："我感觉你怎么不怕死呢？"

滕锁荣说："死就死呗，有什么可怕的？当初要不是你枪下留人，我早就死了。"

苏岩看着滕锁荣，一时竟说不出话来。

滕锁荣说："苏哥，你怎么了？"

苏岩说："我没怎么的呀！"

滕锁荣说："你的眼圈可黑了。"

苏岩说："这些日子，我搞案子没睡好觉。"

滕锁荣还要说什么，苏岩突然问滕锁荣："你很快就要死了，你知道吗？"

滕锁荣点了点头。

苏岩说："你真的一点都不怕吗？"

滕锁荣说："不怕。"苏岩疑惑地看着滕锁荣。

滕锁荣说："我真的不怕。"

苏岩说："你真了不起！"

滕锁荣说："这有什么可了不起的！你是我的话，你也会不怕的。苏哥，我这样的活着也得永远待在监狱里。过去在社会上，我有很多朋友。可我进了监狱，朋友们都不来看我了。你虽然总来看我，给我买好吃的，可你是为了让我给你提供破案线索。我没了线索，你将来自然也不会来看我了。我这么说，不是说你势利眼，我觉得你已经不错了。我过去有钱的时候，我给我爸爸买过酒，我给我弟弟买过衣服。可是，我被抓起来之后，他们一次都没来看过我，他们就当没我这个人一样。苏哥，你说我现在没有朋友没有亲人，我就算天天活在监狱里，不也和死了差不多嘛。说心里话，我现在不仅不怕死，我还盼着早点去死呢！"

– 14 –

法院对犯人执行死刑，是严格禁止观看的，但每次还是有不少人去看。苏岩通过关系要了一张通行证，通行证的编号为 14 号，这张通行证没人要，号码太不吉利了。苏岩找到法院的朋友说，左右别人都不要这张通行证，你就把这个号给我吧！法院的朋友怕苏岩带滕锁荣的家属，起初不想给苏岩。苏岩反复保证之后，才得到了这张通行证。通行证上面盖着法院的印章，把它贴在车的挡风玻璃上，就可以到刑场了。

执行死刑这天，滕锁荣里面穿着崭新的内衣内裤，外面穿着一套白色的运动服。他的胳膊上捆着绳子，面无表情地站在了车队里的卡车上。

卡车的前面是武警的摩托车，后面也是挂着武警牌照的越野吉普车。接下来，就是贴着法院通行证的各种轿车。车队向山里的刑场进发时，苏岩就开始超车。车上的通行证是 14 号，但他却跑在了前面。他们去的地方很狭窄，去晚了车没地方停。

山口有个防火检查站，现在站着全是法院的警察。他们已经拦下四辆没有通行证的车辆。苏岩的车经过检查站时，法警向车里看了看，“就你一个人？”

苏岩点了点头。

过了检查站，沿着盘山公路，蜿蜒着郁郁葱葱的落叶松，路边的野草中点缀着白色、红色、粉色和几种颜色交织在一起的花朵。

花朵的姿态都不一样，有的正在盛开，有的即将凋谢。它们随着山中的微风，散发着各自的清香。

通向西山有一条山间公路，靠近山脚，推土机推出了一块平地，这里就是所谓的刑场。

空地上已经有很多车辆了，苏岩开过空地大约 30 米，才找到了停车的位置。向空地走去时，苏岩的腿轻飘飘的，有点不听使唤。他以为是紧张造成的，后来才发现是麻了。

空地的周围已经有了不少人。这些人基本上都是政法系统的。他们大都认识，有些还非常熟悉，平时见面免不了要客套，但现在这个场合只是点点头而已。这些人都想来看看滕锁荣。滕锁荣被苏岩活捉以后，曾经被记者郭鸣武写过一篇惊心动魄的报道，大家对这个滕锁荣充满了好奇。苏岩来不是为了好奇，他是想亲眼看看滕锁荣到底怕不怕死。

苏岩走到空地的边上，尽可能靠近那个中心位置。前面不远处，是几个法警，他们手里拿着半自动步枪，漠然地站着，其中有两个人脸上戴着大口罩。

远处传来了警笛声，卡车在刺耳的鸣叫中开了过来。卡车用不着找位置停车，它直接停在空地的边上。大约 20 名武警端着冲锋枪快速跑了下来。他们站在空地的两边。

警笛声消失了，空地上出现了寂静。几只飞过的小鸟尖叫了几声。

苏岩站的位置被卡车的头部挡住了，他没看到滕锁荣是怎么下的车。苏岩看到滕锁荣时，滕锁荣已经走到苏岩的面前了。

滕锁荣没有左顾右盼，他直接向空地走去。他的脸没有惨白，也没有流汗，像他平时差不多。他走到空地的中心位置站住了。

一个法警喊道："跪下。"

滕锁荣没有跪下，他发现面前有几粒砂石，他伸出一只脚，慢慢地把砂石拨拉开，才慢慢地跪下。

一个戴着口罩的法警举起了枪。他应该听到"预备，放！"之后，才能开枪。但这个法警不知是因为紧张，还是对滕锁荣刚才的举动感到气愤，他像打冷枪似的，举起枪就射出了子弹。

没有打准！

正常是应该打进后脑海[1]，子弹的惯性会把人体整个带倒，弹孔也不会流太多的血。

法警射出的这枚子弹打在了滕锁荣的后脖子上，一下子打穿了动脉血管。

血流如注！

苏岩离着滕锁荣的位置很近，他清楚地看到鲜红的血喷射出来。

这个时候，不知是什么原因，苏岩的眼前一下子变成了红乎乎的一片。

苏岩闭上眼睛是红乎乎的一片，睁开眼睛还是红乎乎的一片。

在这片鲜红之中，苏岩像是什么也看不到了。苏岩心里明白，滕锁荣被打倒之后，法医得走到跟前去查验伤口。在确认已经死亡之后，一个法警要给滕锁荣的头套上一个黑色的袋子。然后，他们抬着滕锁荣，把他扔到卡车上。

滕锁荣来的时候是站着，回去的时候就得躺着了。

可是，苏岩感觉这一切都是在他的想象中进行的。他的眼前一直是红的一片，他能听到别人在说话，可他就是看不见别人在干什么。

卡车发动的声音，接着是开走的声音，围观的人群离开时踩着泥土的声音，然后是轿车一辆一辆从身边经过又远去的声音。

所有的声音渐渐地全都没有了，苏岩的眼前也渐渐地出现了其他的颜色，他看清了周围的一切。

现在这片空地上只剩下苏岩一个人，他移动着脚步向空地的那个位置走去。

---

[1] 后脑海：方言，脑袋的后部。

那里有一大摊血。

血渗进了泥土里，它刚才是鲜红鲜红的，现在却很污浊。

苏岩走到这一大摊污血的跟前，他感觉呼吸急促，大口喘着气。他胃里难受，似乎想要吐。

苏岩想蹲下来，后来，他发现自己跪在了地上。

眼前就是污血。

苏岩用手捂着嘴，他感觉马上就要吐出来了。但他不敢，他怕吐出来的是和眼前一样的污血。

苏岩竭力控制自己说什么也不要吐出来，可他实在是忍不住了，他转过身吐了一口。第一口吐出来之后，接下来，就像洪水冲毁的大堤，挡也挡不住。

苏岩哇哇地吐着。他怕吐出来的是血，就干脆闭上了眼睛。

猛烈的呕吐结束了。苏岩闻到了刺鼻的味道，这味道里没有血腥。他慢慢地睁开了眼睛，眼前是一堆污浊之物。他隐隐约约觉得那里有红乎乎的一片。

苏岩急忙又闭上了眼睛。他站了起来，腿软绵绵的。苏岩睁开眼睛向停车的地方走着。他走不动，大约走了 20 米，他又坐在了地上。

苏岩的眼前又是红乎乎的一片。

苏岩想，我这是不是要死了？

第六章
CHAPTER 6 〉

－1－

苏岩感觉自己的精神一定是出了问题。他很想找人去说说，找谁呢？过去他什么事儿都能想得开。平时像高军、牛东新都是有想不开的事儿来找他，现在他却不能找别人，他心里有障碍，他不想让别人知道他是怕得上艾滋病才想不开。这太丢人了。另外，他知道别人也安慰不了他。

人生有时很奇怪，同样的事儿，自己能安慰别人，别人却安慰不了自己。这就像过去的革命烈士，救了那么多的人，而当自己就义走向刑场时，别人却只能站在旁边静静地观看。

苏岩心里很苦，连续几天，他都不能进入梦乡。他不知道这会持续多久。身体的秘密得在三个月之后才能知晓，他很为自己担心。老这样胡思乱想，到时候，即使没得艾滋病也得患上精神病，苏岩感到很凄凉。过去他总是挖苦别人心里有病，假如最后他自己成了精神病……这不成悲剧了吗？苏岩想来想去，觉得应该避免这样的悲剧发生。怎么办呢？苏岩想到了心理医生，干脆让心理医生来帮助自己吧！

苏岩来到了第一人民医院。他没有直接挂号，他现在极度敏感，不想让熟人知道自己的心理出了问题。苏岩首先在医院里观察了一番。

心理咨询科在医院二楼西侧的角落里，很安静，走廊里几乎看不到人。看起来，得这种病的人还不多，也可能很多人已经得了这种病自己还不知道，或者自己知道了硬是在装糊涂。看这种病得需要点勇气。

苏岩来到了门前，门虚掩着。他很想敲门进去，但他抬了抬手，又放下了。这不是他的性格，过去他会一脚踢门进去。现在，他却变得谨小慎微。苏岩在心里骂着自己，这到底是怎么了？怎么一下子就变成这个熊样了！不是只有命运才可以改变性格吗，怎么连害怕得艾滋病也能改变性格呢？

苏岩在门前来回徘徊时，一个西装革履的男人走了过来。苏岩以为是一个患者，但他感觉不像，这个男人的目光炯炯有神，苏岩装出若无其事的样子。男人温和地看着苏岩问："你心里难受是不是？"苏岩吓了一跳，但他没有吱声，他迎着男人的目光。男人依然温和地说："你现在应该放松一下，要不然，你心里会受不了的。"

这个男人应该是这里的医生。

苏岩嘴硬地说道："你搞错了，我不是来看病的，我是来找个朋友。"

男人说："你不要掩饰了，我刚才已经注意你半天了，你想进去却始终不敢。既然你不敢进去，那我们到院子里走走好吗？"

男人温和的态度让苏岩放松了许多，他跟着这个男人向外走去。男人边走边说："你对我不要有任何戒备，我不认识你，你也不认识我，我们就像两颗流星都有各自的轨道，现在我们相遇只不过是一种巧合。我们很快就会擦肩而过。"

这个男人肯定是医生了。他慢悠悠地说着，和风细雨娓娓道来。他没说治疗之类的话，这让苏岩对他有了好感。

两个人来到了院子里，见到了花草树木，苏岩放松不少。既然来看病，就没必要遮遮掩掩了。苏岩直截了当地问："大夫，我现在心里老是胡思乱想，你说，我会不会患上精神病？”

大夫肯定地说：“不会的。”

苏岩问：“为什么？”

大夫说：“你总担心自己会患上精神病，使你总是反省检查你心理的任何不正常之处，这种思维状态反而会保护你的心理，这样，你就不容易得精神病了。如果你总是认为自己很正常，做什么都对都正确，这就有点可怕。换句话说，认为自己不会得精神病的人是最可能得精神病的。”

苏岩点了点头，继续问：“大夫，我为什么总是老想着一件事儿，我明知想也没用，但我却忘不了！”

大夫说：“你总想什么？”

苏岩不想说心里的秘密，他说：“我是一名警察，发现案子之后，我总想着去破案。可是，我们搞案子，有时不是光想就能解决的。没有线索，想什么也都是白想。可我经常是明明知道自己在白白思考，但我就是不能控制自己不去想它。这很令我上火。你说，这是不是因为我的性格太执着了？”

大夫笑了笑：“心理学没有执着的说法。你所说的执着其实是一种心理疾病。”

苏岩惊奇地问：“什么病？”

大夫说：“你平时出门后是否总担心你的门可能忘锁了？”

苏岩赶紧点着头。

大夫说：“你经常返回去仔细检查后，你才能放心。”

苏岩继续点着头。

大夫说：“你这是典型的强迫症，这是一种心理疾病。”

苏岩感到了震惊。原来，他心里早就有病。大夫说：“这种病大多数人都有，一般不会对自己的心理造成伤害，但你这种人要特别小心。”

苏岩看着他说不出话来。

大夫继续问苏岩：“别人是不是总说你聪明？”

苏岩点了点头。大夫说：“心理学上也没有聪明这个说法，你表现出聪明只是说明你的内心过于敏感，你总是想判断外界的任何刺激是否与你有关，是否对你有利。由于你过于敏感，使你的心理经常处于紧张状态。即使别人说的与你无关，你也要胡思乱想。说者无意，听者有心，就是指你这种人。你这种敏感或者说聪明吧，可能会带给你很多好处，但同时，你自己也最容易遭受心理伤害。因为聪明本身也是一种心理疾病。你这种敏感的人是最容易患上强迫症的。”

过去津津乐道的聪明和执着原来都是心理疾病！苏岩很快想到了滕锁荣。滕锁荣仅仅因为世态炎凉，就能忘记即将去死的事实。怪不得滕锁荣不恐惧，原来他是个傻子。傻子心理不敏感，他不会患上强迫症。苏岩这个时候，忽然羡慕起傻子来了。他真渴望现在他也变成一个傻子。

大夫盯视着苏岩，忽然一针见血地说：“你最近碰到了自己无法解决的事儿，这种事儿可能会给你造成灾难或者已经给你造成了灾难。你目前的心理状态根本就承受不了。”

苏岩说：“你怎么知道我遇到了灾难？”

大夫说：“你的脸色告诉我的。你现在是不是感到手脚冰凉？”

苏岩点了点头，真想说，你是不是会算命啊！

大夫说：“我们身体里有一种激素，叫肾上腺素。人在紧张、恐惧的时候就会分泌这种激素。你现在手脚冰凉，说明这种激素正在你血管内流动。你要小心啊，如果你老是没完没了地分泌这种激素，你的身体会承受不了。你的肌肉会过度紧张，这可能会让你突然抽搐。”

苏岩想起昨天在刑场上突然感到浑身无力，几乎走不了路。苏岩紧张了，他问："这……怎么办？"

大夫说："你别紧张，你现在一定要尽快放松自己。"

苏岩说："怎么放松？"

大夫说："你先呼吸。"

苏岩说："呼吸？"

大夫说："你不要用胸部呼吸。因为这会使氧气进入肺的下半部，肺泡中的血液得不到氧气，你就会觉得心里不舒服。这其实不是心里不舒服，而是肺部不舒服。所以，你现在要用腹部呼吸。"

大夫让苏岩躺在路旁的一张椅子上，"你慢慢地长呼一口气。当你感到肺部已经空了时，再吸气。注意，吸气时让你的腹部完全鼓起，再彻底呼气。"

苏岩呼吸了几次。不知是心理作用，还是这种呼吸方法确实神奇，苏岩觉得心里不像刚才那么难受了。

大夫说："你好受些了吗？"

苏岩说："好受多了。"

大夫说："你现在告诉我，你到底因为什么想不开呀？"

苏岩犹豫起来。他说："我刚才不是说了嘛，我是因为老想着去破案。"

大夫笑了："你在撒谎。"

苏岩说："我没撒谎。"

大夫说："你现在心里好受了，你就不想说，这我能理解。但你要想彻底摆脱心里的负担，你就得和我说实话。"

苏岩对这个大夫还一无所知，他不想把自己心里的秘密告诉他，毕竟他们是萍水相逢，毕竟他们是医生与患者。就像这个大夫刚才说的，他们是两颗流星，只是偶然相遇，很快就擦肩而过了。

苏岩说：“我和你说的确实是实话。”

这个大夫像是看出了苏岩的心思，他说：“那你多保重吧！”说完，他向院子深处走去。

苏岩觉得没必要向这个陌生的大夫吐露心声。另外，他觉得既然学会了呼吸，就可以摆脱心里的阴影了。苏岩现在的要求很低。检查他身体里的血液是否被感染了艾滋病病毒，还有不到三个月的时间，只要在等待的这段日子里他能心里不难受，他也就感到十分满足了。至于将来他万一不幸被感染了，他现在还用不着去思考。因为这个事儿太大了，想也想不明白。他现在只想夜里能拥有一个深沉的睡眠。他觉得用这个大夫教自己的呼吸方法，他就可以做到了。

苏岩把这个问题想得简单了。当天夜里，无论如何呼吸，他依然是失眠，乱七八糟的事儿依然塞满他的大脑。

苏岩感到十分疲惫。他明明不愿再胡思乱想，可是，他却没有能力去阻止。那个大夫说得真对，自己确实有强迫症啊！

苏岩感到悲哀。他的大脑从他生下来，就让他具备了胡思乱想的天赋，这真是不幸。我还不如是个傻子呢！那样，我一定很快乐，因为我没有能力想悲伤的事儿。即使灾难临头，我也会笑看人生。这样的坦然，这样的胸怀，无须培养，我便能轻易拥有。

可是现在要是能做到这一点太难了。

夜里睡不着的时候，苏岩后悔没有向那位大夫说出自己内心的秘密。既然去看病，为什么还要那么能装呢？

第二天，苏岩又来到了医院。这次，他来到心理咨询科没有犹豫，直接推门走了进去。但屋子里的不是那个西装革履的大夫了。

一个30多岁的女人坐在桌子前，她穿着白大褂，戴着一副厚厚的眼镜。她问苏岩：“看病？”

苏岩点了点头。

女人说：“你挂号了吗？”

苏岩说：“没有。”

女人说：“你去挂个号，另外，把治疗费一块交了。”

苏岩说：“治疗费？多少钱呢？”

女人说：“这得要看你咨询什么方面的问题了。你说说，你现在是什么事儿想不开？”

苏岩看着这个女人没吱声，他有点不太适应。女人像是有点不耐烦，她说：“你是爱情想不开还是事业想不开？”

苏岩说：“我都想不开。”

女人说：“我们一项收费60元，你要咨询两项，要收你120元。我们现在搞优惠，免你30元，一共收你95元。”

苏岩说：“既然免30元，应该收90元呐。”

女人说：“你还得挂号呢！”她填好单子递给苏岩，“你先去交费吧！”

苏岩拿着单子，心里很别扭，他说：“除了爱情和事业，我咨询别的行不行？”

女人说：“别的还有什么呐？”

苏岩说：“我老想死是怎么回事儿？”

女人笑了，“那更简单了，你总想死，说明你没有树立良好的人生观和世界观，我可以另外给你讲讲，但你得再交30元。”

苏岩说：“咨询完，我再交费行不行？”

女人说：“那可不行。我们历来都是先交费，后看病。”

苏岩说:“我咨询完，还是想不开怎么办?”

女人说:“那你就再接着咨询呗。”

苏岩说:“那我不是白交费了吗?”

女人笑了，露出一口黄牙:“你别这么斤斤计较了。既然来看病，你就赶紧先把钱交了。”

苏岩笑了:“我跟你开玩笑。我不是来看病，我是来找人。”

女人说:“我看你也不像来看病的，哪儿有病人和医生讨价还价的。你来找谁?”

苏岩说:“我找一个你们科里的大夫。”

女人疑惑地看着苏岩，“我们科就我一个大夫啊!”

苏岩心里一惊，他不动声色地说:“就你一个?”

女人郑重地点了点头。

– 2 –

昨天给自己治病的那个西装革履的家伙应该是个骗子!这个家伙为什么要冒充大夫?骗子一般都是骗财骗色，这个人显然不是。他这么干究竟有什么目的呢?

苏岩开始了调查。搞这种调查，方法很简单，就是刑警队常用的蹲坑守候。苏岩在医院的各个角落里，待了将近两天的时间。第二天下午，苏岩发现了他。苏岩没有惊动他，而是慢慢地跟在他的后面。令苏岩感到意外的是，这个家伙原来是这个医院神经科的一个患者。

这个结果让苏岩不知所措。他之所以要下这么大功夫去找这个人，很大程度上，是觉得这个人可以治疗自己的心理疾病，可他竟然是个病人！

苏岩对自己产生了新的怀疑。那个心理咨询科的女人明明是个大夫，但苏岩却觉得她不正常。而正在住院治疗的这个精神病患者，苏岩却觉得他非常正常。难道自己已经不正常了，所以就颠倒是非，把正常的当作不正常，把病人当作了大夫？

苏岩为此很苦恼，但苦恼到最后，苏岩还是决定去找找那个病人。

病人住在 7 楼 5 号病房。他躺在床上正安静地看书。见到苏岩进来，他惊奇地问："你怎么来了？"

苏岩拿着一篮子高级水果。他把水果放在床头的小柜子上，坐在床边像老朋友似的说："我来看看你。"

病人坐起来，温和地看着苏岩。

屋子里另外还有两位病人，他们平静地坐在自己的床上，神色十分呆滞。苏岩对病人主动说："我们出去走走吧！"

病人跟着苏岩来到了医院的院子里，院子里依然有着各种树木花草。

病人问苏岩："你是怎么找到我的？"

苏岩说："我是警察，找人是我长项。"

苏岩说话的时候，眼睛冷静地看着病人。那种眼神就像他平时看着犯人，病人感到了不舒服。他实实在在地说："你别这么看着我。我不是精神病，我得的是抑郁症。开始，我并不知道我得了抑郁症，我感觉我只是焦虑睡不着觉。后来，我找来很多这方面的书，对照书里的症状才发现，我是患上了抑郁症。我来到了医院，接待我的就是门诊那个心理咨询科的大夫，她是个二百五。我花了 200 多块钱，向她咨询我心理方面的问题。她像背书一样地回答我。她根本无法解答我心理方面的问题，我现在住院治疗是没办法。我是一个中学教政治的老师，我看不惯学校里其他老师的做法，他们上课时把课讲得稀里糊涂，故意让学生听不懂。放学后，他们就办各种补习班。他们办班只有一个目的，就是赚钱。他们补习时讲的内容都是正常书本上的。我看不惯他们，就把他们举报了。于是他们开始一起报复我。他们十分卑鄙，说我勾引我班里的一个女学生。这纯粹是无中生有，可学校却开始调查我。虽然最后调查的结果证明我是清白的，但这件事儿却闹得满城风雨。我感到苦闷极了。我想找人说说我心里的苦，可我跟谁去说呢？由于无人倾诉，我患上了抑郁症。我到医院来咨询碰到了这个二百五的大夫。她不仅没治好我的病，反而把我来看病的事儿，告诉了我们学校的一位老师。这个老师就告诉我们学校的其他恨我的老师。这些恨我的老师集体找学校的领导，说我的精神受到了刺激，建议校领导让我住院治疗。学校的领导郑重其事来征求我的意见。我对领导说，‘我只是有点抑郁，我没病，我不用住院！’可我越辩解，学校越认为我已经得了精神病。我在学校里被孤立起来。我的一举一动受到了严格监视。只要我稍微有一点反常，他们就认为是我的精神病发作了，搞得我连课也上不了。这些又加重了我的抑郁症。我看了很多这方面的书。我知道，我在这个环境中，再这么继续下去，我可能会真的变成精神病。就这么的，我只好住院治疗了。但说心里话，这个医院治疗心理疾病的水平太差了，他们只知道给我吃药，这些治疗抑郁症的药物副作用非常大。我得病的原因主要是我心里想不开，光吃药是不行的。我需要找人倾诉，必须得有人帮我把压抑在我心里最深的话都让我说出来。可是，没有人帮我。这太痛苦了。那天，我看你在门口徘徊，我就知道你的心理肯定也出了问题。虽然你装出很平静的样子，但我能感觉出，你心里很苦。我知道有苦说不出是什么滋味。于是，我就走过去帮帮你！咱们俩都属于天生敏感型的，你是怎么想的，我能猜出来。我看了很多治疗心理疾病的书籍，我已经看出，你心里是有事儿想不开了，你的脸色煞白，你肯定处在焦虑、恐惧之中。我分析你是遇到了什么难以克服的灾难之事。警察同志，你要警惕啊，你这种情况，那个心理咨询科的傻大夫根本就治不了你。”

苏岩说：“你管我叫警察，那我就管你叫老师吧！老师，你说我现在应该怎么办？”

老师说：“我建议你到省城或者北京的一些大医院，那里的心理医生肯定比咱们这里的强。”

苏岩不想去，他现在对这个老师充满了期待。他说：“老师，我觉得你现在就可以治我的病。”

老师笑了：“谢谢你对我的信任，但我连我自己都治不了，我怎么可以治你的病呢？”

苏岩说：“自己的刀削不了自己的把，你治不好自己，却很可能治好我的病。你刚才不是说，咱们俩都属于天生敏感型嘛。也许，你把我治好了，将来我可能还可以治好你的病呢！”

老师微微叹了一口气：“你说的也不是没有道理。既然这里的大夫不能治疗我们的病，那么我们这两个病人就只能自己救自己了。”

– 3 –

老师说：“最初，我感到痛苦感到难受，是因为别人都整我。我觉得别人都对不起我。我是出于正义才举报别人，现在，我可以告诉你，我没那么正义，正义是我自己想象出来的。我当初举报别的老师完全是因为眼气。当时，我也办补习班来的。可是，我办的班学生都不来。也就是说，我想挣钱却挣不到，可别的老师却总是能哗哗地挣到钱，我一来气就写信举报他们。他们诬陷我，说我勾引女学生。其实，也不是诬陷，我当时确实勾引来的，学校最后调查我是清白的，是因为我的阴谋没有得逞。也就是说，别人整我是因为我本人和他们都是一路货色，本来就很无耻，本来就不正经，可我自己却总是以为我比他们高尚，我比他们正经。结果，我越这么想，我就越想不开。”

老师如此坦诚让苏岩完全放开了。为了治病，苏岩也要把心里话统统说出来。

苏岩说：“表面看我英勇无畏，其实我贪生怕死。过去，面对罪犯的枪口，我能勇敢地冲上去，是因为我老想着我勇敢之后，我能得到奖励，得到荣誉这种虚荣掩盖了我怕死的事实。现在当我怀疑我可能被染上艾滋病病毒之后，我怕死的本来面目就完全暴露出来了。我现在焦虑失眠脸色煞白，都是恐惧得上艾滋病。看我过去那种勇敢的劲头，我不应该怕呀，得上艾滋病能怎么的，不就是死嘛。现在我才搞清楚，我原来是怕死啊！老师，我很绝望，现在我不光怕我自己死，我更怕一个女孩死。我和她已经发生过关系了，我要是把她传染了，她也会死的。我死了是没办法，因为我毕竟是因为工作。可这个女孩要是因为我死了，就……太不应该了……”

老师说：“既然你最怕的是她死，那么从现在开始，你就得振作起来。你刚才说，你还有三个月才能知道你是否被感染了艾滋病病毒。我觉得，这三个月对你来说非常重要，你要充分地利用这段时间，尽快从你心理的阴影中走出来。你要给自己定下一个目标，你要在这三个月里，彻底让自己从恐惧中摆脱出来。你要变得无比坚强，坚强到即使明知自己得了艾滋病，也能无所畏惧。将来对待艾滋病，你要像对待感冒一样无动于衷，这是你的目标。我知道，这一定很难很难，但你现在别无选择，你不能整天活在无限的恐惧之中。这不是为了你自己，你这么做是为了那个女孩。如果你真的也把她感染了，你将来要责无旁贷地帮助她走出恐惧的阴影。如果你现在一直被恐惧困扰，别说帮助她，你自己可能先被吓死了。”

–4–

苏岩给唐玉打电话，问她，有时间吗？

唐玉说，我有。

苏岩说，那你现在到茶馆来一趟，好吗？

唐玉说，好好好。唐玉急匆匆地赶到了“香水”茶馆。苏岩见到她之后，非常客气，又是递烟又是倒水。唐玉被整得受宠若惊。

苏岩说：“唐玉，你想在夜总会干一辈子吗？”

唐玉说：“那当然不能了，在这儿只是暂时的。”

苏岩说：“既然这样，我帮你找个工作怎么样？”

唐玉搞不清苏岩的目的，但她还是笑着表示感谢。

苏岩说：“我知道你不想工作。我今天给你介绍这个工作，也是让你走走形式。我们公安局现在搞帮扶对子，要求我们每个民警至少要帮助一名违法人员找到一条自谋生计的道路，说是这样可以降低犯罪率。我知道，这都是扯淡，你们这些人怎么帮都不带学好的。”

见苏岩这么说，唐玉还辩解说：“我不是不想学好，只不过学好对我没什么用处。我现在需要的是钱，等将来我不缺钱了，我自然就会学好了。”

苏岩说：“唐玉，我帮你找工作也是为了应付单位。这么的，你帮我一个忙，假装去应聘一下。我也就算完成任务了。”

唐玉说："这没问题。"

苏岩领着唐玉来到了一家像模像样的公司。唐玉穿着外企小资们经常爱穿的那类职业套装，挺像那么回事儿。公司的老板对唐玉很满意，表示可以录取。唐玉对这个公司像是真产生了兴趣，她表示一旦进入公司，一定要全心全意地为公司服务。

公司留下了唐玉的简历，然后非常正规地安排唐玉进行了一次体检。体检不是说什么都检，是很普通的那种。有些血液检验项目，在这种体验里并没有。当然了，不检验也没关系。只要有了血液，换个地方一样可以检验。

苏岩通过这种方式得到了唐玉的血液。他拿着唐玉的血液来到了市传染病医院，找到了同学李建学。

李建学开始还以为是牛东新的血液。他说："到三个月了吗？"

苏岩说："管它到没到呢，你先查查再说吧！"

苏岩由恐惧得上艾滋病，得到了一个启示。他想查查，郝飞的夜总会是否与艾滋病有关呢？苏岩知道，唐玉与郝飞有过性关系。如果查出唐玉有艾滋病的话，弄不好郝飞也有啊！当然了，警察没有权力强制检查别人是否有艾滋病。苏岩通过这种方式检查唐玉的血液，只是按部就班搞调查，他也没想到就一定能查出什么。

没想到的总是要发生。

唐玉的血液中 HIV 呈阳性。也就是说，唐玉是艾滋病病毒的携带者。

李建学拿着化验单目光严肃地看着苏岩。他问："这是牛东新的血还是你的血？"

苏岩笑了，看起来，上次他来的时候，李建学就开始怀疑自己了。

苏岩说："这既不是牛东新的，也不是我的。这是一个小姐的。"

苏岩把经过讲了一遍，这种事儿用不着瞒着李建学。另外，苏岩还需要李建学对这个检验结果出示正式的检验报告。

李建学说：“这个化验单就可以当作报告了。”

苏岩说：“不行，这个血液毕竟不是你们亲自采的，你得把我来找你的经过，都写出来。”

李建学搞不懂苏岩是什么意思，他来了实在劲儿，在报告里把上次苏岩来找他的事儿也写了出来。

苏岩看完之后，不愿意地说：“你写这些干什么？我让你写的只是这次。”

李建学说：“你也没说清楚呀。我以为你让我全写呢！”

苏岩笑了：“你看你这个笨劲儿。”

李建学说：“我才不笨呢！”

苏岩说：“你把你的聪明才智都用在搞女人上面了，你还能不笨！”

李建学一点也不生气，现在善于搞女人是对男人的赞美。

李建学还卖起乖来，他说：“我搞哪个女人了？”

苏岩说：“你把你们护士都搞了，你给我装什么糊涂？”

李建学说：“你看出来了？我以为你什么都不懂呢！”

苏岩语重心长地说：“你是一名性病科的副主任。你应该深知男女之间胡搞有着多么严重的危害，可你竟然带头……”

李建学打断苏岩说：“我没胡搞，我和她是在谈恋爱。”

－5－

牛东新圆圆的胖脸上淌着几滴晶莹的汗滴。他亲切地端详着苏岩："最近，你死哪儿去了？怎么连个电话也没有。"

苏岩说："我病了。"

牛东新说："是嘛。什么病啊？"

苏岩说："我得艾滋病了。"

牛东新笑了："这么高尚的病，能让你得上吗？"

两个人笑嘻嘻地胡乱扯着。

牛东新关心地问苏岩："你打算什么时候屁股朝上啊？"

苏岩装糊涂："啥意思？"

牛东新说："我好给你随礼啊。"

苏岩说："真的？"

牛东新说："我和你开过玩笑吗？"

苏岩趴在了地上："我现在就朝上了。"

牛东新说："你个臭无赖，趴在地上我能给你钱嘛，你得趴在刘芳的身上。"

苏岩站起来；"你刚才没说，赶紧的拿钱。"

牛东新说："别闹，真的，你什么时候结婚呐？"

苏岩说："你少转移话题，拿钱。"

牛东新大大方方地拿出了一张银行卡，递给苏岩："密码是你的手机号！"

苏岩接过卡，有点疑惑："你的卡为什么用我的手机号？"

牛东新说："我的卡用我自己的手机号，别人要是偷去不是一下子就猜着了。我用别人的手机号，累死他们也猜不着。”

苏岩说：“这我明白，问题是你为什么单单地用我的？”

牛东新说：“你是警察，你的手机号让我感到安全。”

苏岩揭露牛东新：“别人的手机号，你也记不住吧！”他把卡还给牛东新。

牛东新说：“咋的呀？我这不是给你行贿，我这是给你随礼！”

苏岩说：“你那伎俩还想跟我要呀！你把卡给我好像是我可以随便拿钱似的。其实，你让我多为难呐！我要是往少了拿吧，我不甘心。我要是拿多了吧，你在背后肯定骂我。将来你要是想整我，这就是证据啊！老牛，你要是真心给我随礼，你给我拿现金就完了。”

牛东新骂道：“你个兔崽子，满脑袋心眼。好，你说个数吧！”

苏岩说：“你给我随礼，你让我说个数。你这不是变相让我索贿嘛！”

牛东新气愤地喊道：“你他妈的还想不想处了？”

苏岩笑了：“老牛，刚才是和你开玩笑，你知道我家不缺钱。你要是真想帮我的话，我结婚的时候，你把市里的领导给我请来几个。你知道，我这个岳母就好这个……”

牛东新说：“我早就给你想好了。到时候，我把省里的领导都给你找来，让你这个见官眼开的老丈母娘好好开开眼界。”

牛东新替苏岩展望着未来婚礼会出现的盛大场面，苏岩顺水推舟说着感谢的话语。但他心里却隐隐作痛，将来要是查出自己染上了艾滋病，别说结婚了，可能发昏都来不及了。

阴影即将笼罩内心时，苏岩急忙转移了心思。

苏岩对牛东新说：“老牛啊，你对我是真够意思。”

牛东新说：“哥们嘛，就得要相互讲义气。”

苏岩铺垫得差不多了，就皱起了眉头。这种表情让牛东新感到没底儿了。今天，苏岩一来，他就知道苏岩找他来肯定是有什么事儿。现在苏岩皱起了眉头，估计不是什么好事儿！牛东新小心翼翼地看着苏岩。

苏岩严肃地说："老牛，你和郝飞的关系到底怎么样？"

牛东新马上猜出郝飞要出事儿了，他想了想说："我和他就是普普通通的朋友关系。"

苏岩说："我不相信。"

牛东新说："真的。他不是开个夜总会嘛，有时候外地朋友来玩，我就让他帮着找个女人什么的！"

苏岩说："这种关系还一般呐！"

牛东新说："每次找我都不让他白找啊，我都给拿钱呐！"

苏岩不吱声了，他犹豫着像是在思考什么。牛东新着急了："到底怎么了？"

苏岩说："郝飞这小子有点变态！你上次和我说他开夜总会不在乎赚钱，主要是为了有个营生干，其实根本就不是那么回事，他夜总会里的小姐有艾滋病，他让小姐故意与客人发生关系，他想用这种方式让别人全得上艾滋病。"

牛东新吓傻了："真……的？"

苏岩说："你还记得郝飞给马良找的那个小姐吧！"

牛东新点了点头。

苏岩拿出了唐玉的 HIV 检验报告，递给牛东新："这个小姐就是艾滋病病毒感染者。"

牛东新双手哆嗦地翻看着报告书。

这么正规的检验报告，加上苏岩严峻的表情，谁都得确信无疑了。

牛东新说："郝……飞为……什么要这么干？"

苏岩说："现在他为什么这么干已经不重要了。重要的是，你曾经通过郝飞给政府干部马良介绍了一个小姐，这个小姐是艾滋病……老牛啊，郝飞的事儿太大了，我们省公安厅都得介入，对郝飞的调查将是大规模的。现在我不说，你心里可能也明白，你将来可能会受到重大牵连！"

牛东新彻底吓坏了，他知道，这么大的事儿，有什么关系也无法摆平。

牛东新焦急地看着苏岩说："老……弟，你给我指个道吧！"

苏岩说："没什么道可指，你就听天由命吧！"

牛东新知道苏岩既然已经告诉了他，就一定会帮他。当然了，他知道苏岩不会白帮他的，他说："老弟，你就给我下指示吧！你看，需要我帮你去做什么？"

苏岩心里想笑，但他忍住了。他说："老牛，你把我想得也太势利了。"

牛东新不好意思地看着苏岩。

苏岩重重地叹了一口气，然后慢悠悠地说："郝飞利用小姐故意传播艾滋病这条线索是我秘密调查出来的，但现在局里还不知道，如果你同意的话，我就向局里汇报说是你发现的。这样呢，你就等于有重大立功表现！将来你不仅不会受到牵连，弄不好我们局里还能多少给你点儿奖励。"

苏岩虽然用的是征求的口吻，但这毫无疑问是为牛东新指出了一条光明大道。

牛东新握着苏岩的手，感动地说："谢谢，谢谢。"

苏岩慢慢地把牛东新的手拿开，"谢什么，咱们是哥们。"

牛东新忽然又有了顾虑："这样的话，郝飞将来会不会以为是我把他出卖了，他不会恨我吧？"

苏岩笑了笑，没吱声。

牛东新低下头想着什么。

苏岩怕牛东新真的退缩，就不动声色地说：“老牛啊，我们内部有严格的规定，对举报者的身份要保密。你放心吧，郝飞永远都不会知道的。”

牛东新见苏岩这么说，又慷慨激昂地说：“知道能怎么的？郝飞这种人是社会的渣子，我跟你说，苏岩，我要是真知道了这个线索，我肯定会向你举报的，这你相信吧？”

苏岩说：“这我太相信了。”

–6–

苏岩拿着唐玉血液的检验报告及牛东新检举揭发的材料来到局长办公室，向陈凯鸣做了汇报。

陈凯鸣认真地看完材料，不动声色地看着苏岩。

苏岩也不动声色地迎着局长的目光。他知道，这个时候，一定要镇定自若。好在苏岩现在也没什么在乎的，尽管陈凯鸣的目光里充满了审视，但这种目光照在一个可能成为艾滋病病毒感染者的人的脸上也就显得无足轻重了。

苏岩温和地看着陈凯鸣，平静地说：“陈局，这个线索是不是有点太离奇了？”

陈凯鸣没接苏岩的话往下说，他问：“这些日子你没上班，就一直偷偷地查这个？”

苏岩点了点头。

陈凯鸣严肃道：“你去搞案子，我支持你，但你不能因此就不上班呀！

你又不是到外地去查线索！你这么干，其他刑警要都效仿你，你们刑警队不就放羊了吗！”

苏岩诚恳地承认了错误，表示今后再也不会犯这样的错误。

陈凯鸣说：“不光这样的错误不能犯，别的错误你也不能犯。”

－7－

牛东新不高兴地问苏岩：“你是不是给我设了一个什么圈套？”

苏岩说：“啥意思？”

牛东新说：“你们陈局找我！”

苏岩心里暗喜，这意味着郝飞的末日就要到了。

苏岩不动声色地说：“找你干什么？”

牛东新说：“也是问这件事儿。”

苏岩说：“你是怎么说的？”

牛东新说：“我还能怎么说。我只能这么说呗！”

苏岩说：“你这么说就对了。”

牛东新用怀疑的目光看着苏岩，“你跟我说实话，你是不是想要通过我来整郝飞？”

苏岩大声地喊道：“你这是什么话！你是不是以为我在利用你？”

见苏岩火了，牛东新赶紧说：“我不是这个意思。”

苏岩说：“你就是这个意思。老牛，这么的，你要是觉得我动机不纯，现在我再给你做一份笔录。”

苏岩说着拿出纸笔，一副严肃的样子。

牛东新急忙说："你看你怎么又急了！我和你说这个事儿是想告诉你，这个事儿可能牵扯到市里其他领导。"

苏岩说："查郝飞怎么还牵扯到其他领导？"

牛东新说："郝飞和胡树魁关系不一般，查郝飞就等于查胡树魁。"

苏岩惊讶地说："是吗？"

牛东新点了点头："昨天吧，你和我一说查郝飞，我怕把我自己牵扯进去，我就答应了。虽然你这是替我着想，但苏岩你这么一整啊，我可能就会陷入到一场政治斗争中了！"

苏岩说："有这么严重吗？"

牛东新说："你不知道，刘耕地与胡树魁明和暗不和。现在有了这么大的事儿，刘耕地肯定趁机大做文章。刘耕地把胡树魁整倒了，胡树魁将来得恨死我。胡树魁要是没被整倒，他就得下功夫来整我了。你说说，我还能有好吗？"

苏岩说："你想得太多了。"

牛东新说："我没想多。我是个商人，我和这些领导处好关系，只想着去赚钱，没想和他们搅和在一起！苏岩，你不知道，表面上这些领导对我挺尊重的，其实我们这种人在他们眼里啥都不是。他们要是和我翻脸的话，我就彻底完了。"

–8–

查夜总会里是否有卖淫嫖娼有点难度。客人们找小姐陪着唱歌跳舞，警察是管不着的。可到夜总会里玩的客人有几个会规规矩矩只唱歌跳舞，小姐们为了赚钱也不愿意只陪着喝酒跳舞，麻烦不说，还耽误功夫。时间不就是钱嘛！小姐们陪你喝酒跳舞的目的，主要是说服你尽快与其发生关系，发生完关系，男人们浑身疲软，既没心思唱歌也没力气跳舞了。男人们扔下钞票回家，小姐们揣起钞票再去陪别的男人。

郝飞的夜总会与其他夜总会不太一样，他要求小姐们只坐台不出台。就是说，允许陪着客人喝酒唱歌跳舞，不能陪着客人上床。当然了，这种要求是郝飞公开说的，至于暗地里小姐与客人究竟进展到什么地步，郝飞是不管的，他也没法管。真不让小姐出台，男人们就不到他的夜总会来，小姐也不来上班了，夜总会等于黄了一样。

小姐们愿意到郝飞的夜总会来主要是听说他有背景，警察很少来找他的麻烦。客人们与小姐们在进行这种偷偷摸摸的活动时，最害怕的就是被警察抓住，丢人不说，还得罚款。如果碰到像苏岩这样的警察，就干脆被整去教养了。教养说起来是被送去劳动教育，其实和蹲监狱差不多，嫖客们与小姐们对此是最害怕的。无非为了快乐为了赚钱，一下子被关进了监狱里，代价太大了。可人经常是自己管不住自己的，为了欲望，为了金钱，嫖客们和小姐们总能寻找一切机会去相互满足。警察们尽管知道夜总会肯定有这种活动，但要想抓住证据处理他们，也是有难度的。嫖客与小姐提上裤子就不承认，要想证据确凿就得当场抓现行，不太好抓。小姐与嫖客开始都坐在一起唱歌喝酒，他们会瞅准时机迅速地宽衣解带，速度快的也就是几分钟的事儿，在这之前或在这之后，嫖客与小姐都是有说有笑地唱歌跳舞，警察这个时候闯进去，等于打扰了人家的正常娱乐活动。胆小的不说什么，胆大的可能会去告警察。现在能告警察的地方也多，告警察比找小姐还容易，特别像郝飞这样的老板，动不动还和市里领导在一起吃饭什么的。一般的治安科小警察随随便便地到他的夜总会去都得寻思寻思，当然了，这并不是说警察管不了他们，而是很多时候，卖淫嫖娼毕竟对社会的危害没有像杀人抢劫盗窃那么直截了当。让所有的警察拿出所有精力天天去抓小姐嫖客不是那么回事，警察是一种职业，警察干工作得一项项来。况且，警察干工作是有分工的。

苏岩的工作属于刑警队。平时他对卖淫嫖娼这类治安案子根本就不感兴趣，治安案子相对于刑事案子简单多了，苏岩不喜欢简单，他喜欢复杂。他认为郝飞就一定复杂，所以，他要最大限度揭穿郝飞。苏岩编织出的郝飞利用小姐传播艾滋病，这个一半是真实一半是谎言的借口，不仅得到了公安局领导的重视，据说市里领导还做出了重要批示。郝飞很快就被公安机关强大的铁拳砸得稀里哗啦。

公安局集合了刑警大队、治安大队、巡警大队，还有防暴大队的全体干警采取了一次大规模的联合行动，行动的规模都出乎苏岩的意料，公安局把抓公安部A级逃犯的劲头都使了出来。

除了捣毁郝飞的夜总会之外，对郝飞本人也开展了全面深入的调查，查他的社会关系，查他的经济来往。苏岩主要查郝飞是否利用小姐传播艾滋病。

郝飞夜总会里一共有37名小姐，她们除了唐玉之外，还有6人被查出有艾滋病。

–9–

在夜间幽静的审讯室里，苏岩亲切地看着郝飞。现在的郝飞像是一块菜板上的猪肉。

郝飞神色黯然。

苏岩给郝飞冲了一杯茶水。他说，这茶叶是牛东新给他的，是好茶。

郝飞戴着手铐笨拙地喝着。

苏岩说："咱俩不是外人了，我不想和你说没用的，我希望你能一五一十地回答我的问题。"

郝飞点了点头。

苏岩说："你嫖过娼吗？"

郝飞摇了摇头，"没有。"

苏岩说："你与你夜总会里的小姐发生过关系吗？"

郝飞说："发生过。"

苏岩说："都和谁发生过？"

郝飞说："全都发生过。"

苏岩笑了，"和小姐发生关系，不算嫖娼吗？"

郝飞说："她们是自愿的，我没给过她们一分钱。"

苏岩说："她们为什么会自愿呢？"

郝飞说："因为我有魅力。"

郝飞只要咬住与小姐们没有经济往来，就不能把郝飞按嫖客处理，但苏岩压根儿就不想在这个问题上与郝飞纠缠。他这么整郝飞绝对不是仅仅为了证明郝飞是个嫖客而已。

苏岩说："小姐都喜欢你，那你喜欢小姐吗？"

郝飞说："喜欢。别说小姐，只要是女人，我都喜欢。"

苏岩说："你和小姐发生关系的时候，你每次都戴套对吗？"

郝飞点了点头。

苏岩说："你为什么这么谨慎？"

郝飞说:“小姐和谁都干，我怕染上病。”

苏岩说:“怕染上什么病？”

郝飞说:“我怕染上性病。”

苏岩说:“什么性病？”

郝飞说:“淋病、梅毒什么的。”

苏岩忽然大声地说:“你撒谎。你最怕的是染上艾滋病。”

郝飞愣住了:“艾滋病？”

苏岩说:“小姐们已经得艾滋病了，这你应该知道吧？”

郝飞说:“这我真不知道！”

苏岩说:“郝飞，你不要再装了。我们对你为什么下这么大功夫，你心里没数吗？”

郝飞说:“到底怎么了？”

苏岩说:“你们夜总会有两个小姐，她们到公安局举报说你明知道她们俩得了艾滋病，你还让她们继续卖淫。而且，你强迫她们俩不戴套。你这是在故意传播艾滋病……”

郝飞像疯了一样，他站起来大声地喊道:“我操她们八辈祖宗，这帮卖逼的纯粹是在陷害我！”

－10－

“我不知道我会得艾滋病，我……我一点都没想到。”

“为什么？”

“我觉得这种病都是南方才有，咱们这里不会有的。”唐玉的眼圈红红的，她还算坚强。其他得知自己染上艾滋病的小姐们已经吓得连话都说不出来了。苏岩平静地看着唐玉，问她：

“以前，你得过性病吗？”

“得过。”

“什么时候？”

“两年前。”

“什么性病？”

“梅毒。”

“治好了吗？”

“治好了。”

“在哪儿治好的。”

“第二人民医院。”

“你知道是怎么染上艾滋病的吗？”

“……可能是没戴套吧！”

“不戴套的客人多吗？”

“挺多的。”

“你为什么不要求戴套？”

“我要求，他们不干。”

“都什么样的人不戴套？”

“什么样的人都有……他们都是回头客，我不好意思拒绝。”

“你详细地说说，都有哪些人？”

唐玉犹豫着。

苏岩说：“都这个时候了，你还想替他们保密吗？你赶紧说吧，这些人我们不处理。他们可能被你传染上了艾滋病，这本身就是对他们最严厉的处罚。”

－11－

“我那天晚上没想和她……那样，我喝多了。我看到别人都和小姐进到里屋了，我也……进去了。我……我不是人，我对不起我妻子。”

“怎么对不起了？”

“我妻子对我就像我妈一样，我想怎么的就怎么的。她说，只要我不搞破鞋，我干什么都行。真的，我喝酒打麻将，我想干什么就干什么……可是，我酒后无德竟然把小姐都干了！”

“我没问你这些。”

苏岩有点不耐烦。面前的这个人叫刘新军，是电信公司的一位副科长，他大概头一次进公安局，看到铁椅子、手铐什么的，吓得浑身颤抖。他一个劲儿表示说：“我认罚我认罚。”

苏岩说：“你别紧张，我不处理你。”

刘新军以为苏岩想要和他交朋友，急忙说：“谢谢谢谢，你放心吧，我不会忘记你的。今后，你要是办手机什么的，你只管去找我。”

苏岩大声喊道：“少废话，从现在开始，我问你什么，你说什么。”

刘新军胆怯地说：“好好好！”

刘新军是刑警队找到的第 35 名嫖客，已经发现有四名被感染了艾滋病病毒。

“跟你的那个小姐叫什么？”

“她叫小玉。”

“你和她当时戴套了吗？”

“我……”

“到底戴没戴？”

“第一次戴了，第二次没戴。”这和唐玉交代的吻合。

“你这些日子有什么感觉吗？”

“没……什么感觉。”

“这个叫小玉的小姐，已经确诊为艾滋病病毒携带者。”

尽管苏岩说得轻描淡写，可刘新军已经吓得面无人色。接下来，不管苏岩说什么，刘新军好像什么也听不进去了。苏岩和他说的目的，是想让他回去检查检查，可刘新军太糠了，一下子就崩溃了。他瘫坐在椅子里，嘴里吐着白沫。找了这些多嫖客，他是最没出息的。

刘新军这个熊样，把苏岩也吓坏了，万一这小子死在这儿就麻烦了。苏岩又是给他点烟又是给他喝水。刘新军缓过来之后，竟然给自己的妻子孙红打了电话。

苏岩以为，刘新军的妻子来了之后会狠狠地骂他。不可思议的是，孙红来了却说：“新军，你不要怕，你就是得了艾滋病，我也不会离开你！”

苏岩这个感慨，怪不得，刘新军把妻子比作母亲。确实了不起啊！虽然孙红百般安慰刘新军，他还是吓得脸色惨白，他流着眼泪哭了。他的妻子像哄孩子似的，把刘新军搂在怀里。

苏岩对刘新军说：“你老婆都没害怕你把她给传染了，你还在这儿害怕！你现在不好好安慰安慰她，你还哭？”

刘新军这才看着孙红说：“我对不起你……”

孙红说：“新军，什么对得起对不起的，今后你改就行了。”

像孙红这样的女人真是不多见，好在很快查明刘新军并没有被感染上。孙红后来还特地到公安局感谢警察，说，你们把刘新军一下子教育好了。他现在不仅不找小姐了，连和他好的那个情人也分手了。

在找到的可能被感染艾滋病病毒的嫖客中，有一个叫汪田尾的，他是吕梅的丈夫。汪田尾被找到公安局之后，苏岩起初对他很客气，可汪田尾却问苏岩："你有什么权力抓我？"

苏岩说："我传你来主要是想了解了解情况。"

汪田尾说："你知道我是谁吗？"他指着苏岩的鼻子："你这个警察还想不想干了？"

苏岩说："我想不想干你能说了算吗？"

汪田尾说："我一句话就能扒下你的警服！"

汪田尾过去不是这个样子。那时，他彬彬有礼，见到谁都客客气气。和吕梅结婚之后，汪田尾由于经常与有权有势的人在一起吃饭喝酒，感觉自己的地位迈上了新台阶。像苏岩这样的小警察，他当然不放在眼里了。

苏岩说："你嫖过娼吗？"

汪田尾说："你他妈的文明点儿！谁嫖娼了？我提醒你，我是吕梅的丈夫。"

苏岩说："你快得了吧，你不是吕梅的丈夫，你是倒霉的丈夫。"

汪田尾不知深浅地打电话把吕梅找来了。吕梅是个商人，靠这些年辛辛苦苦的努力，挣了不少钱。比起汪田尾，她对社会要了解得多。所以，吕梅来了见到苏岩就十分客气了。

苏岩说："本来不想找你来，但你丈夫坚持要把你找来。"

吕梅说："苏老弟，他不懂事儿。有什么事儿，你跟我说。"

即便吕梅都这么客气了，可汪田尾还是嘴硬。苏岩无奈把事情经过当着吕梅的面讲了出来。

汪田尾这下老实了。

但吕梅却当着苏岩的面给了汪田尾一个耳光，她说："我花钱养着你，你却给我丢人现眼。"

汪田尾捂着自己的脸呆呆地看着吕梅。

苏岩对吕梅说："你别在我这儿打人，你们现在赶紧到医院去查查吧！"

– 12 –

汪田尾和吕梅来到了医院抽血检查，汪田尾被证实感染了艾滋病病毒，吕梅没被感染。吕梅当场决定和汪田尾离婚，她觉得自己很幸运。但医生问吕梅："你和丈夫最后一次夫妻生活是什么时间？"

吕梅说："前天。"

大夫说："如果前天他把你传染了，现在是查不出来的。你三个月之后再来化验一次吧。"

大夫详细地向她解释了艾滋病有一个所谓的窗口期。

吕梅吓坏了："你的意思是说，我有可能被传染？"

大夫点了点头："你与你丈夫任何一次性生活都可能被传染。你三个月后再来吧！"

吕梅在医院里就哭了，她说："这三个月我可怎么过呀？"

– 13 –

吕梅恐惧被丈夫传染上艾滋病，并坚决地想要与丈夫离婚，苏岩都能理解，他觉得这都是人的正常反应。但孙红对丈夫刘新军的态度苏岩就不太理解了，明知丈夫找小姐可能被感染上艾滋病病毒，孙红竟然能原谅自己的丈夫，这太不可思议了。尽管不理解，苏岩也没有更深入地调查，这与案件无关。但报社记者郭鸣武却对此充满了兴趣，他先后采访了刘新军和孙红。

郭鸣武对孙红说：“我是一个不相信爱情的人，我觉得这个社会已经没有爱情了。但现在见到你，我发觉爱情原来就在我们身边。”

孙红说：“我和刘新军是夫妻，夫妻之间应该宽容，我原谅他是觉得他会吸取教训。另外，作为妻子，我觉得不能对丈夫过分约束。爱一个人，首先应该给他自由，这样，丈夫才能永远爱你！”

郭鸣武觉得这不是爱情，这是把丈夫当作祖宗供起来了。他又单独找到了孙红的丈夫刘新军。刘新军请郭鸣武喝酒，郭鸣武把刘新军灌多了。

刘新军酒后说出了真话：“孙红对我为什么这么百依百顺，主要是她曾经对不起我，我和她结婚的时候，她不是处女。她故意赶上她来月经的时候糊弄我。我发现之后，要和她离婚。她说什么也不答应。她说，只要不离婚，我想干什么就干什么。所以，我后来找情人什么的，她都是装糊涂。”

郭鸣武说：“你现在还找吗？”

刘新军说：“现在是不想找了。”

郭鸣武说：“为什么？”

刘新军说：“我怕染上艾滋病。”

郭鸣武笑了。他来采访刘新军压根儿不是为了写什么爱情，他是想好好写写艾滋病。他采访他们主要是想通过爱情写艾滋病，他觉得爱情与艾滋病之间是有联系的。郭鸣武除了采访刘新军、孙红，还采访了吕梅和汪田尾。在采访完之后，他在报纸上写下了长篇通讯——《艾滋病已经近在咫尺》。

他写道：艾滋病不仅通过血液、性交、母婴传染，还能通过爱情传染。

过去总以为自己规规矩矩，不嫖娼不乱搞男女关系就能远离艾滋病，可艾滋病却披着爱情的外衣悄悄地潜伏在我们自己的家里。我们可以管住自己，但我们不可能管住爱人。

郭鸣武举了刘新军、孙红的例子。为了说明自己的观点，郭鸣武把孙红写得十分理想。他没说孙红原谅丈夫是因为自己婚前有过性行为。他说，孙红太爱自己的丈夫了，这种爱已经变成了宽容，甚至变成了母爱。所以，刘新军在外面找情人找小姐，孙红不仅能接受，而且还继续与刘新军进行夫妻生活。孙红感觉自己是生活在爱情里，但她其实是生活在危险里。刘新军接触的女人中，有的已经被感染了艾滋病病毒。刘新军可能被传染，他被传染是罪有应得。可孙红要是被传染了，谁来负责呢？爱情！爱情应该负责。因为孙红爱刘新军，艾滋病通过孙红对刘新军的爱情，悄悄地威胁着善良而无辜的孙红。

郭鸣武在文章里还说，孙红如此宽容刘新军毕竟属于个例。很多妻子不会像孙红那样容忍自己的丈夫在外面乱搞，但面上不允许，就来暗的呀！现在丈夫背着妻子，妻子背着丈夫在外面有情人，已经是我们这个社会公开的秘密！妻子是忠诚的，但不能保证丈夫是忠诚的。丈夫是忠诚的，但不能保证情人是忠诚的。在这复杂的关系里，只要有一个人有了一次危险的不洁的性行为，就会产生复杂的连锁反应。受害的不仅是思想品德败坏的人，家里像孙红那样无辜的妻子（或者丈夫）也会成为受害者。

郭鸣武的观点有点偏激。他说，我们可以拒绝诱惑，但我们无法拒绝爱情，更不能拒绝天天要在一起生活的丈夫和妻子。在这种不能拒绝里，艾滋病正披着爱情的外衣神不知鬼不觉地来到了我们的身边，来到了我们的床上。

艾滋病不仅披着爱情神秘的外衣，本身也够阴险的。艾滋病潜伏期长达10年20年，在潜伏期里，艾滋病病毒携带者与正常人完全一样。也正是因为这样，已经被艾滋病病毒感染了，自己却毫无察觉。这是非常可怕的。因为爱情，我们不可能会隔三岔五地要求丈夫、妻子或者情人到医院去检验一下身体里是否有艾滋病病毒。而且，即使去检验也未必能查出真相，在被艾滋病病毒感染的前三个月里，属于窗口期。这个阶段，连科学技术都无法检验出来。也就是说，连科学都不知道一个人的血液是否有艾滋病病毒。

郭鸣武举了吕梅的例子。他说，吕梅家有万贯。为了爱情，她嫁给了一贫如洗的汪田尾。汪田尾由此过上了富人生活，这是汪田尾一直向往的。靠他自己的奋斗，他一辈子也不会买得起名车豪宅。汪田尾非常珍惜这个家，所以，他没有找情人。他觉得找情人再秘密也容易暴露。所以，汪田尾去找小姐，结果自己被感染了艾滋病病毒。吕梅可能也被感染了，但现在还不能确定，得等到三个月之后。现在的吕梅天天生活在恐惧之中。

吕梅靠自己的奋斗创造出财富。像她自己说的，她什么都有了，但没有爱情。于是，她用金钱去买来了一份爱情。现在看来，她买的可能不是爱情，而是艾滋病。吕梅对此却一直蒙在鼓里。她太忙了，她没有时间守着自己的爱情。如果不是公安局帮助她捅破了这张窗户纸，她还会一直生活在梦里。当然了，现在她的日子也并不好过。她是否被艾滋病病毒感染，得等到三个月之后才能知晓。毫无疑问，这将是漫长的三个月。她现在整天思考着自己是否感染了可怕的艾滋病病毒，已经没有心思再扑到事业上，她的公司处在瘫痪状态里。她说，将来要是被感染了，她会不惜一切代价去治病。即使没被感染，她也不会再去干什么事业了，她现在已经没有事业心了。

吕梅不干事业了，她有积蓄可以去看病，可以去挥霍。可那些在她的公司上班的员工们可怎么办?

郭鸣武把艾滋病引申到了爱情不算，还引申到了对社会产生的危害。他写这篇文章无非是想证明艾滋病可以披着爱情的外衣，但文章发表以后，却产生了另外的效果。看过这篇文章的很多人对爱情产生了怀疑，他们不再相信爱情，进而不再相信丈夫、妻子和情人。

文章给社会造成了恐慌，妻子怀疑丈夫，丈夫怀疑妻子，搞得许多家庭人心惶惶。一个读者给报社打电话说：

“现在走在大街上，我看每个人都像是艾滋病病毒感染者。”

一个领导对郭鸣武的文章提出了批评：

“艾滋病是一种传染病，怎么能和爱情混为一谈？真要是这么可怕，我们干脆就不要家庭了！一个没有家庭的社会还能发展吗？”

郭鸣武虚心地接受了批评，他又写了一篇文章，中心意思是说，艾滋病是可怕的，但我们不能惧怕，更不能因为怕染上艾滋病，我们就拒绝爱情。这就好像是坐飞机，我们都知道有危险，但很少有人因为怕摔死就不坐飞机了。同样，我们不能因为怕得艾滋病就拒绝与心爱的人上床啊！

第七章
CHAPTER 7 〉

－1－

小姐们过去被警察抓住之后，一般都是夜总会的老板到公安局出面走后门来救她们。小姐们愿意到郝飞的夜总会来工作，主要是觉得郝飞硬实，在关键时刻可以救她们出去。但现在，她们这个愿望破灭了，她们的老板郝飞也被抓了起来。小姐们吓坏了，她们还没有见过公安局对她们这些小姐下过这么大茬子！天天审讯，不仅要求她们交代自己的问题，还要求她们交代老板郝飞的问题。小姐们虽然整天待在夜总会里，但她们交往的却是社会上形形色色的人，很多时候，她们也能明察秋毫。她们看明白了，警察抓她们原来是为了查处她们的老板。小姐们很快过河拆桥落井下石，为了立功，也为了保自己，就说她们来夜总会卖淫是被郝飞逼迫的。她们本来不想干这种事儿，她们只想坐台不想出台。她们控诉郝飞，说郝飞使用暴力手段无偿地玩弄她们的身体，说郝飞逼迫她们打扮成学生、村姑等模样来招引客人等等。

按照小姐们这样的说法，郝飞的事儿可就大了。组织、容留、胁迫妇女卖淫，按照《刑法》最高可以判处死刑。但苏岩并不希望郝飞因为这个受到严惩。当初，他执意调查郝飞，并不是对这些事儿感兴趣，他最想查清的还是被郝飞隐藏起来的秘密。

一个开夜总会的却不以营利为目的，太反常了。

苏岩始终怀疑郝飞隐藏着某个不可告人的秘密。

开始苏岩怀疑郝飞开夜总会只是个掩护，其真正目的是为了贩卖，甚至是制造毒品。后来苏岩还怀疑郝飞利用妓女实施诈骗之类，但现在所有的怀疑全都落空了。

公安局对郝飞立案侦查了这么长时间，不仅查了他的全部社会关系，还查了他的全部经济往来，到最后别说犯罪证据，就连点像样的犯罪线索都没找到。

苏岩急了。

难道他真的冤枉了郝飞？

–2–

苏岩买了很多好吃的，来到了看守所，他准备与郝飞进行最后的摊牌！

在提审室，苏岩把香肠什么的放在了桌子上。苏岩说："我今天不是来审讯你，我是看看你。"郝飞感动地看着苏岩。郝飞有很多不错的朋友，但从他进来之后，还没人来看过他。

苏岩把小姐们说的那些对郝飞极其不利的证词挑主要的告诉了郝飞。

苏岩说："如果将来法院采信了小姐们的证言，你很可能会被判处死刑！"

郝飞吓得把嘴里的香肠吐到了地上，他急切地说："苏岩，这些小姐都是在胡说八道。”

苏岩说：“你已经承认你和小姐们发生性关系时没有经济往来，这样小姐们说和你发生关系是被你强迫的，这在客观上是成立的！”

郝飞说：“小姐们跟我发生关系是想和我溜须，她们想的是将来要是万一出事儿，好求我帮忙把她们弄出来。我和她们上床根本就用不着强迫她们。”

苏岩说：“你虽然说得也有道理，但郝飞我要和你实话实说，你现在的处境很不好。你的问题，市里领导有批示。”

郝飞说：“我知道。苏岩呐，现在你得帮帮我呀！我冤枉呐！我倒霉呀！”

苏岩说：“你倒什么霉呀？”

郝飞小声地说：“你可能不清楚，上面有人想要整副市长胡树魁，他们直接整怕整不倒，就想通过整我来达到整他的目的。他们以为，胡树魁和我关系好，我肯定给胡树魁找过小姐什么的。其实，这种事儿压根儿就没有。另外，我和胡树魁就是一般的关系，通过我整胡树魁，我太冤枉了。不信你就看着，即使把我枪毙了，胡树魁还是胡树魁！”

苏岩说：“我是一个普通的小警察，你最好不要和我说有关上级领导的事儿。第一，你说的我不相信；第二，我不能替你解决任何问题。”

郝飞说：“我不是让你解决问题，我只是想让你帮帮我。”

苏岩说：“你想让我怎么帮你？”

郝飞说：“只要在办案的时候，你能实事求是就行。”

郝飞的要求完全正当，但苏岩没有表态。

现在必须要继续施加压力，以迫使郝飞说出被其隐藏的秘密。

郝飞说：“我知道你现在挺难，你的领导要求你狠狠地收拾我，但苏岩，我知道你是个正直的警察，你肯定会按照法律办案的。”

苏岩说：“你这什么意思？我们警察哪次不是按照法律办案？”

郝飞小声地说：“苏岩，你……你别生气。我的意思是，你们可以使劲地查我，如果你们查出我确实该枪毙，我无怨无悔。”

苏岩说：“你的事儿难道不够枪毙吗？”

郝飞说：“我有什么事儿呀？”

苏岩说：“你要是和我再装糊涂，我可就走了。”

郝飞说：“我真的没和你装糊涂。”

苏岩说：“盛斌是怎么回事？”

郝飞这回没有丝毫犹豫，他痛痛快快地说：“我和他有过一次性关系。”

苏岩愣了一下：“你喜欢男人？”他记得当时找许男考验过郝飞，许男说，郝飞不是这种人呐！

郝飞说：“我不喜欢男人，但我想尝试尝试，就和盛斌整了一次，但还没整完，我就够了。”

郝飞低下了头，“后来我觉得这个事儿特别恶心。所以，你找我来了解盛斌时，我以为是这个事儿。我心里特别特别难堪，所以，就对你那个态度。”

苏岩说：“既然觉得难堪，那你应该对我客气呀！你为什么和我那么能装呢？”

郝飞说：“我当时觉得你是刑警队的，你管不着我，我永远不会犯到你的手里。”

苏岩说：“你怎么知道你就永远不会犯到我手里？”

郝飞说：“因为我什么事儿都没有。”

苏岩说：“你真什么事儿都没有吗？”

郝飞说："真的。不信你可以去调查，我虽然开夜总会，但我要求小姐们只坐台不出台。"

苏岩说："你这么要求还能赚钱吗？"

郝飞说："我开夜总会压根儿就没想赚钱呐！"

苏岩说："你做买卖不是为了挣钱，是为什么？"

郝飞不吱声了。

苏岩心里着急起来，他真想说，正因为你不赚钱，我才这么往死地查你呢！

郝飞想了一会儿，才慢慢地说道："我过去有个情人。我和她好了五年，那五年，我天天想着她。我给她花老多钱了，可她高兴的时候吧，搭理我；不高兴的时候呢，就连我的电话都不接。我被她整得神魂颠倒……"

郝飞讲述自己因为爱情而产生的种种痛苦，苏岩硬着头皮听着。

郝飞说："后来我想明白了，我之所以爱她，原来只是爱她的身体。苏岩，我不骗你，我最喜欢的事情就是搞女人，我一天没女人，我都受不了。我给我自己立了一个目标，我这一生，要搞一万个女人……"

苏岩不耐烦地打断他："别说没用的了，你直接告诉我，你开夜总会究竟是为了什么？"

郝飞说："我开夜总会就是为了搞女人方便呐！"

苏岩愣住了，他呆呆地看着郝飞。

难道这就是苏岩一直寻找的秘密？

苏岩不相信，可最后他又不得不信。

郝飞说："真的。别人以为我开夜总会是为了挣钱，其实能赚几个钱啊！除了免单的，除了给领导送礼的，我没挣着钱。苏岩呐，我现在后悔死了，他妈的，我真是糊涂啊。搞女人就搞女人呗，我开夜总会干吗？我有这么多钱，我花钱直接嫖娼不就完了。你猜我当时为什么要开这个夜总会？我把问题想复杂了。我觉得，女人就像河里的鱼，我既然这么喜欢吃鱼，我干脆挖个养鱼池不就完了。我有了养鱼池，不就等于想什么时候吃鱼就什么时候吃嘛！”

–3–

海水涌起浪花，浪花不大，在阳光下闪动着亮晶晶的波纹。

苏岩仰面漂浮在波纹里。他觉得海水不是蓝色，是粉红色。

像粉红色的窗户纸。

苏岩随着海水漂呀漂！

沙滩离苏岩越来越远，他像是大海里的一条小舢板，荡来荡去。

苏岩感觉自己慢慢地沉进了海水里。海底世界应该是奇妙无比，但下来之后，还真不是这个样子。他没见到成群的鱼，只有长长的海草，它们随着海底的潜流慢慢摇曳。海草像女人的腰，随时要把苏岩缠住。

苏岩绕过海草，他看到了一艘大帆船。

很多年前，它沉没了，一直睡在海底。

现在帆船只剩下残骸。

苏岩凝视着它。

苏岩看清了，这个残骸是他自己心灵的外壳。

苏岩向帆船游去。

木质结构已经腐烂了。

苏岩从船舷的一个豁口游了进去。

破船挺大！

里面是另外一个世界。

在船体中央，又是在深深的海底，这里应该黑得伸手不见五指！

不是的。

这里的海水是蓝色的，越往下越清澈、透明。

苏岩看到船的中心并没有腐烂。

有一张大桌子，桌子上摆着一件件珍贵物品。

苏岩拿起了一枚硬币放在手里。

硬币原来是我自己。

这么多年了，它还这么实在，这说明我是真诚的。真诚是美好的，即使随着船体一同沉没，也永远闪着金光。

苏岩拿起了一个高脚杯。

杯里是红酒，也是苏岩的鲜血。

苏岩喝了一口，没有海水的咸味。

奇怪，酒和水相互拥抱这么多年，还没有亲密渗透。

它们是不一样的，水就是水，酒就是酒。

酒是我的血。

我的血浓于水。

……

过去，苏岩的睡眠很不好。为了能够进入梦乡，苏岩采取很多手段也常常无济于事，但现在只需要几分钟的想象，苏岩就能安然入睡。

－4－

苏岩在汇报中不仅否定了郝飞利用小姐故意传播艾滋病，同时也否定了郝飞胁迫小姐们进行卖淫的指控。

陈凯鸣不高兴了：“你那意思是说，咱们抓郝飞抓错了呗！”

苏岩说：“错倒没错，只不过他犯的错不是很大。”

陈凯鸣大声地喊道：“不大，你他妈的说成那么大？”

苏岩低下头不吱声了。

陈凯鸣说：“郝飞的案子，你不要搞了，交给队里吧！”

郝飞的事儿不大也不能草率收场，市里早就有指示，对郝飞要一查到底，现在包括副市长胡树魁也是这个意思。起初，大家以为胡树魁会干预对郝飞的查处，结果却不是这样，胡树魁大概为了证明自己与郝飞这个开夜总会的没有密切关系，就指示公安局对郝飞要严加查处。

郝飞将来怎么处理，陈凯鸣并不闹心，他把苏岩找来主要是小姐的事儿。

现在关押小姐成了一个难题。没有艾滋病的小姐好说，将来是拘留还是教养都可以送走，但那几个感染艾滋病病毒的小姐就不好办了。患有传染性疾病的，往哪儿送都不要，连现在羁押她们的看守所都多次向局里反映，看看能不能先把这些小姐保外就医。关押患有艾滋病的犯罪嫌疑人，局里头一次遇到。当初，把这些小姐押起来，以为能破获一个惊天大案，现在看起来不是那么回事儿了。无非是夜总会里有几个小姐被感染艾滋病了，得艾滋病并不犯法。艾滋病听起来挺吓人，可在法律上它竟然都不属于性病，这就意味着，警察没有权力隔离艾滋病患者。

陈凯鸣问苏岩：“怎么办？”

苏岩低着头不吱声。

陈凯鸣说："我没批评你，我是问你，怎么办？"

苏岩说："只好把她们放了！"

陈凯鸣说："放了？"

苏岩抬头看着局长，点了点头，说："法律有规定，得艾滋病的即使将来被判刑也得在监外执行。"

监外执行，这跟被放出去是一个道理。

苏岩说："既然这样，不如现在就把她们都放了吧！"

陈凯鸣瞪着苏岩："现在社会上一提起艾滋病都吓得要死，如果把这些小姐再放到社会上去，那不得造成巨大恐慌啊！"

苏岩说："放出去之后，我联系联系让她们都去看病吧！"

陈凯鸣说："这些小姐会不会再去卖淫呀？"

苏岩说："不知道。"

陈凯鸣指示苏岩，放这些小姐时一定要谨慎，最好秘密一点儿。可让陈凯鸣万万没有想到的是，这件事儿却引来了轩然大波。

– 5 –

唐玉被放出来的第二天，就跑到了大厦宾馆的楼顶上，要跳楼结束自己的生命。她沿着楼顶的边缘不停徘徊着。街上路过的群众发现后，打电话报告了110。警车来了之后，惊动了更多的群众。街道上围满了看热闹的人群。当时，大家不知道上面这个要跳楼的女孩是个感染了艾滋病病毒的小姐，都以为是感情受挫折想不开。大家站在楼下伸着脖子向上看。

警察们吓坏了。这个唐玉要是摔死，她的血会四处飞溅。要是溅到了群众的身上，后果不堪设想。

警察们来到了楼顶上，准备劝说唐玉。唐玉看见他们之后，威胁道："你们要是过来，我就跳下去。"

警察们只好站在原地看着唐玉。

情况太紧急了，唐玉随时都可能跳下去。陈凯鸣命令干警向群众说明真相。

警察设置了警戒线，并用高音喇叭警告看热闹的群众。群众都急忙往后跑，生怕一会儿血溅到自己的身上。

苏岩上了楼说服唐玉。

苏岩向唐玉走去，唐玉见到是苏岩，愣了一下。

苏岩破口大骂。

唐玉说："你再骂我，我就跳下去。"

苏岩说："你少吓唬我，有胆量你就往下跳。"

唐玉被苏岩镇住了。

苏岩走到了唐玉的跟前，立刻换了一副面孔。他说："唐玉，你这是要干什么呀？我都给你联系好医院了。"

唐玉说："我没钱治病。"

苏岩真想骂她："你卖逼挣的那些钱呢？"

苏岩说："你这种情况，国家有规定可以免费治疗。"

唐玉的眼泪流了下来，她说："我这个病治也治不好。"

苏岩说："你不能这么悲观啊！你要是死了，你家里人怎么办呐！"

苏岩这么一说，唐玉的眼泪流得更多了。苏岩知道说到了她的软肋上，继续劝说："我知道你这个病治不好，但你现在要是摔死了，你父母得多伤心呐！你的生命不是属于你一个人的！"

唐玉说："我没有父母，他们都出车祸死了。"

苏岩说:“你没父母，你不是还有个妹妹嘛。”

唐玉说:“你怎么知道？”

苏岩说:“是刘芳告诉我的。”

唐玉说:“我不认识刘芳。”她这是故意装糊涂。

苏岩说:“你忘了，我和刘芳认识不就是你给介绍的吗？”

唐玉这才说:“不是我介绍的，是你们自己有缘分。”

苏岩深情地说:“唐玉，你得活下去。以前，我打过你骂过你，你不要恨我，我也是没办法，我这是为了工作。其实，你不知道，我在心里非常非常感谢你，是你让我得到了一个天使一样的女孩……”

唐玉忽然打断苏岩:“苏哥，你真的感谢我吗？”

苏岩点了点头。

唐玉说:“那你帮我办点儿事，行吗？”

苏岩说:“什么事儿？”

唐玉说:“我这个妹妹，在北京上大学，这几年是我在供她上学。她始终不知道我是干这个的，我现在最怕的就是她知道后会骂我。苏哥，我妹妹将来要是来公安局问起我的事儿，求求你告诉她，我干这个全是为了她！”

唐玉指着自己的裙子，“我这是花 60 块钱买的，我把挣的钱都给她寄去了。现在我有病了，不能再供她上学了，你让她自己去打工念书吧！”

唐玉说完之后，就在苏岩的眼皮底下跨过了楼的边缘，毫不犹豫地跳了下去。

－6－

“你看窗外的那个影子像不像一条绳子？一会儿，有个人就会顺着绳子爬下来。他用一根铁丝从窗户的缝隙里伸进来，只要轻轻一挑，窗户就会开了。我们俩刚刚做完爱，非常非常疲倦，我们正在深深的睡眠中，这个人来到了我们的床前，静静地看着我们俩。这时，我醒了。这个人趴在了地上，我迷迷糊糊去了厕所。这个人上床躺在了你的身边，你以为这个人是我，你就搂着他继续睡觉……”

刘芳搂着苏岩接着讲道：“这个人我开始以为是你，后来我才觉得他是一个鬼，这个鬼白白净净还长着双眼皮。我仔细一瞅，原来是我们家苏岩变的！”

苏岩不吱声了。

刘芳说：“你再讲一个，这个一点都不吓人。”

往常苏岩讲这样的故事，都会把刘芳吓得直哆嗦，现在讲什么她都不害怕了。他讲这个故事的目的是为了说明做爱是有危险的，做完爱两个人都沉沉地进入了梦乡，这个时候，要是有坏人进来得多害怕呀。可讲完之后，刘芳不仅不害怕，还来情绪了。她把手伸进了苏岩的裤子里。

苏岩急忙起身。

刘芳说：“你干什么去？”

苏岩拿起旁边桌子的手表看了看，认真地说：“太晚了，你得回家了。”

刘芳说：“一要和你做爱，你就撵我。”

苏岩说：“我没撵你呀！”

刘芳把苏岩拉到床上，又开始黏着他。苏岩继续讲着那些什么现在咱们还没有结婚，回家晚的话，你父母该对我有想法了等等类似的话。说着说着，刘芳不愿意了，她推开苏岩，起身穿起衣服往外走。她没和苏岩要过脾气，她本以为苏岩会拦着她不让她走，可苏岩压根儿就没那个意思。苏岩穿好衣服随着刘芳来到了门口，他说：“我开车送你回去。”

刘芳站在门口不走了。

苏岩说：“怎么不走了？”

刘芳说：“你一点都不爱我！”

苏岩说：“我怎么不爱你了？”

刘芳说：“你要是爱我的话，你应该拦住不让我走。”

苏岩说：“你要是真想走的话，我拦也拦不住呀！”

刘芳又主动搂着苏岩，“我根本就不想走，我就是想试探试探你，看你能不能拦我？”她向苏岩承认错误，“我今后不跟你要了。你说什么，我都不跟你要。”

苏岩的心软了。他搂着刘芳：“你看你，好像我欺负你似的。”

刘芳说：“你本来就欺负我嘛！”她要吻苏岩，苏岩闪开，把刘芳抱起。两个人来到了卧室里。

刘芳主动地把自己的衣服脱了。她说：“咱俩都多长时间没做了！”她帮着苏岩脱衣服。前些日子，苏岩老说自己太累了欺骗刘芳。由于情绪低落和心理恐惧，使得他的身体也的确软绵绵的，那时刘芳也不为难苏岩。但现在随着苏岩心理状态逐步稳定，他的生理也得到了恢复。看到刘芳动人的裸体，他那里也跟着跃跃欲试。

刘芳兴奋地说：“亲爱的，你现在完全好了。”她要亲吻苏岩。

苏岩说：“我得去洗个澡。”

刘芳说：“做完再洗吧！”她把苏岩摁在了床上。

苏岩说：“干什么？强奸呐！”

刘芳说：“少废话！”

苏岩急忙推开刘芳："亲爱的，你忘了，今天你不安全！"

刘芳说："没事儿，不会那么巧吧！"

苏岩说："万一怀孕了，你妈得骂死咱们俩。"

刘芳已经成了干柴，"怀孕就怀孕吧。"

苏岩说："你等等，咱们戴个套。"

苏岩找出了避孕套。

刘芳好奇地问苏岩："这是哪来的呀？"

苏岩说："我买的。"

刘芳说："你什么时候买的？"

苏岩说："晚上下班的时候买的。"

刘芳说："你在哪儿买的？"

苏岩说："药店呐。"

刘芳说："你去买的时候，是男服务员还是女服务员？"

苏岩说："是女服务员。"

刘芳说："你是怎么说的？"

苏岩说："我用手一指，她就给我了。"

刘芳说："你还挺内行呐！"

刘芳在苏岩的身体下兴奋地叫出声音来。她把嘴伸到苏岩的嘴边想要接吻。苏岩回避着她，但她穷追不舍。为了转移她的注意力，苏岩加大了下面的力度。苏岩想，只要她大声地呻吟，也就没工夫亲吻了。

计策成功了。

刘芳达到高潮后，呼呼地喘着气。苏岩小心翼翼地做着善后工作。

刘芳躺在床上忽然说："苏岩，你是不是怕我给你传染上艾滋病啊？"

苏岩吓得差点把手里的避孕套扔在地上，湿乎乎的避孕套弄了苏岩一手。

苏岩稳定住情绪问她："你怎么这么说？"

刘芳靠近苏岩，搂住他的脖子说："我没有艾滋病。"

苏岩说："我也没说你有艾滋病啊！"

刘芳说："那你为什么戴套？"

苏岩说："你今天不是不安全嘛！"

刘芳说："那以前不安全你不也不戴嘛！"

苏岩被刘芳突如其来的质问整蒙了，他一时不知说什么好。

刘芳说："你别怀疑我，我除了你之外，没有跟过别的男人。"

苏岩说："我知道。"他反守为攻："亲爱的，你今天这是怎么了，怎么对艾滋病感兴趣了？"

刘芳说："报纸上这些天总说艾滋病艾滋病的，我们单位的一个同事跟我说，她觉得现在谁都不安全，她现在和她丈夫做爱都戴套。你是不是也有这个心理？"

苏岩说："我没有。"

刘芳说："你肯定在怀疑我，你知道我和王松接过吻。"

苏岩说："接吻也不传染啊！亲爱的，你别胡思乱想，我和你戴套就是怕你怀孕。"

刘芳说："怕我怀孕，那你为什么不跟我接吻？"

苏岩说："我今天不是没刷牙嘛！"

刘芳笑了，但她的笑容有点勉强。苏岩继续和刘芳胡乱地解释着。解释了半天，刘芳感觉还是像有什么心事似的。往常无论什么事儿，只要苏岩一解释，刘芳就不再怀疑。

苏岩问刘芳："亲爱的，你今天这是怎么了？"

刘芳说出了心里话："王松去找我了！"

原来是这么回事儿！苏岩这才完全放下心来。但他仍然不动声色地问："王松找你干什么？"

刘芳说："他告诉我，你要整他，他让我求求你别整他！"

苏岩逗刘芳："王松这种人要是不整他，将来弄不好他得纠缠你！"

刘芳说："不会的，苏岩。求求你，放过他吧！他这个人其实挺好的。"

– 7 –

公安局在查处郝飞的同时，对全市的娱乐场所及涉嫌卖淫嫖娼犯罪人员开展了专项治理整顿。凡是能找到的小姐和嫖客，公安局差不多全都进行了处理。在大规模的调查中，王松也被人检举揭发了出来。当时，刑警队还不知道王松的背景，苏岩主动把王松这个案子接了过来。苏岩给王松打电话，让他抽时间来一趟。王松吓坏了，以为苏岩要整自己，就找到刘芳求情。

第二天，苏岩找到王松一顿臭骂："你是不是怕别人不知道你的恶心事儿是怎么的？还找刘芳来求情！你怎么不找你爸呢？"

王松吓得面无人色，他的事儿要是让父亲知道得把他打死。

苏岩把王松吓唬完之后，才心平气和地说："你别害怕了。我找你不是处理你，我是想提醒你，你们这种人干的这种事儿比去嫖娼更危险！王松啊，趁着大家现在还认为你是个好人，是个正常人，今后啊，你这个'爱好'得控制控制了。你想，假如刘芳要是知道你是这样的人，她还能向我给你求情吗？她不得恶心死！"

王松一个劲儿点头。

苏岩为王松办完了相关手续，最后嘱咐王松：“如果别的警察再找你，就说我已经处理你了。你这个事儿就到此为止了！”

王松看着苏岩，十分感动，为了表示感谢，他伸出手想和苏岩握一下。苏岩巧妙地躲开了。

–8–

苏岩最初说郝飞利用小姐传播艾滋病完全是个借口，其他刑警并不知道。刑警队按着这个线索指引的方向，广泛地开展调查。但查着查着，真就查出了一个故意传播艾滋病的犯罪线索。

与钟骅有着那种特殊关系的许男也被感染了艾滋病病毒！他向苏岩举报说：“是钟骅故意传染给我的。”

苏岩问他：“你怎么知道？”

许男说：“我和钟骅在一起的时候，他总吃几种药，他跟我说是治疗感冒的，我当时没往心里去。现在我得了艾滋病，大夫给我开了治疗艾滋病的药，这些药，我一看就想起来，钟骅当时就吃的是这些药。”

许男从兜里掏出几粒花花绿绿的胶囊，他说：“钟骅把这些药放进了治疗感冒的药盒里，他这么做是怕别人看出来。”

苏岩拿起这些胶囊，仔细地看着。他想起盛斌当时就把这种胶囊冒充感冒药放在瓶子里。

钟骅明知自己有艾滋病，还与别人发生这种关系，这就是在故意传播艾滋病啊！

许男说：“钟骅不仅传染我，他还传染女人。他曾经让我帮他找过女人。”

苏岩说:“许男，你现在说话要老实点儿。有的事儿你说，没有的事儿，你不要乱讲。什么时候，你给他找过女人？”

许男说了包括唐玉在内的四个小姐，苏岩很吃惊。这四人当中已经有三人被查出感染了这种病毒。

苏岩说:“钟骅为什么让你帮他找女人？”

许男说:“钟骅怕别人算计他。他只相信我，他认为我喜欢他。”

苏岩想挖苦许男，但他忍住了。毕竟许男提供了一条重要线索。

按照许男提供的线索，苏岩找到了除唐玉之外的那两个小姐。根据她们的回忆，许男说的都是事实。

这个事儿可不小啊！

苏岩向陈凯鸣做了汇报，还没说完，陈凯鸣就打断他:“你上回说郝飞指使小姐故意传播艾滋病，这回你又整出个钟骅。苏岩，你现在怎么对艾滋病这么感兴趣？”

苏岩心里一阵乱跳。

陈凯鸣显然是对苏岩有想法了，这都是郝飞的案子弄的。这个案子不仅搞得全市人心惶惶，也让市里领导对公安局产生了一些看法。个别领导认为，公安局这么干是想达到什么政治目的。

苏岩被陈凯鸣说了一鼻子灰，低头不语。

陈凯鸣说:“你说话呀！”

苏岩小声地把钟骅故意向别人传播艾滋病的有关情况详细地做了汇报。

陈凯鸣说:“钟骅抓起来了吗？”

苏岩说:“还没有，我寻思这个事儿得谨慎谨慎！”

陈凯鸣说:“该谨慎的，你不谨慎。不该谨慎的时候，你倒谨慎了。现在赶紧把钟骅抓起来！”

怕将来再落下埋怨，苏岩玩了个心眼，他说："《刑法》里没有故意传播艾滋病这个罪名，把钟骅抓起来，到时候怎么处理他呀？"

陈凯鸣说："怎么处理将来再说，先把他抓起来，省得他再继续传染给别人！"

苏岩还说："把钟骅抓起来关没地方关，处理还没有法律依据，那几个感染艾滋病病毒的小姐刚把公安局闹得疲惫不堪，现在再扯上个钟骅，到时候可能不好呐！"

陈凯鸣说："你这个大学是怎么念的？《刑法》上没有这个罪名，绝对不是说故意传播艾滋病就是法律所允许的。故意传播性病都能判五年，故意传播艾滋病肯定要比这个严重得多。传播性病死不了人，艾滋病能死人呐！钟骅的行为往小了说是故意伤害，往大了说，他这是在严重地危害公共安全呐！"

苏岩还想说什么，陈凯鸣骂道："小兔崽子，别跟我玩心眼了。我知道你这么谨慎是怕将来再惹上麻烦，我埋怨你！你呀你呀，不要把你的小聪明用来对付我。这方面，你差远了。苏岩，你给我听着，今后你要把聪明才智都用在工作上。只要你不玩邪的，出了问题，有了麻烦，我永远给你担着。"

－9－

苏岩给牛东新打电话问他在哪儿，牛东新说，在洗浴中心。苏岩开车来到了洗浴中心。休息大厅里空空荡荡，只有两三个客人。牛东新坐在一个角落里，抽着烟。

见到苏岩，牛东新张牙舞爪地说："老弟，你最近都忙什么呀？"

苏岩说："瞎忙。"为了把话题引到钟骅的身上，苏岩主动问："股票炒得怎么样了？"

牛东新兴奋地说："太牛逼了。"

苏岩说："牛逼到什么程度了？"

牛东新嘿嘿地笑着："我要大发了，我要飞黄腾达了。"

苏岩说："看你这个样子，我倒觉得，你要破产了。"

牛东新不高兴了："你怎么又说这种不吉利的话？"

苏岩说："你看你怎么还不愿意了。你忘了你以前告诉我说，做买卖的凡是说自己有钱的一般来说都没什么钱，说自己要发财肯定是要破产了！"

牛东新真不高兴了："我那是说别人。"

见牛东新这个熊样，苏岩先转移了话题："过去你来这儿洗澡，你都进包间，现在你跑到大厅来了。你怎么会过日子了？"

牛东新说："你没看见嘛，现在这个大厅跟包间差不多。"

从公安局打击卖淫嫖娼行动以来，各种娱乐场所一直稀稀落落。过去是一打击，这类场所就会消停一阵，风声过后，这类场所很快就又火起来。但现在不是了。

牛东新说："我刚才在大池子里泡澡，服务牛说半个月了，我是头一个敢进大池子里面泡澡的。"

苏岩说："为什么？"

牛东新说："都怕染上艾滋病。他妈的，我看咱们这里快成非洲了。"

苏岩急忙趁机说："牛总，你也得注意点儿，说不定，你身边就有艾滋病。"

牛东新没接茬，他向服务生给苏岩要了一听可乐。苏岩喝着饮料，把钟骅的情况讲给他听。

牛东新不相信:“钟骅是艾滋病，不可能吧？”

苏岩说:“我也不相信，但现在有证据表明，钟骅在故意传播艾滋病！”

牛东新瞪着苏岩:“怎么又来一个故意传艾滋病的？上回你还说是郝飞在故意传播呢！”

苏岩说:“上回怨我没整明白。”

牛东新说:“快算了吧，什么没整明白，你就是想整郝飞。苏岩，接下来，你还想整谁？”

苏岩说:“我谁都不想整。”

牛东新说:“那你今天来找我干吗？”

苏岩说:“我打算把钟骅抓起来。”

说完这句话，苏岩本以为牛东新会很激动，但没想到，牛东新却很平静地说:“苏岩，你们不会抓到钟骅了！”

– 10 –

苏岩来找牛东新的同时，高军已经带人去抓钟骅了。

但牛东新说得没错，警察们果真没有抓到钟骅。

苏岩向领导做了汇报，公安局再次派出刑警大队、治安大队、巡警大队对全市进行了全面大搜捕。

可搜了一天一夜，警察们连钟骅的影子都没搜到。

－11－

牛东新按着钟骅的意思筹集了5000万的资金进行股票投资。钟骅说他正在给一家机构坐庄，他让牛东新购买一只股票。当时股票处在高位，牛东新说："这么高买进是不是有风险啊？"钟骅说："大家都认为有风险的时候，其实就没风险了。你买吧，赔的话，算我的。"

牛东新犹豫起来。因为他筹集的这笔巨款当中除了他的钱，主要是银行的钱。在牛东新没有下决心购买的时候，钟骅却私自从账户里调出了资金，全额购买了这只股票。股票从购买的当天就开始了"跳水"表演，牛东新吓坏了，这么多的钱赔进去，他可赔不起啊！

钟骅说："你别怕别怕。我马上就要调来两个亿把股票拉起来，你如果害怕的话，在我拉起来之后，你跑掉就是了。"

牛东新这时已经开始怀疑钟骅了，但他不敢表现出来。那样的话，不仅他害怕，银行的领导更得害怕了。他只能把钟骅说的美妙诺言不断地向那些领导重复。可是，股票越走越低，丝毫没有反弹迹象。无奈，牛东新找证券公司的人调查，结果发现，当时在高位出手的股票全是钟骅卖的。钟骅事先把自己的股票高价位挂起来，他打入牛东新的资金把自己的股票全都接了下来。也就是说，钟骅把自己的亏损都转移给了牛东新。

牛东新气坏了，想找人收拾钟骅。可是，那样就等于暴露自己被骗了，他实在没法向银行交代。他寄望于钟骅能真的把股票拉起来，好全部脱身。可是，股票到现在也没有走出下跌的行情。在牛东新准备和钟骅摊牌的时候，钟骅却不辞而别。牛东新这才知道钟骅是个大骗子，但他不敢报案，为了维持这个谎言，牛东新只好继续隐瞒。

苏岩说："老牛啊，你也太糊涂了！这种事儿，你瞒能瞒到什么时候啊？"

牛东新说:“我不瞒着，我就得跳楼了。”他用哭一样的声音说:“苏岩呐，现在剩下的钱，连还利息都不够了。”

苏岩说:“那你打算怎么办呐？”

牛东新没有回答，他默默地喝着杯子里的酒。他的神态变得庄严起来，像是在思考命运攸关的大问题。苏岩这才注意到，牛东新的衬衣、裤子、鞋、袜子全是崭新的。

牛东新说:“苏岩，你说我现在应该怎么办？”他向窗外看了一眼。苏岩心里咯噔一下。

他们喝酒的地点是在大厦宾馆的旋转餐厅里。旋转餐厅位于大厦宾馆的最高层，要是从这里跳下去，肯定会被摔成肉饼。

苏岩说:“你是不是想死呀？”

牛东新点了点头。

苏岩说:“你真想死还是假想死？”

牛东新说:“我真想死。”

苏岩说:“你想怎么死？”

牛东新说:“苏岩，我不是在和你开玩笑。”

苏岩说:“我知道你不是在开玩笑。问题是，死不是你想得那么简单。你说你想死，那你总得想出个方式吧。你到这里，是不是想要跳楼啊？我觉得那不好。跳楼摔死的咱们都见过，多惨啊！你老婆、你姑娘看到你摔死那个样子，得多难受啊！”

牛东新说:“苏岩，我知道你想劝我，但我现在是活不起了。”他站起来，向窗户走去。

苏岩吓坏了，他已经亲眼看见唐玉在他的眼皮底下跳楼了，他可不想再受这个刺激了。

苏岩说："你要是跳楼的话，你等会儿行不行？"

牛东新站住，转身看着苏岩。

苏岩说："等我走了，你再跳，要不然别人该以为是我把你推下去的！"

牛东新平静地看着苏岩。

苏岩说："老牛，你过去给我的印象一直是胆小怕事儿，我没想到你还这么勇敢。"

牛东新说："我不是勇敢，我是没办法。"

苏岩苦口婆心地劝着牛东新，他说："到目前为止，你一直瞒着大家，现在你即使摔死了，别人也不会说你好的。你把别人坑了，你选择死是你不负责任啊！老牛，你刚才说了，你现在剩下的钱连利息都不够了，你要真这么死了，你家里人可怎么办呐！我估计你小老婆会很高兴，凭她的姿色，再傍个大款也不成问题。问题是你大老婆、你女儿，还有你的父母怎么办呐。他们住的房子都是你的，你死了，那些要债的不得把他们全撵出去。你想想，你老婆、你女儿早就被你惯得不像样子了，她们什么苦都没吃过，遇到这种阵势，我估计她们都得跟着你一块去死了。"

牛东新被苏岩说哭了，他说："我不去死的话，我也得被枪毙。"

苏岩说："不见得。你是被钟骅骗了，你只承担一部分责任。你刚才不是说了嘛，你们损失的那些钱都在钟骅的手里。只要将来把钟骅抓住，那些钱就可以都追回来。"

牛东新说："要是追不回来怎么办？"

苏岩说："追不回来再说追不回来的。老牛，只要你不主动去死，我向你保证，假如将来真有一天，你被抓起来枪毙了，你放心，我将全力以赴地去照顾你的家人。"

牛东新握着苏岩的手："有你这句话，我先谢谢你。"

苏岩说："老牛啊，我现在才明白，这些日子你为什么总装出兴高采烈的样子。其实，你是怕别人看出你倒霉了。既然你一直在表演，我劝你，你就一直演下去。不有那么一句话，人生就是一场戏。既然都是在演戏，你怕什么呀？炒股票本身就是在赌博，现在你输了，你得认。我为什么劝你不要去死呢！因为你现在输得连你自己的生命都不属于你了，你没资格去死，你懂不懂？"

牛东新终于冷静了，他说："我懂，我懂。"

苏岩说："你是真懂还是假懂，我不清楚。但是你一定不能现在就去死。你最低得帮我抓住钟骅，最低你得把你老婆孩子还有你父母都安排妥帖了，你再去死，行不行？"

牛东新向苏岩保证说："你放心吧。我说什么也不去死了。"

苏岩怕牛东新说话不算数，一直陪了他整整两天两夜。

牛东新感动坏了，第三天凌晨，他向睡眼朦胧的苏岩真诚地表白说："苏岩呐，苏岩，你简直就是一粒'伟哥'！当我抬不起头的时候，是你给了我坚挺的力量。"

– 12 –

高军拿出一支香烟递给苏岩。苏岩摇了摇头。

高军说："嫌我烟不好啊？"

苏岩说："不是。我戒了！"

高军说："真的假的？"

苏岩说："真的。"

高军想起这段时间苏岩确实没抽过烟。他恬不知耻地说："那把你桌子里的那些烟都给我吧！"

苏岩说："凭什么？"

高军说："你不是戒烟了吗？"

苏岩说："戒烟了只是说我今后不抽烟了。"

高军说："你不抽烟了，你还留着烟干什么？"

苏岩说："送人呐！"

高军不吱声了。

苏岩说："你怎么不问我送谁呀？"

高军说："你得说我送谁也不送你！"

苏岩说："你恰恰想错了，我就是要送给你。"

苏岩打开了办公桌所有的抽屉，找出了一堆好烟。高军眼睛亮晶晶地说："你你……全都给我了？"

苏岩把烟推给他说："高军，你也把烟戒掉算了。"

高军说："等我把你这些好烟抽完，我再戒吧！"

苏岩说："将来你要是得了肺癌，你可别怨我。"

高军说："我就是天天把烟当饭吃我也得不了。"他亲切地抚摸着桌子上的香烟，像是抚摸性感的女人。他说："苏岩，你真了不起。"

苏岩说："怎么了不起了？"

高军说："你把烟戒了呗！"

苏岩说："这还了不起啊。"

高军说："你戒烟是不是为了准备要和女人生孩子了？"

苏岩说："不是。我戒烟是为了最终把女人也戒掉。"

高军说："那你可在吹了，你不可能把女人戒掉。"

两个人正嘻嘻哈哈地说着戒烟戒女人时，郭鸣武推门走了进来。

高军立刻严肃起来，他指着墙角的铁椅子，对郭鸣武说："你坐那儿！"

郭鸣武与高军不像和苏岩那么熟，他说："怎么了？"

高军说："少废话，坐那儿！"

高军的相貌高大威猛，瞪起眼睛来挺吓人。

郭鸣武看了看苏岩，苏岩急忙移走目光。

郭鸣武只好坐在铁制椅子里。这个椅子是专门给犯人预备的，上面有手铐、脚镣什么的。高军拿起一张传唤证，走到郭鸣武的跟前说："签个字！"

郭鸣武说："这到底是怎么回事呀？"

高军指着郭鸣武说："你签不签？"

郭鸣武不高兴地说："我得知道怎么回事儿，我才能签呐！"

高军瞪着郭鸣武说："是不是给你脸了？"

郭鸣武被这个阵势整蒙了，平时虽然和高军不熟，但每次见到他也都客客气气。这帮警察怎么说翻脸就翻脸呢！他再次把目光投向苏岩，苏岩拿起桌子上的一份材料，温和地对高军说："你把这个材料送到赵队那去，他着急要。"

高军拿起材料走了出去。

郭鸣武对苏岩不愿意地说："你们这是什么意思？"

苏岩说："郭鸣武，今天找你来有件事儿我们要了解一下，希望你能如实地说清楚。"

苏岩的表情非常严肃。

郭鸣武呆呆地看着苏岩。

苏岩说："你和钟骅是怎么认识的？"

郭鸣武说："是采访的时候认识的。"

苏岩说："你详细点儿说。"

郭鸣武想了想，“三月份，钟骅在文化宫搞了一个讲座，我去采访他，就这么认识了。”

苏岩说：“你为什么把钟骅介绍给牛东新？”

郭鸣武说：“牛东新这两年一直闲着，他曾经问我有没有什么好项目，他想投资干点什么。和钟骅认识以后，我觉得钟骅是个人才，就把他介绍给了牛东新。我当时是这么想的，牛东新有资金，而钟骅有才能，他们俩在一起会干出一番大事业的。”

苏岩冷笑道：“你说得真好听。钟骅骗了牛东新5000万已经跑了，这你知道吗？”

郭鸣武说：“我也是才听说。”

苏岩说：“你听谁说的？”

郭鸣武说：“牛东新告诉我的。但他没说他被骗了，他只是说钟骅没了，他问我知不知道钟骅的下落。”

苏岩说：“你知道吗？”

郭鸣武摇了摇头。

苏岩从桌子里拿出一本书放在了桌子上，这是钟骅的那本长篇小说《操盘手》。

苏岩说：“这本书是咋回事儿？”

郭鸣武不吱声了。

苏岩指着郭鸣武：“你要是保持沉默，我可就对你不客气了。”

郭鸣武说：“这本书是我写的。”

郭鸣武去年写了一部有关股票的长篇小说，小说主要以一位操盘手的人生经历展开故事情节。写完后，他找钟骅咨询有关细节。没想到，钟骅对这部小说十分感兴趣，他对郭鸣武说，你写的这个操盘手的经历几乎与我一模一样。

郭鸣武对苏岩说："钟骅这是在瞎说，小说里的操盘手纯粹是我编造出来的，钟骅这么说的意思是想让我把这部小说让给他。"

苏岩说："让给他什么意思？"

郭鸣武说："就是说这部小说是钟骅写的。"

苏岩说："你辛辛苦苦地写本书，为什么要说是他写的？"

郭鸣武低下头有点不好意思，"钟骅答应给我钱。"

苏岩明白了，他挖苦郭鸣武："你是一个受人尊敬的记者，你自己好不容易写了一本书，竟然拿去卖？你可真丢人！"

郭鸣武说："我并不觉得有什么丢人的。我得生存，这需要钱。我现在只会写字，我能卖的就是字了。假如我是女人的话，我就不卖字了，我肯定去卖淫！"

苏岩火了，"你是不是受刺激了？我也没说你卖字不对呀！怎么还扯上卖淫了。就你这个长相，你真是女人也卖不上好价钱。"

郭鸣武这么说主要是想调节一下气氛，他说："你看你怎么还急眼了？"

苏岩说："钟骅给了你多少钱？"

郭鸣武说："开始答应给我 10 万。后来钟骅对我说，'你不仅给我写了书，你还把牛总介绍给我。现在，我正帮牛东新炒股票。你要是不着急的话，等炒完股票，我给你 100 万。"

苏岩说："给你了吗？"

郭鸣武摇了摇头，"一分钱也没给，我让他骗了！"

苏岩说："骗你也活该。就你写的这本破书，能值 100 万呐！"

郭鸣武难过地说："所以，我上当了嘛！"

苏岩说："你不用在我面前装出这副可怜相。郭鸣武，我现在把底儿交给你，钟骅利用你写的这本书让牛东新也上当了。就是说，你等于参与了对牛东新的诈骗。”

郭鸣武吓坏了：“不能这么说呀！牛东新相信这本书和我有什么关系？再说，牛东新那么喜欢看书，那么有学问，他应该有这个鉴别能力呀！”

苏岩说：“牛东新喜欢看书纯粹是为了抬高自己，他连小学都没毕业，根本就不知道哪些书是真的、哪些书是假的，他以为书里写的全是真的呢！”

郭鸣武说：“那也不能全怨我呀！”

苏岩说：“不怨你怨谁呀？我告诉你，被钟骅骗走的钱不光是牛东新的，更多的是银行的钱。如果将来钟骅抓不着，郭鸣武，我们到时候就得把你抓起来了！”

郭鸣武说：“抓我干什么呀！我是卖字的！”

苏岩说：“卖字的就不能抓了？”

郭鸣武说：“我卖我自己的字还犯法吗？”

苏岩说：“小姐还卖自己，不是一样抓起来处理吗？”

郭鸣武却坦然地说：“那将来你就按我是小姐处理我吧！别抓我了，对我罚款行不行？”

苏岩好奇地看着郭鸣武。

郭鸣武认真地说：“你别这样看着我，我说的都是真心话。其实，我们卖字的和卖身的都是一回事儿！”

苏岩憋不住大笑起来。屋子里的气氛一下子轻松了。

郭鸣武趁机说道：“苏哥，以前吧，我没少给你写报道。这次，你说什么都得帮帮我，我也是受害者。”

苏岩笑成这样，没法严肃了。他诚恳地说：“郭鸣武，你就放心吧，你不说，我也得帮你！”

郭鸣武这才重重地松了一口气，说：“谢谢！”

苏岩说：“你不用谢我，我得谢你！”

郭鸣武不解地问：“为什么谢我？”

苏岩说：“今天你让我的思想提高了认识，我明白了卖字和卖自己的原来是一回事儿！”

– 13 –

刘芳让苏岩到自己家里去吃饭，苏岩不想去。刘芳说：“你去吧！这是我妈让的。”苏岩说：“好吧。”去之前，苏岩先把车开到百货大楼。刘芳问干什么？苏岩说：“别空手回去，咱们买点儿东西！”

刘芳高兴地说：“行。”她挽着苏岩的胳膊在大楼里幸福地穿行着。起初，苏岩以为象征性买点就得了。但刘芳却毫不手软，苏岩身上一共2000多块钱，转眼一分不剩。

刘芳说：“你心疼吗？”

苏岩说：“看你说的，给我岳父岳母买，我有什么可心疼的。”

刘芳说：“也是。人家把这么好的姑娘都给你了，你花点钱孝顺孝顺也是应该的。”

到了刘芳家，她的父母比上次还要客气。杨云说：“苏岩，你怎么好长时间没来了呢？”苏岩说：“阿姨，我出差了才回来。”杨云看到了苏岩手里的礼品。她说：“再来别买东西了，家里什么都有。”苏岩搞不清杨云是客气还是嫌东西不好，今天买的东西不少，但没有太值钱的。刘芳当着苏岩的面，把礼品拿了出来，她故意大声地说：

“苏岩，你一点都没给我买，你光给我爸我妈买了！”

杨云撇了一下嘴，笑呵呵地说：“给你买的，你都没拿回来吧！”

刘芳说：“妈，不是。苏岩刚回来就到咱家来了。”

苏岩没有多说话，他在杨云面前一直彬彬有礼。他的目光是柔和的，微笑是温暖的，声音也是那种老实忠厚的。

客厅里开始是四个人，但不一会儿，就剩下了苏岩和杨云两个人。像上次一样，苏岩和杨云坐在沙发里聊着陈凯鸣、牛东新的话题，刘芳和父亲到厨房里去做饭。这有点欺负人，好在苏岩和杨云都很习惯。苏岩在自己的家里也是父亲做饭，母亲和他在客厅里待着。一般是苏岩看电视，母亲给苏岩削苹果。在刘芳家，苏岩也有这个待遇。只不过，杨云削苹果的技术一般，削下来的果皮像脸皮一样厚。

杨云把削好的苹果递给苏岩，苏岩接过来有滋有味地吃着。

杨云详细地问着郝飞的案子。苏岩一一作答，但苏岩隐瞒了他查郝飞的原因，这太丢人了，他查郝飞因为他一直以为郝飞身上有不可告人的秘密。杨云对此也没有细问。她认为公安局查郝飞主要想达到政治目的，她告诫苏岩离陈凯鸣远点儿。

苏岩不解地看着杨云。

杨云说：“陈凯鸣这回算是把胡树魁得罪了，胡树魁肯定会找机会整陈凯鸣的。”

苏岩说：“不至于吧！再说，查郝飞纯粹是为了工作。”

杨云不想深入地谈，她说：“苏岩，这些事儿你不懂。今后你听我的就是了。”

苏岩马上说：“阿姨，你放心吧，我肯定听你的。”

吃饭的时候，一家四口围坐在宽大的桌子旁其乐融融。杨云有说有笑，现场气氛高潮迭起。苏岩始终保持着稳定的态势，杨云给他夹菜，他总是把自己的碟子高高抬起，毕恭毕敬地举向杨云。刘芳看着止不住笑。

苏岩和蔼地问：“你笑什么？”

刘芳霸气十足地说：“我愿意笑，你管得着吗？”

苏岩仍然和蔼地说：“不敢。”他亲昵地给刘芳夹了一块肥肉。刘芳咬了一口，就把剩下的肥肉放到了苏岩的碟子里，“太肥了，你吃吧！”

刘芳这个小动作引来父母的目光。苏岩仿佛习以为常，夹起剩下的肥肉就放进了自己的嘴里。

吃完饭，刘芳送苏岩回家。在车里，刘芳亲昵地搂着苏岩的胳膊：“你可真能装洋相。”

苏岩说：“我没装。”

刘芳说：“你还没装？你平时才不是这个样子呢！”她学着苏岩稳重地说话，以及苏岩拿着碟子卑躬屈膝的样子。她说：“苏岩，你知道我为什么乐吗？我当时看你像个太监。”

刘芳这么说苏岩，苏岩一点也没生气。他说：“我在我们单位领导面前就这个样儿，我都习惯了。”

刘芳撒娇道：“我不也是你的领导嘛，你跟我怎么不这样呢！”

苏岩说：“那我今后改啊！”

刘芳说：“你也就是嘴上说改吧！”她想起了什么：“苏岩，今天你到我家来，我让你买了这么多的东西，你是不是心疼了？”

苏岩假装说：“有点。”

刘芳信以为真，她说：“你别心疼，等你娶我的时候，就全捞回来了。”

苏岩看着单纯的刘芳，有点不知所措。

刘芳说：“我家准备买套房子，我妈问我将来是否和他们一起住。”

苏岩说："什么意思？"

刘芳说："如果一起住，他们就买套大房子。不在一起的话，他们就给咱们另外买一套。"刘芳这是暗示苏岩她的嫁妆是一套房子。苏岩装糊涂，他问刘芳："那你的意思是……"

刘芳说："咱们不和他们一起住，咱们结婚也不买新房子，住你现在的房子就行了。我让我妈把买房子的钱直接给我算了。"

苏岩想说，这些钱不会是你妈受贿得来的吧！

苏岩说："你家的钱咱们就不要了。"

刘芳说："不要白不要。"

苏岩说："咱们俩将来靠工资就够了，要那么多钱干什么？"

刘芳说："我想给你买台新车。"

苏岩说："新车旧车都一样开。只要我娶的刘芳是新的，我就什么都满足了。"

刘芳说："那你认为是新的吗？"

苏岩说："当然是新的了。不仅是新的，而且还是崭新崭新的。"

刘芳说："那你打算什么时候娶我呀？"

苏岩说："着急了？"

刘芳说："我倒不怎么着急，我爸我妈可能是着急了。"苏岩想说，我爸我妈比你爸你妈还着急。苏岩说："他们急什么呀！"刘芳小声地说："他们俩可喜欢小孩了！"

苏岩不吱声了，他开着车拉着刘芳在夜色笼罩的街道中穿行着。他没有把刘芳拉回自己的家，到了家整不好还得脱衣服什么的太麻烦。苏岩领着刘芳上歌厅上舞厅，又是卡拉 OK 又是蹦迪，完了又拉着刘芳来到了优雅的"香水"茶馆。苏岩要了铁观音。一个小女孩站在旁边又是洗杯又是倒水的，整得挺复杂。

刘芳小口小口地喝着茶水，她的目光柔柔地看着苏岩。

刘芳说：“这个茶馆为什么叫香水？”

苏岩说：“因为这里冲茶的水都是香的。”

刘芳从兜里拿出钱包，掏出了一迭钱，递给苏岩：“你揣着。”

苏岩说：“我有钱。”

刘芳说：“你现在兜里不是没有嘛。一会儿，喝完茶你好买单呐！”

苏岩把钱都塞回刘芳的钱包里，“我在这儿喝茶不花钱。另外，你别看我兜里没钱了，我的卡里还有钱。”怕刘芳不信，苏岩从兜里拿出两张银行卡。

苏岩说：“这两张卡另外都有存折，存折都放在我妈那儿。我妈没事儿就到银行去查一查，只要我卡里没钱了，她就往我卡里存。我妈说了，我和你结婚的钱，还有咱们孩子将来上大学、上研究生的钱，她早就存好了。所以咱们结婚的时候，不用你家拿一分钱。你不知道，我妈那个人爱脸，她娶儿媳妇就得她花钱。要不，她多没面子啊！”

刘芳说：“那你什么时候领我去见你妈呀？”

苏岩愣住了，这些日子他一直在回避这个问题，没想到现在被他自己给引出来了。

刘芳继续说：“我妈今天让你到我家就是想问问你这个事儿，我妈也想去见见你妈！你看什么时候好啊？”

苏岩说：“等些日子行不行？”

刘芳说：“为什么？”

苏岩说：“我明天就要出差了，等我回来吧！”

刘芳说：“你要到哪儿去？”

苏岩说：“我要去南方。”

第八章
CHAPTER 8 〉

－1－

离海边大约500米有一个住宅小区，环境不错，这里属于经济技术开发区，房价比城里便宜。销售部的一个女孩领着苏岩参观各种户型。她问苏岩：“是几个人住？”苏岩说：“一个人。”她向苏岩推荐了一套两居室的住房。

走进房间，清新的阳光洒满屋子里。她说：“卫生间和厨房都已经装修完了，但价格还是我们刚才说好的。”

苏岩在这套房子里来来回回地看了好几遍。像窗台上的大理石、卫生间墙壁上的瓷砖，他还用手摸了摸。女孩抿着嘴笑了笑，她以为苏岩在摸上面的灰尘，其实苏岩是抚摸他今后可能拥有的生活。看完房子，女孩建议苏岩去看看大户型的房子。

苏岩说：“我能住上这种小户型，就已经很知足了。”

女孩说：“那你就交定金吧！”

苏岩说：“赶趟。”

女孩说：“我们这儿的房子卖得可快了。你要是晚了，就没有了。”

女孩喋喋不休地劝导苏岩赶快交钱。苏岩不动声色地套着近乎，他把房子看得差不多了，才像是无意地问女孩：“林琪今天上班了吗？”

女孩看着苏岩："你认识她？"

苏岩说："上次看房子的时候，就是她领我来的！"

女孩笑了："撒谎。"

苏岩说："我没跟你撒谎。"

女孩说："你就是撒谎，她早就不在这儿干了！"

苏岩说："是吗？"

女孩问："你是她什么人呢？"

苏岩没吱声，他显得很沮丧。

女孩说："你是她男朋友吧？"

苏岩说："你能告诉我她现在的电话吗？"

女孩说："告诉你，我有什么好处？"

苏岩说："你想要什么好处？"

女孩说："你在我们这儿买套房子吧！"

苏岩说："我没有那么多钱。"

苏岩的样子十分诚恳，他告诉女孩，他找林琪不是要给她添麻烦，他只是给林琪捎了点儿家乡特产。女孩像是感动了，她说："那好吧，我告诉你。但你见到她之后，可千万别说是我告诉你的！"

林琪过去也在这个开发区做售楼小姐，一位客人来看房子，他没看好房子，倒看好了林琪。最后，林琪房子没卖，她把自己卖出去了。林琪结婚的时候，排场很大，和她一起售楼的其他小姐都被邀请参加了盛大的婚礼，曾和她在一起工作的这些女孩既羡慕又嫉妒。今天接待苏岩的这个女孩当时也去参加婚礼了，她以为苏岩是林琪过去的男朋友。她告诉苏岩林琪现在的电话号码，就想让苏岩去找林琪。她认为林琪一定是为了金钱就抛弃了过去的男朋友。她能想象出苏岩找到林琪之后林琪那种尴尬无奈的表情。这个女孩就想看看林琪的笑话。

苏岩得到了林琪的电话号码之后，来到了当地的中国移动公司。他兜里揣着当地公安机关的介绍信。接待苏岩的也是一个女孩，她反复看着介绍信和工作证。她说:“你不是我们市局的？”这个女孩的眼角向上翻着，苏岩最烦这种长相的女孩，苏岩不说话。女孩把介绍信留下，把工作证还给了苏岩。她说:“你想查什么时候的？”苏岩说:“这个月的就行。”女孩笑了:“我以为你不会说话呢！”

查清林琪这一个月来的全部通话信息，就可能找到她是否与钟骅有过接触。苏岩没抱什么希望。几个月前，钟骅曾与林琪通过两次电话。其中一次，林琪用的是单位电话。也正是通过这个电话，苏岩找到了林琪的线索。在追捕钟骅的过程中，像这样的线索比比皆是，每个线索都不能掉以轻心。有时觉得不错的线索到头来啥也不是，而不起眼的往往却能柳暗花明。

通过手机信息追踪犯罪嫌疑人能得到很多线索，这些线索其实也是绳索，它们天天勒得刑警们疲于奔命。

线索太多了，只能一条线索一条线索地寻找，接着再一个线索一个线索地否定，这样的调查不用经大脑，完全是在卖苦力。过去，碰到这样的工作，苏岩都让高军去干。高军也不愿意干，但他不干不行，不干的话，苏岩或往他鼻子里灌水，或把他铐起来不让他上厕所。高军要是生气了，苏岩又对他小恩小惠，或给条好烟或请吃顿饭。高军被他整得没法没法的，他早就服了，凡是苏岩交代他的工作，无论有没有意思，无论辛不辛苦，他都认真完成。这次出差到外地抓钟骅，高军以为还得像过去一样，他已经做好吃苦耐劳的准备。但这次大大出乎高军的意料，苏岩把所有的脏活累活都留给自己。像今天查林琪这种不需要动脑的活儿，过去肯定是高军的，现在苏岩却主动承担起来。

苏岩拿着林琪的全部通话资料回到了宾馆，高军还在睡觉。他趴在床上咧着嘴，口水把枕巾都洇湿了。苏岩拿起桌子上一瓶矿泉水，拧开盖想把水倒进高军的嘴里。他把瓶子倾斜起来，瓶子里的水即将倒出来的时候，他像是觉得这么做不好似的，便停止了倾倒。苏岩对着瓶子喝了几口，又把瓶子放在了桌子上。

苏岩坐在桌子前打开林琪的通话清单，逐个开始分析。这种工作更枯燥无味，过去也是高军的活儿，现在苏岩干起来却津津有味。

高军醒来后看着苏岩忘我地工作，说："你可真能装洋相。别以为我不知道，你刚才是不是往我鼻子里倒水了？"

苏岩说："我没倒。"

高军说："什么没倒。"他指着自己的枕巾，"湿了！"接着，他又指了指桌子上那个矿泉水瓶子，"水少了，我这上面有记号。"

苏岩说："水少了，是让我刚才喝了。"

高军笑了："你看你看，怎么还学会耍赖了！"

苏岩不高兴了，他过去拿起矿泉水，把瓶子里的水浇到高军的脸上。

高军赶紧捂住脸，苏岩说："你把手给我拿开。"

高军说："别闹别闹。"

苏岩说："我动手了。"

高军就怕苏岩动手，他急忙拿开手，闭着眼睛迎接着。

苏岩说："把眼睛睁开。"

高军睁开了眼睛。

苏岩把瓶子里的水倒在高军的头上，水顺着高军的脸颊流了下来。

苏岩说："你服不服？"

高军说："我服，我服。"

苏岩说："你看，我就是当你面倒的话，你也得瞅着。你说，我还用得着跟你耍赖嘛！我刚才没倒就是没倒，现在，你相信了吧！"

高军心里骂苏岩，我信你妈了个逼吧！他笑呵呵地说："确实确实。"

苏岩温和地说："确实啥呀！你在心里肯定骂我。"

高军苦笑道："没有。我要是骂你的话，我就当面骂了，我用得着在心里骂嘛！"

苏岩看着高军的苦笑，心里不是滋味了。他安慰高军说："刚才我明明没往你嘴里倒水，你却非得认为我倒了。我觉得委屈，所以，我就往你头上浇水了。这样看来呢，你挨浇属于你自己找的！你不能怨我，你得怨你自己。"

高军说："你把我浇了，我还得怨我自己，有这么讲道理的吗？"

苏岩说："谁让你让我受委屈来的！"

高军说："你受委屈你就往我头上浇水，那我受委屈，我怎么从来没有往你头上浇水呢？"

苏岩想了想，觉得高军说得有道理。他说："你说得也是啊！那你说，这是为什么呢？"

高军说："这是因为世界上有两种人，一种人是浇水的，一种人是挨浇的！"

苏岩说："你这是在讽刺我。"

高军说："我没讽刺你。"

苏岩从兜里拿出了一件新衬衣，他让高军试试。高军试了，挺合适。

苏岩说："我今天为啥觉得委屈，我本来用我自己的工资给你买了一件衬衣。可我回来，你不仅不感激我，还诬陷我往你鼻子里倒水，你说，我能不气愤吗？我气愤了，我自然得爆发出来啊！你说，屋子里就咱俩，我不往你头上浇点水，我总不能浇到我自己头上吧！”

高军穿上了新衬衣，站在镜子前来回走动着。他对苏岩说：“你不要往心里去。刚才你浇得对，我太理解你了，你受了委屈，心里自然得上火啊！怎么办呢？你得灭灭火呀是不是！你表面上把水浇到了我的头上，其实，你是想浇到你自己的心里！”

苏岩笑了：“行了行了，别臭美了，赶紧冲个澡！一会儿，你跟我去查个人。”

高军说：“查谁呀？”

苏岩说：“查林琪。”

高军说：“林琪是谁？”

苏岩把他今天调查的情况一五一十地全都说了出来。他说：“本来，查林琪我也想自己去，但她是个女的，我自己去不好。所以，你得跟着我。”

高军翻看着桌子上的通话清单，十分感慨，他说：“一上午，这些活儿都你自己干的？”

苏岩说：“怎么的，你不相信啊？”

高军说：“我不是不相信，我只是觉得很奇怪，过去这些活儿都是我干的，现在你为什么要干？”

苏岩说：“这你还看不出来嘛！我现在已经不是过去那个苏岩了。”

– 2 –

找到林琪是在“瘦身百分百”健身俱乐部。当时，她正在里面又蹦又跳，她穿着紧身短裤紧身内衣，挺性感的。她走到苏岩和高军的面前，问什么事儿。苏岩给她看了工作证，平静地说，没什么大事儿。你认识钟骅是不是？我们找你主要是想了解他。林琪愣住了。苏岩说："要不，你先练吧，我们等你一会儿。"苏岩出于礼貌确实想等等她，但林琪可不敢让苏岩等。两个外地警察站在远处要和自己谈事儿，她还能兴趣盎然地伸腿弯腰，这得需要多大的修养啊！林琪到里面冲了个澡，换上休闲服就走了出来。她把湿漉漉的头发用一个紫色的皮套扎在脑后，水滴沿着长发不停地流下。

林琪在前面走，苏岩、高军跟在后面。林琪打了一个电话，她说："老公，我可能要晚去一会儿，你吃饭不用等我了。两个高中同学过来了……女同学！"林琪说话的声音很小，但苏岩却竖着耳朵听得很清楚。

三个人在健身房附近找了一个茶馆。

坐下后，要了茶，苏岩首先话中隐含威胁地说："你现在吧，也不上班了，手机号也换了。我们找你可真费劲。本来我们想通过你的丈夫找你，但我们怕给你增添不必要的麻烦，所以……"

林琪说："谢谢，谢谢。"

苏岩说："不客气。"

林琪岔开话题："你们俩说话怎么不像东北人呢？"

苏岩说："你怀疑我们的身份吗？"

林琪说："没有。"

林琪殷勤地给苏岩、高军倒了茶水。她说："我是说你们俩的东北口音不像电视里演的那样！"

苏岩说："电视里演的都是东北的农村，城里人说话都像我们这样。"

林琪说："啊，原来是这么回事！"

询问在良好的气氛中进行。

林琪是在售房的时候认识的钟骅，当时林琪领着钟骅参观开发区的房子。

林琪说："开始，我对他一点好感也没有。他长得又小又瘦，像个烟鬼。"

后来，钟骅送给林琪一本书，就是那本郭鸣武给钟骅写的《操盘手》。钟骅说自己就是操盘手，这本书就是根据他自身的经历写的。林琪不懂什么是操盘手。钟骅就说，他会炒股票，他可以让林琪想有多少钱就有多少钱。林琪觉得他是在吹牛，但林琪却假装十分感兴趣，她的目的是希望钟骅能买套房子。

苏岩说："钟骅后来买了吗？"

林琪摇了摇头，"没有。"

苏岩说："你和钟骅还有其他交往吗？"

林琪又摇了摇头。

苏岩说："真的没有交往了？"

林琪说："真的。你们找他干什么呀？"

苏岩忽然问："你和钟骅有过那种关系吗？"

林琪说："没有啊！"

苏岩说："我们现在已经查明，钟骅在故意传播艾滋病。"

苏岩详细地说了钟骅的情况。林琪的表情十分震惊。

苏岩说："你和钟骅有没有那种关系，我们管不着。但我们现在非常希望你能提供一些线索，帮着我们抓住他。"

林琪说："我真的没有和他发生关系，我和他就是普普通通的关系，就像我和你们俩一样。"

苏岩说："既然这样，那你为什么怕你老公知道我们找你呢？"

林琪说："我老公小心眼，他对我不放心。他不是通过买楼和我认识的嘛，他认为，在他之前我也会认识别的像他一样的有钱人。既然我能和他好，我是不是也会和别人好啊？钟骅不就是属于这样的有钱人嘛，我不想让老公知道钟骅这个人。他要是知道的话，该胡思乱想了。我老公什么都好，就是对我瞎猜疑，挺烦人的。”

苏岩扑哧笑了。

林琪说：“你笑什么？”

苏岩说：“你说话我觉得有点像我们东北人了。”

林琪笑了笑，表示她确实不知道钟骅的下落，但苏岩还是觉得她好像知道点儿什么。

苏岩又开始新一轮软硬兼施的询问。林琪最后叹了一口气说：“那我告诉你吧，但你千万不要说是我说的，钟骅可能和李丽有过那种关系。”

苏岩说：“李丽？”

林琪说：“也是我们单位售楼的。”

苏岩说：“是不是那个胖乎乎、牙齿微微有点发黄的女孩？”

林琪说：“是，就是她！”

–3–

在售楼办公室，李丽见到苏岩还神秘地问：“你找到林琪了吗？”

苏岩说：“没找到。”他把林琪叫到了外面。李丽见到了高军，高军目光凶恶地看着李丽。

李丽问苏岩：“他是谁呀？”

苏岩说：“他是警察，他要找你谈谈！”

李丽说：“找我谈谈？”

高军拿出工作证让李丽看，李丽看完，很紧张，“你们是警察？”

高军说："现在麻烦你跟我走一趟。"

李丽说："上哪儿去呀？"

高军说："上公安局呗！"

李丽说："哪个公安局呀！"这两个人是东北的警察，不能把她带到东北去吧！

苏岩说："到你们市局。"

李丽说："为什么要到市局呀？"

苏岩不想废话了，他掏出了一张传唤证递给李丽。李丽看了看。

苏岩指着上面的一行小字说："你看这儿，如果你要是拒绝的话，可以对你采取强制措施。什么叫强制措施懂吗？就是给你戴上手铐！"

李丽说："那好，我跟你们去。"

苏岩和高军带着李丽来到了当地公安局的刑警队。刑警队把审讯室腾出来让苏岩他们用。刑警队的队长王凯客气地问苏岩："还需要别的吗？"

苏岩说："不需要了。"

王凯说："你们审完，请你们吃海鲜。"

苏岩说："也不知道得审多长时间，就不用了。"

王凯说："怎么不用呢。你们审吧，我等你们。"

王凯说完还看了看李丽，他用当地话严厉地说："老实交代！听见没有？"

李丽吓得一个劲儿地点头。

苏岩把李丽带到当地的刑警队来也就是想要这种效果。

李丽进了审讯室，屋子里那种气氛让她更紧张了。苏岩没有先问钟骅的事儿，通过林琪已经了解到，这个李丽为了能多卖房，经常与来买房的客人发生关系。

苏岩说:“你都和谁有过这种关系?”

李丽全都说了出来，一共有6个男人，钟骅也在其中。

苏岩说:“你和他们发生完关系，他们都买你的房子了吗?”

李丽说:“有五个人买了，只有一个人没买。”

苏岩说:“谁没买?”

李丽说:“那个叫钟骅的南方人没买。”说着，她的眼睛还湿润了。

苏岩说:“你哭什么?”

李丽说了原因。钟骅当时向李丽许愿可以帮助她炒股票，李丽信以为真，她把自己卖楼积攒下来的2.3万元全都买了股票。这个股票的名称叫丽珠医药。她买时股票的价格是12.7元，现在，股票的价格是5.6元。也就是说，她投入到股票里的钱已经从2.3万元，变成了现在的一万元。

李丽说，钟骅是个骗子，骗了她的身体不说，还让她损失了这么多的钱。

苏岩说:“钟骅现在还和你有联系吗?”

李丽说:“早就不联系了。”

苏岩问李丽和钟骅发生关系的时候采取什么措施没有?李丽说，什么意思?苏岩说，就是戴没戴套?李丽脸红了。苏岩说，你到底戴没戴?李丽说，没戴。苏岩大声地说，你为什么不戴?你对他都不了解，你刚和他认识就发生关系，你怎么这么不谨慎呢?李丽以为她这样做违反了法律，就说，你们原谅我吧，我今后一定戴!苏岩哭笑不得，他说，你不戴套，你不怕他给你染上病吗?李丽不知道苏岩指的是艾滋病，她以为是性病。她说，这些来买房子的都是层次很高的人，他们都很干净呀。

苏岩真想骂她一顿，他控制着自己的情绪，心平气和地说:“我建议你到医院去检查一下吧!”

苏岩向当地公安机关说明了情况，队长王凯马上要带着李丽去医院检查。苏岩提醒他说：“最好让李丽自己去，咱们公安机关没权强迫她去做检验。”王凯说：“就说去给她检查性病。”苏岩说：“艾滋病不属于性病。”王凯笑了，“你们东北警察还挺正规呢！”王凯征求李丽的意见。李丽仍处在迷迷糊糊之中，她到现在也不知道被带到公安局是因为什么。她满口答应到医院去检查。苏岩和高军也跟着去了。

医生给李丽抽血化验，当场就查出她已经被艾滋病病毒感染了，李丽当时就目光呆滞，瘫坐在地上。苏岩急忙劝说李丽，要想开要坚强什么的。他又告诉王凯这两天要派人多劝劝这个李丽，千万别出什么意外。他还讲了患了艾滋病的唐玉从楼下跳下来摔死之后，到处都是血，清理起来那个困难！王凯听着直皱眉头，他表示对此一定会重视。

公安局连夜又找到与李丽发生过关系的那几个买房子的人，公安局找他们的目的不是处理他们，而是提醒他们可能被感染了艾滋病病毒。

第一个被找来的是一个胖乎乎的大款。他不知道是这个事儿，他见这么多警察去找他，吓坏了。他承认有过嫖娼和赌博行为。公安局看他承认了也不能不处理！收集完证据罚完款，警察就问他当时嫖娼的时候，戴没戴套？大款说，戴了戴了。警察说，你还挺谨慎呢！大款说，小姐什么病都有，我怕传染上。警察又问他，那你和李丽怎么不戴套呢？大款就愣住了。警察说，李丽就是那个卖楼的，她和你发生关系时已经被艾滋病病毒感染了。大款吓坏了，警察继续问他，你说呀，你和李丽为什么不戴套？大款哭着说，她是个卖楼的，我觉得能干净呗！

大款这个后悔！当初他以为买了楼还额外地得到了售楼小姐的身体，是占了便宜。没想到，他这是贪小便宜，吃大亏。

与李丽发生关系的那五个人当中，有两个人都被感染了，大款是其中的一个。另外的一个是某公司的副总经理，他与李丽并非只发生了一次关系，买完楼之后，经理隔三岔五又和李丽搞过几次。经理风度翩翩，很有男人魅力。警察很不理解，李丽不属于出众的那种女孩。

警察问经理:“这么丑的女孩，你怎么还没完没了啊？”

经理说:“我以为丑女孩没人惦记能安全点呢！”

经理十分恐惧，他现在还不知道给自己的妻子传染上没有。王凯后来打电话告诉苏岩，这个经理完全崩溃了。苏岩问:“他没跳楼吧！”王凯说:“他没跳楼，但他妻子跳楼了。”苏岩说:“他妻子也被感染了？”王凯说:“没有，但他妻子觉得太丢人，就跳楼了。”

– 4 –

类似林琪、李丽这样通过查电话清单得到的线索已经查了 40 多个，全都否了。

高军很沮丧，这样下去，不知何时才能抓到钟骅。

高军对苏岩说:“要是永远抓不着钟骅，咱俩是不是永远都不回去了？”

苏岩知道他想家了，就安慰他，只要把咱们掌握的线索全都查完，找不着钟骅咱们也回去。高军不相信，他知道苏岩不抓到人轻易不会撤的。

钟骅曾经说，南方某城市有个叫袁晓刚的黑社会老大要收拾他，他在南方待不下去了，就到东北躲起来。苏岩开始就把寻找袁晓刚也当作一条线索，找到袁晓刚也许就能找到钟骅。但茫茫人海，找个人谈何容易。找到袁晓刚可能比找到钟骅还要困难，但再困难也得找。

苏岩以为袁晓刚既然要收拾钟骅，他应该属于社会人。他向南方某市发协查通报时把袁晓刚设定为重点人口，这些人在公安局都有备案，像被公安机关处理过的、刑满释放的、解除劳教的等都在掌握之列。可袁晓刚不在这其中。

后来，苏岩想既然不在重点人口里，那就在全市范围内查一查吧！这种要求很过分，协查一般没有这么干的。好在苏岩通过关系找到了这个城市公安局户籍科的科长，这个科长答应苏岩可以帮这个忙。科长通过微机管理系统把全市包括所辖地区的县级市全都查了一遍，一共查出叫袁晓刚的有 300 多人，经过筛选符合条件的也有 20 多人。

苏岩和高军在 20 多人当中一个个地去调查落实。

查完了 15 个左右时，一个还没查的袁晓刚自己找上来了。

这个袁晓刚与市局户籍科一个科员是朋友，科员一次酒后小声对他神秘地说："东北来两个警察在找你。"袁晓刚说："找我干什么？"科员说："你是不是在东北干什么坏事了？"袁晓刚说："不会呀。我也没去过东北。"科员说："既然这样，那说明找的不是你！"

袁晓刚觉得甭管自己干没干坏事，既然有人来找还是主动去见见吧！

苏岩见到这个袁晓刚觉得不像，他文质彬彬、客客气气的。苏岩先简单地问了问袁晓刚的职业。袁晓刚是个企业家，干着一家正经企业。

苏岩叹了一口气说："我们找的袁晓刚不是你！"

袁晓刚说："虽然你们找的不是我，但你们毕竟大老远来的，我请你们喝茶吧！"

苏岩和高军这些日子也累坏了，既然去喝茶那就去喝喝吧！谁知袁晓刚把他们带到了一家大饭店。

苏岩说："怎么到饭店来喝茶呢？"

袁晓刚说："我们都在饭店里喝茶呀！"

苏岩说："你们可真会享受。"

到了饭店才明白，这哪是喝茶呀！分明吃海鲜来了！

苏岩说："袁先生，我们不能接受你的宴请。"

袁晓刚笑了："没关系了！最后吃完，你们买单好了！"

苏岩说："那行。"

吃饭的时候，苏岩假装无意中问袁晓刚："你认识钟骅吗？"

袁晓刚说："你说的是那个马扁吗？"

苏岩疑惑地问："马扁？"

袁晓刚笑了，"就是那个骗子了！"

苏岩兴奋地说："你认识他吗？"

袁晓刚说："我当然认识了。"

苏岩怕说的不是同一个人，就说了钟骅的一些特征。

袁晓刚说："就是他了！我认识他！他说他是操盘手。其实，他是个马扁！"

苏岩高兴地站起来，说："袁晓刚，我们来找的人就是你！"

既然说钟骅是骗子，苏岩估计袁晓刚可能也是受害者。但他猜不出，袁晓刚是受到哪种侵害，不会是那种吧！

苏岩没有说钟骅故意传播艾滋病什么的，只说他把牛东新骗了。

袁晓刚笑了："你们东北人就是实在啊！"

两年前，钟骅通过关系找到袁晓刚，说他有一套炒股票的软件希望一起开发。袁晓刚说："好啊！"两个人就成立了一家股票软件开发公司。公司开业不久，袁晓刚就发现，钟骅把他打入公司里的资金全都提了出来。袁晓刚就问钟骅，提钱干什么？钟骅瞎说了一通。袁晓刚调查了一下，证明钟骅在说谎。袁晓刚又找到钟骅问他，为什么说谎？钟骅就说他要进行股票操作，还说，他是操盘手什么的准备要坐庄。袁晓刚更加怀疑了，他投入公司里的钱也就是30多万，这么点儿钱炒股票还能坐庄吗？他就揭露了钟骅，让钟骅把钱全都拿回来。

结果钟骅当天夜里就跑了。袁晓刚没防备钟骅会跑，他起初和钟骅交往，以为他是大人物，就算他是个骗子，也不至于就骗这么点儿钱。所以，钟骅跑了，把袁晓刚气得够呛，被这么个低级的小骗子骗了，真是窝囊。

苏岩问袁晓刚说："你是怎么认识钟骅的？"

袁晓刚说："是通过我的老师。"

袁晓刚的老师是个软件工程师。钟骅不知通过什么关系找到这个工程师，钟骅把自己吹得天花乱坠，说自己是中国股市里最出色的操盘手等等。工程师搞了一辈子的科研，没见过社会骗子。钟骅许诺说，如果帮他开发出这套软件，他会拿出100万奖励工程师。工程师开始没黑没白地工作。也就在这个时候，袁晓刚认识了钟骅。袁晓刚知道老师的为人，也正因为相信了老师，他才相信了钟骅的人品。所以，他没有调查就答应和钟骅合作。工程师也因为袁晓刚这么快就和钟骅合作，就更相信钟骅是个了不起的人物。也正是由于这种阴错阳差的误解，让钟骅钻了空子。

苏岩觉得袁晓刚说得很实在。当初，他见那么有势力的牛东新如此重视钟骅，也觉得钟骅是个了不起的人物。苏岩也是因为相信牛东新，就没有对钟骅产生过什么怀疑。

袁晓刚说："我的老师让钟骅骗惨了，不像我让钟骅骗了就骗了，老师是靠工资生活的，为钟骅搞软件的费用全是老师自己垫的。"

袁晓刚喋喋不休地说着。他的主要意思是，钟骅不仅是骗子，而且什么人都骗，他是一个道德败坏的小人。袁晓刚大概也是属于正正经经的生意人，他以为骗子还有高尚与卑鄙之分呢！苏岩对袁晓刚说的一点都不感兴趣，他现在最渴望知道的是钟骅的下落。

苏岩首先想搞清钟骅是否与袁晓刚有那种关系，他问起袁晓刚的家庭生活。袁晓刚有妻子有孩子，谈起妻子还眉飞色舞的。苏岩估计袁晓刚应该是正常的男人。

苏岩一边观察着袁晓刚，一边不动声色地说了钟骅已经被感染艾滋病病毒了。袁晓刚听完之后，高兴地大笑着，他的表情里充满了幸灾乐祸。苏岩完全放心了。这些迹象表明，袁晓刚与钟骅绝对没有那种关系，要不然，袁晓刚会吓得面无人色的。

苏岩说："你是要找人收拾钟骅吗？"

袁晓刚说："你怎么知道？"

苏岩说："是钟骅说的。"他讲了当时的经过。袁晓刚解释说，当初他被钟骅骗了之后，非常气愤。他给钟骅打电话，威胁钟骅。如果不把钱拿回来，就找人打折钟骅的腿。可就从那个电话打完之后，钟骅的手机就停机不用了。别说找到钟骅，连他的声音也没有再听到。

苏岩很失望，这条线索看起来又断了，他重重地叹了一口气。袁晓刚为自己辩解说："我说是收拾他，其实我只是吓唬吓唬他。"

苏岩问袁晓刚："你能不能帮我们找到钟骅？"

袁晓刚说："找不到。"

苏岩说："通过你的老师怎么样？"

袁晓刚摇了摇头。他说了实情，钟骅跑了以后，他就向当地公安机关报案了。当初，为了配合公安机关，他还搜集了钟骅很多诈骗的证据。公安机关也很重视，一直在尽力抓钟骅，但到现在也没抓到。

苏岩说："他们是怎么抓的，钟骅跑到东北去，他们知道吗？"

袁晓刚摇了摇头："他们不知道。"

苏岩挺后悔，当初他吓唬牛东新说对钟骅这种人应该查查。那时候真要是查查的话，钟骅早就抓起来了。

苏岩止不住叹息，高军也跟着叹息。钟骅没抓住，回家的日子还是遥遥无期。苏岩说是查完所有的线索就回去，不过这样说等于白说。线索有时就像蜘蛛网似的，断了还能生出来，至于通过哪根能找到蜘蛛就很难说了。

袁晓刚安慰他们俩："抓不着就抓不着吧！左右钟骅都得艾滋病了，活也活不了多长时间。"

苏岩说："他不光得了艾滋病，他还传播艾滋病。"苏岩详细地讲了钟骅的所作所为。袁晓刚气愤地说："这小子不仅道德败坏，他还……"袁晓刚像是不知道该怎么形容。苏岩说："你是不是想说他丧心病狂？"袁晓刚说："对对对，就是丧心病狂。"

袁晓刚说："你们也别太上火了，好好休息休息玩一玩。"

吃完饭，袁晓刚说什么也要领着苏岩和高军去玩玩。苏岩委婉地拒绝着。袁晓刚说："我领你们不是去玩小姐，咱们去洗澡放松放松。"他开着车把苏岩、高军拉到了一家大型洗浴中心，在里面蒸了桑拿，做了足疗。整完之后，都快后半夜了。

袁晓刚把苏岩、高军开车送回了宾馆。到了宾馆他还说："你们休息也太早了，这个时间，我们都是才出来玩。"苏岩说："我们和你们比不了啊！"回到房间，苏岩躺在床上很快进入了梦乡，高军却半天睡不着。过去，苏岩和他出差，从不和他睡一个房间，苏岩睡觉很轻，怕他打鼾。现在可倒好，苏岩的鼾声却让高军难以入眠。高军几次在梦里被苏岩的鼾声吵醒。他真想把苏岩捅咕醒了，但他不太敢，尽管苏岩现在总是说自己不会欺负他，但苏岩说话没准。万一他翻脸呢！

在高军无法入眠的时候，房间里的电话响了。这个时间，多数是小姐的骚扰电话。平时，睡觉前他们都把电话拔了，但今天没拔，高军是特意的，他就想让电话铃声把苏岩吵醒。电话响了半天，高军也没接。终于把苏岩吵醒了，苏岩睁开眼睛时，高军闭上眼睛假装打起鼾声。

苏岩也以为是骚扰电话，他拿起电话刚想骂人，才发现原来是袁晓刚打来的。

袁晓刚说："把你吵醒了吧！"苏岩真想说，可不是嘛！但他没说。吃人家喝人家怎么的也得客气点呀！苏岩说："没有没有，我和高军在下棋呢！"袁晓刚说："下棋有什么意思，我领你们去唱歌吧！"苏岩说："算了算了。改日吧！"袁晓刚说："我都到你们楼下了，你们现在出来吧！"苏岩说："谢谢，我们真不去了。"

袁晓刚见苏岩、高军不下来，说什么也要上来。苏岩放下电话，急忙把高军捅咕醒，高军假装睡眼蒙眬地说："他上来干嘛？"苏岩说："谁知道？一会儿，你把他撵走。"高军说："怎么撵啊？"苏岩说："你不停看表打哈欠。"高军说："这好吗？"苏岩说："这些南方人夜里都没有睡觉的习惯，不这样的话，他能在这儿待到明天早晨。"

袁晓刚来找苏岩其实是有正经事儿。

袁晓刚过去帮当地公安机关收集证据时，一个叫叶娜的女人也被钟骅骗了。这个女人知道公安局要抓钟骅非常兴奋，她除了配合提供线索外，还格外关心破案进展，差不多隔个十天八天就给袁晓刚打电话问钟骅是不是抓到了。询问的同时，还不停地向袁晓刚诉苦，说钟骅多么多么不是东西。开始，袁晓刚挺同情她，可她总是没完没了打电话，把袁晓刚也整烦了。

苏岩听袁晓刚说这些时，就觉得这条线索没什么意思。那个女人不断地给袁晓刚打电话，可能想趁机和袁晓刚拉拉关系！袁晓刚毕竟是个有实力的大款。袁晓刚喋喋不休地说着自己曾经如何硬着头皮听那个叫叶娜的女人诉苦，苏岩真想说，我现在也是硬着头皮听你说呀！苏岩不断地向高军使着眼色，高军又是看表又是打哈欠，但袁晓刚像是没看到似的，依然沉浸在自己的讲述之中。苏岩为了让袁晓刚加快陈述，就不断地说："后来呢后来呢？"

袁晓刚最后说："这个叶娜给我打这种电话都快打一年了，可两个月前，她突然就不打了。你们说怪不怪？"

苏岩兴奋起来，但他故意地说："这有什么可奇怪的？"

袁晓刚说："叶娜是不是已经知道了钟骅的下落，所以，她就不打电话问我了？"

苏岩开玩笑道："她给你打电话是不是看上你了，后来她觉得没什么希望了，所以才不打了呢？"

袁晓刚说："不能。"

苏岩说："为什么不能？"

袁晓刚笑了笑没说原因。苏岩也不好再接着问，毕竟与袁晓刚还不熟悉嘛！

– 5 –

见到叶娜之后，苏岩明白袁晓刚说不能的原因了。叶娜戴着眼镜，满脸皱纹，她的牙是黄的，皮肤是黑的。

叶娜自称是自由撰稿人，能写各种文章，她曾经为钟骅写过关于股票方面的书。写完之后，她要和钟骅一起署名。钟骅就向她许诺说，将来给她100万。叶娜信以为真，她帮钟骅撰写的那本书要自费发行，就是说，书号钱、印刷费用得自己拿。这些钱按说应该由钟骅出，可钟骅花言巧语让她先垫上。结果，不仅那100万没有踪影，连她垫上的几万元的印刷费用也都泡汤了。

苏岩开始没说自己是警察，他说是钟骅的朋友。现在与钟骅联系不上，问她能否告诉他钟骅的手机号。

叶娜说："我不知道，我也在找他。"她反问苏岩："你是怎么找到我的？"苏岩说他是袁晓刚的朋友什么的。叶娜问苏岩："你找钟骅干什么？"苏岩说，钟骅曾经让他买了一只股票，现在这只股票已经翻了一倍，他想问问钟骅这只股票他卖不卖。

叶娜说："还用问他干什么？赶紧卖呀！"

苏岩说："卖了要是还接着涨，不就是亏了嘛！"

叶娜说："现在大盘这么不好，你都翻番了还不卖，将来要是掉下来，你该后悔了。"

苏岩显得非常固执，他说："问题是钟骅也没说让我卖呀！我不能卖。我必须等到钟骅让我卖我才能卖。"

叶娜笑了，"你现在要是卖了，能赚多少钱？"

苏岩说："大概35万左右。"

叶娜说："没少赚呀！"

苏岩说："这还多呀？钟骅说他能让我赚到100万。"

叶娜说："钟骅帮你赚钱，不能白帮你赚吧！"

苏岩说："那当然。"

叶娜说："你们是怎么个比例啊？"

苏岩说："你问这个干什么？"

叶娜说："我随便问问。"

苏岩说："这个你就别问了，你就告诉我钟骅的手机号就行。"

叶娜说："你看我不是说了嘛，我真不知道，我还想找他呢！"

苏岩说："你找他干什么？"

叶娜说："我和你一样，他也让我买一只股票，也赚钱了，我也想问问他现在这个股票卖不卖？"

苏岩说："你赚了多少钱哪？"

叶娜说："我没你赚得多，我只赚了不到 5 万块钱。"

苏岩不想和叶娜说没用的了，他拿出了工作证，表明了自己的身份。他直截了当地要求叶娜提供钟骅的下落。叶娜还是支支吾吾的。最后苏岩把叶娜带到了当地公安机关，让当地警察做做叶娜的思想工作，但收效甚微。叶娜不像李丽、林琪那种女人容易做思想工作，她写过书，算是个文化人。思想工作最难做的，就是这些文化人。苏岩晓之以理，动之以情，无论说什么，叶娜都一口咬定就是不知道钟骅的下落。

在这之前，通过查询叶娜的手机及固定电话，苏岩已经得到线索，把叶娜找来无非是确认一下。可这个长着满口黄牙的叶娜是真顽固。苏岩最后问叶娜："你和钟骅有过那种关系吗？"叶娜说："什么关系？"苏岩说："性关系。"叶娜生气地说："你说话文明点儿好不好？"苏岩说："你少跟我整没用的，你回答我问题。"叶娜说："没有。"

苏岩怀疑她有。他一直没有说艾滋病的事儿，主要是考虑到，叶娜有丈夫有孩子，一下子告诉她，她的精神会受不了。但叶娜的态度让苏岩不得不扔出这把撒手锏。苏岩把钟骅故意传播艾滋病的事儿一五一十地告诉了叶娜。

叶娜傻眼了，她呆呆地看着苏岩。她的目光里都充满了皱纹。

苏岩说:“你现在到医院去查查吧!”

叶娜说:“我不去,我死也不去。”

苏岩说:“钟骅最近是不是又找你了?”

叶娜沉浸在恐惧之中,苏岩说什么她一点也听不到心里去。苏岩找来当地公安局的警花,一起做叶娜的工作。又经过将近三个小时,叶娜总算讲清了经过。

大约两个月前,钟骅找到叶娜,大方地给了叶娜5万块钱,并向她许愿说,半年后把剩余的95万全都给她。于是叶娜就原谅了钟骅。钟骅这次找叶娜是希望叶娜为他找一家医院,钟骅有特殊的要求,这家医院条件要好,但不能是那种繁华的大医院。叶娜说:“你要干什么?”钟骅说:“我最近身体不太好,我想住院休养休养。”叶娜也清楚警察在抓钟骅,但为了那诱人的95万,就答应了钟骅。

钟骅说的这样的医院不太好找,条件好的基本上都是大医院。叶娜通过关系还真找到了这样的医院。这是一家刚开业不久的私人医院,医院的设备和条件都是一流的,但医疗水平一般。钟骅说:“行。我住院不是为了治病,我只是休养休养。”

叶娜说:“钟骅在撒谎。他当时的样子很可怕,手上流着脓水。”她帮着钟骅住了医院之后,大夫经初步检查就告诉叶娜说钟骅已经癌症晚期了。叶娜说:“现在我才明白,钟骅不是癌症晚期,他是艾滋病发作了。”

叶娜最后还为自己辩解,说她之所以开始没告诉警察,也是因为钟骅都癌症晚期了,这个时候再出卖钟骅,就太不人道了。

苏岩说:“钟骅给你的5万块钱,你得返回来。”

叶娜说:“为什么?”

苏岩说:“这是他诈骗来的赃款,必须要全部扣押。”

叶娜说:“这5万块钱是他骗我的。”

苏岩说:“这笔钱究竟他骗没骗你，我们还没有调查清楚。等我们查清楚之后，才能返还给你！”

叶娜不相信，她说:“你们要是不给我怎么办？”

苏岩说:“我们是警察，不是骗子，我们说话是要负责的！”

叶娜说:“现在我谁也不相信。”

苏岩吓唬她说:“你要是不配合，我们只能把你拘留了。”

叶娜说:“拘留我也不怕。要是被钟骅感染了，我就是死路一条了。我才不怕你们拘留呢。”

苏岩说:“你还是文化人呢，怎么说话这么没文化呢！”

叶娜不吱声了，她开始低着头大声地哭泣。

苏岩没招了，他不能对叶娜采取强制措施，叶娜万一感染了艾滋病病毒，关都没地方关。

苏岩给叶娜做了一份笔录，把钟骅诈骗她的经过详细地记录下来。他把此事委托给当地公安机关。

叶娜明知钟骅是罪犯还帮其找医院，并不向公安机关报告，完全可以追究她的刑事责任。现在之所以对她装糊涂，主要是还不清楚她是否感染了艾滋病病毒。没感染怎么处理她都行，真要是感染了，就得对她慎重了。

艾滋病不好惹啊！

－6－

钟骅所在的医院位于近郊，名叫今世惜美医院。这个医院是主要治疗老年心血管疾病的专科医院。

苏岩找到院长出示了相关手续。苏岩提出两个要求，一是要审讯钟骅，二是将钟骅带走。院长把钟骅的主治医生找到办公室询问钟骅的病情。医生说，审讯可以，但带走可不行。苏岩说："为什么？"医生说："他现在病得很严重，你要是带他走，他死在路上怎么办？"医生边说边看着院长的眼色。苏岩心里明白了，医生这么说的目的主要是担心钟骅走了，就不能继续赚钱了。其实，苏岩目前也不想带钟骅走，他还不清楚钟骅病到什么程度，真要是死在路上，麻烦的是他。但苏岩现在也不想让医院继续为钟骅治疗，艾滋病真要是发作了，再多的钱也是打水漂。何况这些钱并不属于钟骅，苏岩要尽最大可能挽回损失。

苏岩问医生钟骅得的是什么病，医生说是什么什么恶性肿瘤。苏岩说，都恶性了，还能治好吗？医生说，我们准备把钟骅先生的肝脏换一个。苏岩说，好使吗？医生说，试试吧！不行的话，我们再把他的肾脏换换。苏岩说，这么试来试去的得不少钱吧！医生说，是钱重要还是生命重要？苏岩说，我看他都这样了，还是钱重要。要不，就别给他换了。医生和院长差不多异口同声地说，那可不行，救死扶伤是我们的职责。苏岩这才不紧不慢地说，钟骅得的是癌症吗？你们查他的 HIV 了吗？医生的表情立刻严峻起来。

院长却问："HIV，什么意思？"

苏岩好奇地看着院长，问他："你以前是干什么的？"

院长说："我是开煤矿的！"

苏岩说："没少挣钱吧！"

院长说："还行。"

苏岩说："那怎么不干了？"

院长说："前年瓦斯爆炸，炸死了50多人！上面把我的煤矿封了。"

苏岩说："啊，原来是这么回事！"

这家医院设施齐全，有美国新奥博为核磁共振、日本东芝螺旋CT扫描仪、美国CE数字减影机、经颅多普勒等等。设备如此先进，可钟骅住院的时候竟然没有检查其HIV。医院的解释是，我们这家医院平时接触的都是老年患者，这种病老年人没有得的，所以，他们没有把检验艾滋病当作必备的科目。

在苏岩的提醒下，医院检验了钟骅血液里的HIV，很快证实了钟骅是艾滋病患者。至于钟骅身体上出现的恶性肿瘤，正是艾滋病晚期的一种特征。

医院知道钟骅患的是艾滋病后一片恐慌，包括主治医生在内都拒绝给钟骅治病。院长反过来乞求苏岩尽快把钟骅带走。苏岩却不着急了，他对院长说："等等。"

院长说："还等什么呀？"

苏岩说："他现在这种情况哪个医院能要啊？"

院长说："他不是犯罪了嘛，你们把他关进监狱里吧！"

苏岩说："他这样的监狱也不能关！"

院长为了拉拢苏岩，慷慨地说："你看这么行不行？钟骅在我们医院这段时间的治疗，我们不要钱了，算我们对艾滋病患者义务献爱心了！"

－7－

钟骅的面貌发生了很大的变化，已经瘦成了皮包骨。他的眼眶深陷，像一条刚从非洲偷渡过来的鳄鱼。他躺在床上，微微闭着眼睛，样子感觉十分痛苦，裸露出来的手臂及颈部长满了带状疱疹。这说明，他身体里的病毒正在疯狂地复制，他的免疫系统即将崩溃。

病房里只有钟骅一个人。虽说这是在医院的病房里，可医生和护士一整天也看不到人影。这可以理解！院方既然表示对钟骅的治疗是属于献爱心了，为了减少成本，就不再给钟骅用什么药了，每天最多给他打几针杜冷丁之类的止痛药缓解缓解他的痛苦。现在每天陪伴钟骅的就是苏岩一个人。

苏岩表面上是陪伴，实际上是监督。钟骅现在虽然失去了逃跑的能力，但他毕竟是犯罪嫌疑人呐！过去这种活儿都是高军的，现在苏岩主动承担过来。白天，苏岩陪着钟骅说话，夜里就睡在门口走廊里的长条椅子上。高军要来替苏岩，苏岩说："以前我净欺负你了，现在该你欺负我了。"高军整不清楚苏岩说的是真话还是假话，他说："什么欺负不欺负的。白天你在这儿，晚上我在这儿吧！"苏岩说："你赶紧回去吧。"高军不走。苏岩说："你是不是想和我抢功啊！我可告诉你，这次你靠边站！"平时，立功的时候苏岩都主动让给高军。高军说："我不和你抢。这次我百分之百让你一个人立！"苏岩说："既然这样，那你就让我表现表现吧！"高军见他如此执着，就不再坚持。每天高军到医院三趟给苏岩和钟骅送饭。

钟骅已经吃不下饭了，但苏岩每次都十分认真地喂水喂饭。

钟骅说："你是来抓我的，你为什么要照顾我？"

苏岩说："我是想感动你。"

钟骅说:“为什么要感动我?”

苏岩说:“你骗了那么多的钱，现在说不定哪天就死了，我现在感动你，是为了让你把那些钱都交出来。”

钟骅勉强地笑笑说:“没有用。”

苏岩说:“我知道没用。”

钟骅说:“你知道没用，你还这样?”

苏岩说:“我也是没办法。我和高军为了抓你，已经在外面跑了两个多月了，我们光差旅费就花了好几万块钱。现在我们费了九牛二虎之力好不容易找到了你，可你就要死了，我们回去真是没法交差呀!”

钟骅说:“你不是很有办法嘛!”

苏岩说:“那也得分情况啊!你现在这个样子，打不能打，骂不能骂，我是一点办法也没有了。我现在之所以对你好，主要是为了回去向领导汇报用。我对你已经做到了仁至义尽，这样就算我无功而返，领导也会理解我的。你说是不是?”

钟骅点了点头，“也是。”

苏岩说:“钟先生，你看这样行不行?我不要求你说出钱的事儿，你能不能告诉我，你一共传染了多少个人，行不行?”

钟骅犹豫起来。

苏岩说:“当然了，你不说，我也不会勉强你。”

苏岩说是不勉强，但护士来给钟骅打止痛针的时候，苏岩就对护士说:“这针不打了行不行?我看钟先生的状态挺不错的。”护士本来就不愿意打。

护士说:“那好吧!”

钟骅痛苦地说:“不行。你得给我打。”

护士把目光投向苏岩，苏岩看着钟骅。

钟骅说："给我打吧！"

苏岩说："总打这种针对你的身体有副作用。"

护士听到苏岩的话想笑。都这样了，还什么身体不身体的。

钟骅向苏岩投去恳求的目光。

苏岩对护士说："既然这样，那就给钟先生打吧！"

打完针，钟骅舒服了。他刚才向苏岩投去的那种目光，应该是包含了一层意思，他可以向苏岩坦白他曾经感染了多少个人。但苏岩没有直接问，因为那样好像是在威逼钟骅似的。苏岩先是问了一个无关紧要的问题过渡一下。

苏岩拿出了《操盘手》那本书，向钟骅晃了晃，"这是你写的吗？"

钟骅点了点头。

苏岩说："不是吧？这本书应该是郭鸣武写的吧。"

钟骅说："是郭鸣武写的，为什么要写我的名？"

这个问题要是回答的话就复杂了，苏岩简洁地说道："你写的有什么证据吗？"

苏岩翻开了一页，指着上面的一行数字："这个数字为什么是 10168？"

钟骅说："没有特殊的含义，我是随手写的。"

苏岩说："有特殊的含义，这是郭鸣武股票的账号。"

钟骅说："是嘛！这么巧？"

苏岩拿出了几张报纸，报纸左下角是这本书的连载，可上面的署名是小武子。苏岩说："小武子是郭鸣武的笔名。这本书写完之后，他在《林河晚报》上已经连载过了。后来准备出书时，郭鸣武拿给你看看，没想到，让你拿去出版了。报纸上的连载是在你出书之前，郭鸣武要是到法院告你，你肯定得输。"

钟骅说："郭鸣武原来这么狡猾！那他为什么不告呢？"

苏岩说："告你有什么用啊！我们警察都找不到你，那些法官怎么去给你送传票啊？"

钟骅得意地笑了："也是。"

苏岩说："郭鸣武现在要再写一本书。"

钟骅说："什么书？"

苏岩说："是揭露你的书，他要把你诈骗的经过全都写出来。"

钟骅说："我马上就要死了，他愿意写就写吧！"

苏岩说："你死了，你的父母和朋友还活着呀！他们要是看到会怎么想呢？"

钟骅不吱声了。

苏岩说："你看这样好不好？我不让郭鸣武写，作为交换条件，你把你一共传染了多少人告诉我怎么样？"

钟骅点了点头。他明白苏岩表面是以郭鸣武写书的事儿来威胁他，其实真正的威胁是不给他注射止痛针。这才是钟骅无法忍受的。

钟骅开始认真地交代他故意传播艾滋病的事实。他是五年前被感染的，在这五年里，他利用到各地办班的名义，结识了很多男男女女。他究竟和多少人发生了性关系，他自己也记不清了。苏岩尽最大可能帮他回忆着，这很重要，将来苏岩要向这些人去通报。很多人名记不住了，苏岩只好让钟骅回忆地名。

钟骅一个地方一个地方回忆着。

中国这么大，钟骅除了新疆、西藏、台湾三个地方没去过，其他的全都去了！

苏岩埋怨钟骅说："你当时怎么没想到出国呢？你要是到日本该多好。"

钟骅说:“我去也没什么用。我之所以在国内这么干，是因为咱们中国人缺乏自我保护意识，性交的时候没有戴套的习惯。但日本人不是，他们保护意识太强了。”

苏岩说:“我不相信。”

钟骅说:“真的。这和他们民族习惯有关，因为他们日本人都很少性交。”

苏岩说:“你净胡扯。”

钟骅说:“我没胡扯。听说有一位美国政治家去访问日本时，就问过日本政治家，你们为什么叫日本人？日本政治家说，我们日本人爱干净呀，干净到都不愿和女人上床了。如果我们想女人了，我们就手淫，我们总是‘日’自己，所以我们就叫日本人呐。”

苏岩哈哈大笑起来，他的眼泪都出来了。他对钟骅说:“钟先生，你现在都已经这样了，还能心平气和地讲笑话。我太佩服你了！”

钟骅说:“你佩服我，我不相信！”

苏岩说:“我和你说实话吧！我刚才说我这么照顾你是为了感动你什么的，是在说谎。我下这么大功夫来找你最主要是想见见你，要不你想，我明知道抓住你也是等于白抓住，为什么还要来抓你呢？我来不是抓你，我来是向你学习的。”

钟骅糊涂了，“你向我学习什么？”

苏岩说:“我向你学习你现在为什么能有这种平静的心态。”苏岩慢慢地讲述了自己可能也会被感染艾滋病病毒。他说:“我和你比差远了。我还没被确诊我就已经被吓得差点昏死过去。我现在不知道，将来我要是真的被感染了，我将怎么活下去呀！”

苏岩说得十分恳切。他的目光露出忧郁，他的语调是那么伤感。钟骅理解地点着头。他说:“你不要想不开，你过了这段时间就好了！”

苏岩说:“钟先生，我想问问你，你是怎么战胜恐惧的？”

钟骅说:“我刚知道被感染的时候，我像你一样也感到十分恐惧。我睡不着觉吃不下饭，感到我的精神就要崩溃了。后来我去看了心理医生，医生告诉我，战胜恐惧最好的办法，就是转移法。他让我把精力都投入到自己喜欢的工作当中，只要我没时间想恐惧了，我就不会恐惧了。我想来想去，我最喜欢的工作就是骗人。我说我会炒股票什么的，主要是让别人相信我，以便我去骗他们的钱。这些年，我如此热衷于欺骗别人，一方面是为了钱，另一方面也是转移对艾滋病的恐惧。”

苏岩说:“这种转移法见效吗？”

钟骅说:“开始挺见效的，但后来就不行了。我还是感到恐惧，一想到我几年之后悲惨地死掉，我就特别难过。”

苏岩说:“那你后来是怎么想明白的？”

钟骅说:“我最终想明白是因为我的思想一下子提高了认识！”

苏岩好奇起来:“怎么提高的认识？”

钟骅说:“我那时想，我要是不得艾滋病，我也不能永远活着呀！我现在病死无非是把这种将来的死提前罢了。既然早晚我都得死，我为什么还要这么害怕呢？”

苏岩说:“这个道理谁都明白，问题是，我明白了，我还是会感到恐惧。”

钟骅说:“那是因为你还没有理解艾滋病。我刚才说我的思想提高了认识，不只是因为我把死想明白了，更主要的是，我充分理解了人类社会为什么会出现艾滋病。”

苏岩说:“为什么？”

钟骅没有直接回答，他先说了一个例子。他说:“在北极草原上有一种动物叫旅鼠，它们的生育速度快得惊人，比人类还快。每隔三四年，旅鼠的数量就会大到把整个草原的食物全都吃光的程度。这时，为了后代，它们就主动去死。几十万只、几百万只旅鼠冲进海里淹死。旅鼠的这种自杀行为，实际上是为了让种族延续下去。不然的话，它们都得饿死。”钟骅用这个例子来说明人类。他说：“人虽然是高级动物，但毕竟还是动物。可是现在地球上的人太多了，再这样下去，人类非得毁灭不可。人类为了保护自己，就产生很多病毒来消灭过多的人。你看现在医学这么发达，像艾滋病、癌症却总也治不好。苏岩，将来你看吧，等到艾滋病、癌症能够治好之后，人类还得产生新的绝症。”

苏岩目不转睛地看着钟骅，钟骅的神态平静而慈祥，他最后说：“我为什么去故意传播艾滋病，我这么做不是为了我自己，我是为了整个人类在尽我自己一份微薄的力量！”

苏岩重重地叹了一口气，“钟先生，你挺了不起啊！”

钟骅说：“你真觉得我了不起吗？”

苏岩庄重地点了点头。

钟骅说：“那你能帮我个忙吗？”

苏岩说：“帮什么忙？”

钟骅说：“我快坚持不住了，每天都是度日如年。我现在活得太痛苦了，你能不能帮我结束我的生命？”

苏岩说：“我不敢，这太不人道了。”

钟骅说：“你帮我是为了让我安乐去死，有什么不人道的？再说，我让你做的非常简单。一会儿，你让护士再给我打一针。打完针，我自己就有了力气。”他指着床边不远处的一把椅子，“你把椅子放在窗台下，我自己下床，踩着椅子，从楼上跳下去。谁也不知道是你帮我的。”

苏岩没吱声。钟骅这么做，不仅是让他搬把椅子，更主要是让他放弃对自己的监管。

钟骅说：“我不会让你白帮忙的，我会把我诈骗的钱全都给你！”

苏岩说：“真的假的？”

钟骅说：“我要是骗你，你就不用帮我。”他向苏岩交代了自己藏匿赃款的银行，以及卡号和密码。

苏岩急忙打电话让高军进行核实。核实无误之后，苏岩找来护士给钟骅打了一针。打完针之后，苏岩把椅子放在了窗台的下面。随后，他离开了房间。

钟骅集结了全身的力气从床上站起来，下了床。他踩着椅子上了窗台，到了窗台才发现，窗户根本就打不开。他沮丧地喊苏岩。苏岩进屋之后，钟骅说：“你帮我把窗户打开呗！”

苏岩说：“你刚才没说呀！”

钟骅说：“我现在说行不行？”

苏岩说：“你现在说那你还得拿钱。”

钟骅的身体十分虚弱，他从窗台上下来躺在了自己的床上。为了尽快死去，他继续向苏岩交代自己藏匿赃款的银行。苏岩不断地讨价还价，最后，钟骅全都交代完了。他说：“我一共就骗了这么多钱！”

苏岩不信，他打电话继续核实。出乎他的意料，钟骅说得完全正确。钟骅说：“我没撒谎吧！苏先生，我马上就要死了，我要那些钱还有什么用啊！我不会和你撒谎，请相信我。”

苏岩说：“我相信你，我只是有些地方不明白。”

钟骅说：“你说你说。”

苏岩说：“你刚才说你故意传播艾滋病是为了全人类，你真是这么想的吗？”

钟骅点了点头。

苏岩说："那你太反动了。你这么反动，我不能帮你！"

见苏岩翻脸了，钟骅说了实话："我那么说是想打动你。我故意传播艾滋病，不是为了全人类，我是为了我自己。我刚才说我不恐惧，我是在说假话。我一直非常非常恐惧，为了转移恐惧，我就寻找刺激。现在对我来说，房子、轿车、衣服已经刺激不了我了。只有性交，我才能感到刺激。"

苏岩说："你这么说吧，我还能相信。现在，你再回答我，你为什么要主动地把钱都交出来？"

钟骅说："为了得到你的帮助！"

苏岩说："我要是不帮你，你不白给我了嘛！"

钟骅说："这不是明摆着嘛，我要是不交出来，你就让护士不给我打针。那种滋味，我活着会比死还难受。苏先生，你可怜可怜我呗，我该说的全说了，我该拿出来的全拿出来了，我对你已经没有任何价值了。你就帮我去死吧！"

苏岩笑了："既然你对我没有任何价值了，我凭什么还要帮你呀？"

钟骅傻眼了，他说："你们东北人看起来一个比一个实在，其实你们比我们南方人狡猾多了。"

苏岩说："钟先生，你得理解我，我这不是狡猾，我这也是没办法。你刚才说，让我帮你去安乐死，中国目前还没有安乐死这个法律。我是一名警察，我不能违背法律呀！再说，这些年你骗了那么多钱，感染了那么多人，这些人现在都恨死你了！我如果让你安乐去死，他们会批评我的。钟先生，听我话，你就慢慢地死吧！你死得越痛苦，那么被你害的人就会越痛快！"

－8－

钟骅死后，医院把他的尸体连同他的外衣、内衣、袜子、拖鞋、牙刷、牙膏等所有的物品全都一起火化。钟骅最后弥留之际，已经是浑身流脓，臭气熏天了。苏岩没有带他回东北看来是正确的，要不然，他死在路上会更麻烦。

钟骅死了，高军乐了。当天，他就要去买飞机票回家。苏岩说："你自己坐飞机走吧！"高军说："为什么？"苏岩说："咱们差旅费花得太多了。我坐火车回去。"高军说："还差这么点儿了。再说，你坐火车还得到北京倒车，多麻烦呐！"苏岩说："麻烦就麻烦吧！你还不了解我嘛，我这个人不怕麻烦！"高军说："你是不是到北京有什么事儿呀？"苏岩说："我什么事儿也没有，不信，你也跟我去坐火车吧！"苏岩当场打电话要订两张去北京的火车硬座。高军说："硬座呀。咱俩得坐一宿呢！"苏岩说："这不是能省点儿嘛！"高军急忙说："算了算了，你自己去坐硬座吧！我坐飞机走。"

苏岩把高军送到了飞机场。高军还在问苏岩："告诉我，你到底去干什么？"

苏岩这才叹了一口气，说："咱们回去就得把牛东新抓起来。他没少帮我忙，看着他进监狱，我受不了。我坐火车就可以晚回去几天，我不想看着他难受。"

高军理解地点了点头。他说："那你别坐硬座了，买张软卧吧！"

苏岩说："不用。"

高军说："买一张吧！你现在怎么这么会过了？"

苏岩说："我不是说了嘛，我现在已经不是过去那个苏岩了。"

苏岩嘴上这么说，到了火车站，他还是买了张软卧。

上了列车进了包厢之后，里面已经有了两个中年男人，不仅穿得好，长得也气宇轩昂、不同凡响。见苏岩穿着破旧的夹克衫进来，他们谁也没理苏岩，继续高谈阔论。苏岩把旅行袋塞进了卧铺的下面。这时，一个中年人接了一个电话，他张口就撒谎："我是晚上的班机，到北京之后，我给你打电话……不用到机场接我。真的不用。有人去接我。"他放下电话，继续和另外的中年人谈着什么什么楼什么什么车之类。苏岩拿出一本书想要翻翻，这时，一位风姿绰约的女人走了进来。两个中年人立刻停止了交谈。女人吃力地拎着一个硕大的旅行袋，她想把旅行袋塞进卧铺下面，但见到已经没有空隙之后，她把目光移向上面的行李架。她向男人们扫视了一下，似乎在问，谁能帮我放上？苏岩想帮她，可他感觉那两个男人更想帮她。他就继续看书。可这两个男人并没有主动帮女人，因为女人的目光并没有看他们。女人的目光扫过他们，就一直在看着苏岩。苏岩毕竟年轻嘛！她见苏岩没理她，索性自己举起了旅行袋。旅行包很重，她晃晃悠悠地举了两次也没有成功。

苏岩站起来，从她手中接过旅行袋轻松地放到了上面。她说："谢谢你！"

苏岩说："不用谢！"

女人说："你帮我这么大的忙，我当然要谢你了。"

苏岩说："你谢我是多余了，我帮你主要是担心你自己放不好砸着我。"

女人嘿嘿笑了起来，她用会说话的眼睛看着苏岩。苏岩不想和她说多余的话，便低头继续看书。女人接了一个电话，她在电话里说："我没坐飞机，我在火车上呢……我不是怕摔死，我现在太困难了，别说坐飞机啊，我现在坐火车都只能买硬板了。真的，我没骗你……"

女人大大方方地说笑着。苏岩放下书，看着她。她打完电话，苏岩问她："你也没买硬板啊！你骗谁呢？"女人说："一个朋友，闲着也是闲着，骗着玩呗！"苏岩笑了，她说："你笑什么？"

苏岩说："你刚才说出了我的心里话，其实，我原来是想买硬板来的，可惜没票了。"

女人说："那你可以买硬卧啊！"

苏岩说："硬卧也没了，逼得我只能买软卧了。"

女人说："是嘛？"

苏岩说："真的。本来，我计划晚上在餐车上吃饭，由于买了软卧，我只能饿到北京了。"

女人说："我明白你的意思，晚上我请你上餐车吃饭。"她问苏岩是干什么的？苏岩说，我是东北的警察。女人说："你肯定不是警察。"苏岩说："我不是警察是什么？"女人说："一看你就是骗子。"苏岩说："既然看出我是骗子，你还揭露我，你真不够意思。我刚才白帮你放旅行袋了。"女人说："你帮我放旅行袋，我也不感激你。"

苏岩说："我帮你放旅行袋你为什么不感激我？"

女人说："因为你是怕我砸着你，你要是因为我漂亮，我就感激你。"

两个人说说笑笑很快熟悉起来。旅途由于有了美女陪伴变得愉快起来。他们既不问对方的职业，也不问对方的姓名。两个中年人偶尔插话诱惑女人是否愿意到他的公司上班，女人说："太愿意了，但现在还没这个打算。"女人说的是一口北京话，可说着说着，苏岩发现了东北口音。

晚上到了吃饭时间，女人果然说："走，去吃饭。"到了餐车，女人大大方方点了四个菜。算账时，苏岩掏出钱。苏岩说："玩笑是玩笑，吃饭我不能让你请客。"女人已经抢先掏出了钱。苏岩说："咱们俩萍水相逢，AA制吧！"

女人说：“什么AA制？你快行了吧！”

苏岩说：“我能吃，咱们AA制，我都占你便宜了。”

女人暧昧地说：“可不是咋的，刚认识你就占便宜。”

餐车上人不多，窗外是美丽的夜空，一轮弯月挂在那里。他们聊得非常轻松，不知道对方的名字，也不知道对方的年龄和职业，两个人好像在网上聊天一般。聊着聊着，一些挑逗的语言溜达出来。女人说：“咱们包厢里那两个人一会儿就下车了。”苏岩说：“是嘛，他们俩不是也到北京吗？”女人说：“他们俩改主意了。他们想给咱们俩创造机会。他们要成人之美。”苏岩说：“成什么美？他们是给咱们俩创造犯错误的机会。”

两个人越说越下道。女人直接问苏岩：“你有过一夜情吗？”

苏岩说：“没有过。”

女人说：“想不想尝试？”

苏岩：“不想。”

女人说：“为什么？”

苏岩说：“和陌生的女人上床，我怕不安全染上病。”

女人笑了，“你可以采取措施啊！”

苏岩说：“采取什么措施？”

女人说：“戴套呀！”她这句话说得一点都不难为情。说完，她还吃了一口烧茄子。

苏岩更无耻地说：“我和女人上床不喜欢戴套，我觉得那是隔靴挠痒，好像是穿着雨衣在洗澡。”

女人嘿嘿地笑着，也实实在在地说：“的确是这么回事，虽然都不喜欢戴套，但为了安全还不得不戴。”她还叹了一口气：“我们现在连情人在一起都习惯戴套了。”

女人说完，苏岩也跟着叹了一口气，他说：“我们白天和别人交往，全都戴着厚厚的面具。好不容易到了晚上，我们与情人在一起想要快乐一下，没承想，我们上面的面具摘下了，可下面的面具又戴上了。没啥意思。”

女人也感慨地说：“是没意思。但和陌生人聊天还是很有意思的。”

苏岩说：“我同意你的观点。”

到了北京下车时，苏岩帮女人把旅行袋拎下了车厢。女人说：“我其实也是东北人，只不过现在在北京工作。”

苏岩说：“我和你正好相反，我是北京人，只不过现在在东北工作。”

女人看出苏岩不想和她再多说了，就笑道：“大骗子，再见了！”

在灿烂的笑容里，女人拖着硕大的旅行袋款款走向出站口。这时，同包厢的一个中年人走到苏岩的身边，小声地说：“她没让你送她是不是？”苏岩点了点头。中年人笑道：“你白帮她放旅行袋了！”

苏岩说：“可不是咋的。”

出了北京站，上了出租车。

司机问苏岩：“去哪儿？”

苏岩说：“到传染病医院。”

司机说：“北京有好几个，你去哪个？”

苏岩说：“到最好的那个。”

第九章

CHAPTER 9 〉

-1-

钟骅说东北人表面实在其实阴险，不仅在说苏岩，也包括了牛东新。钟骅以为牛东新那么豪爽，肯定好骗，于是，他向牛东新设下了惯用的伎俩。起初，牛东新对钟骅所说的炒股票之类也确实信以为真。可随着接触的深入，牛东新看出钟骅的深浅了。毕竟，牛东新在社会上这么多年了。过去他净骗南方人，现在没想到南方人竟然到东北骗他来了。牛东新发现钟骅的本来面目之后，以他过去的脾气，肯定会告诉苏岩，让他把钟骅绳之以法。但现在的牛东新已经成熟了，他不能再意气用事。于是，牛东新给钟骅来了个将计就计。他不仅表现出自己相信钟骅，还帮着钟骅去游说银行的领导。那些领导平时牛东新没少打点，有了共同致富这么大的好事，银行的领导当然要积极响应了。他们不见得相信钟骅，但他们相信牛东新。牛东新玩得有点太大了。钟骅逃走以后，大家全都以为是钟骅把钱骗走了。其实，那时钱都已经进入了牛东新的腰包。

牛东新欺骗了钟骅，欺骗了领导，还欺骗了苏岩。他在大厦宾馆旋转餐厅里上演的那出悲壮自杀的戏，让苏岩心服口服。苏岩陪了牛东新两天两夜，牛东新还能感慨地把苏岩比喻成伟哥，并深情地说，在自己抬不起头的时候，是苏岩给予了他坚挺的力量！

苏岩从北京回来后，买了不少好吃好喝的到看守所去看牛东新。牛东新过去是长发，戴着眼镜，一副文化学者派头，现在他被剃成了秃子，身上披着囚服，脚上穿的是拖鞋。

苏岩说："虽然你穿着拖鞋，但我感觉你还是像个文化人。"

牛东新哈哈大笑，他说："这说明我骨子里流淌着高贵的血。"

苏岩把包里吃的喝的拿出来，放到了审讯桌上。他打开矿泉水，递给牛东新。牛东新喝着，感动地看着苏岩："老弟，谢谢你还能来看看我。"

苏岩说："老牛，咱们哥俩没用的废话，我也不说了。我只劝你一句话，实实在在谈清自己的问题，争取宽大吧！"

牛东新笑了，"你这口气好像把我当作郝飞了。你知道吗，我现在和郝飞住邻居了，我俩晚上睡觉相隔不到 10 厘米。"

苏岩知道牛东新和郝飞在一个号里。

苏岩诚恳地说："老牛，我没把你当成郝飞！你是我的兄弟！"

牛东新突然大声地说："滚！谁是你兄弟？"他把瓶子里的水泼到了苏岩的脸上。

苏岩说："你这是干什么？"

牛东新愤怒地指着苏岩，"你还叫人吗？"

苏岩说："我怎么了？"

牛东新说："你口口声声说我是你兄弟，你什么时候把我当你兄弟了？"

苏岩说："老牛，就算我没把你当兄弟，可我也没把你当敌人呐！"

牛东新说："你别演戏了！"

苏岩说："我跟你演什么戏了？"

牛东新平静了一下语气，慢慢地说："好好好！那你告诉我，我的事儿，你是什么时候知道的？”

苏岩说：“钟骅快要咽气的时候，我才知道呀！”

牛东新说：“你快拉倒吧！你早就知道了。”

苏岩说：“我真不知道。”

牛东新说：“你装不知道吧！”

苏岩说：“我为什么要装啊？”

牛东新说：“因为你没有证据啊！你心里明知是我干的，可抓不到钟骅，你就拿我没办法。所以，你就跟我装糊涂。他妈的，你装得真像啊！还整天整夜陪着我，其实你心里比谁都清楚，我压根儿就不可能去自杀。苏岩哪苏岩，当时我还挺得意呢，真以为把你骗了呢！我以为我骗术最高，原来最大的骗子是你！”

苏岩说：“我为什么要当这个骗子？”

牛东新说：“为了整我呀！”

苏岩苦笑道：“就算我想整你，可你凭什么说，我早就看穿你了？牛东新，我告诉你，我真的从来就没怀疑过你！”

牛东新说：“得了吧！你不要跟我来这套了！你我还不了解嘛，你谁都怀疑！你脑袋比猴都精。我玩的这两下子，你早就心知肚明了！”

苏岩叹了一口气：“我和你说实话，我确实没有把你想得这么复杂。但老牛，我不否认，假如当初我真看破了你，我还会像这样来抓你的！你得理解我，我是警察。你要是不干这种事儿，我绝对不会和你过不去的！”

“呸！”牛东新冲着苏岩吐了一口痰，“我要是不干这种事儿，我搭理你呀！你算个毛呀！苏岩，你一个小小的破警察，我凭什么要巴结你？”

苏岩强压着怒火，“你别骂人行不行？”

牛东新咬牙切齿地说：“你还是人吗？拍拍良心，你想一想，我对你怎么样？你求我办的事儿，我哪件没给你办！你穿一双假名牌皮鞋，我用一双真名牌皮鞋和你换！你要和杨云的女儿谈恋爱，我帮你忽悠帮你安排场子。可你呢，我让你帮一点儿忙，你就反过来和我讨价还价，非得逼我去出卖盛斌。你不要以为别人全是傻子，你张口闭口说是我的兄弟，可你为我做什么了？苏岩，我不用你为我去贪赃枉法。在你看穿我的时候，你哪怕提醒我一句，暗示我一句，我也不会去玩这么大呀！你太不够意思了，你眼睁睁地看着我越走越深，却连手都不伸一下。别说兄弟了，你他妈的还叫人吗！”

牛东新的眼睛湿润了，苏岩刚想要说什么，牛东新滔滔不绝地打断他：“你别说了，你现在说什么我也不信了。你这么对待我，就是想整我。你还有什么好说的，郝飞不就是一个例子嘛！你为了整郝飞，硬说人家指使小姐去传播艾滋病！苏岩呐苏岩，天地良心呐。你整我你抓我，我可以理解，因为我是罪犯。可郝飞一个开夜总会的，你凭啥要往死整他呀！咱们这儿这么多开夜总会的，你为啥要单单对郝飞下手呀！他抱你家孩子下井了吗，他抢你情人抢你老婆了吗？没有！苏岩，你睁开眼睛看看，郝飞现在让你整得倾家荡产了。”

苏岩呆呆地看着牛东新，一句话也说不出来。

牛东新喝了一口水，质问苏岩：“你整我们究竟想要什么呢？你知道，我和郝飞都不是守财奴，你想要什么，你吱声啊！”

苏岩说：“我什么都不要。”

牛东新说：“我们知道你什么都不要。你这个人有点变态，你整人吧既不要钱也不要官！你说你连钱连官你都不要，那你整我们究竟是什么目的呀？”

苏岩不吱声了。他现在也确实没什么可说的。

牛东新冷冷地看着苏岩："这些日子，我和郝飞反复琢磨你。我们琢磨来琢磨去，最后一致认为你整我们的目的就是为了整我们，你是把整人当作你人生的乐趣了。我说得没错吧！"

见苏岩不说话，牛东新感慨地说："人呐人，怎么差距这么大呐！郝飞活着是为了搞女人，我活着是为了赚钱，你活着竟然是为了整人。"

牛东新指着苏岩，狠狠地说道："你愿意整人是你自己的爱好，但你不该这样整我们呐。你把我们整得倾家荡产了！我告诉你，你这下可整到头了。光脚不怕穿鞋的，我们现在已经让你整得光屁股了。苏岩，我告诉你一句书里的话，害人等于害己，整别人就是在整自己！从现在开始，你得小心点儿了，我们准备要整你了！"

–2–

公安局里的督察队可以收拾公安局里的刑警队。杨远从刑警成为督察以后，有了很大变化，他动不动就背着手在走廊里走走，和别人说话呢还眯缝起了眼睛。尤其是打电话，张口就说："到我这儿来一趟。"虽然他还是普普通通的科员，可已经和领导的感觉差不多了。

杨远给苏岩打电话："到我这儿来一趟。"

苏岩说："什么事儿？"

杨远说："你别问了，来就是了。"

苏岩来到了杨远的办公室。杨远正在用抹布擦皮鞋。

苏岩说："我给你擦呀！"

杨远小声地说："可能要查你！"

苏岩说："你把鞋脱了吧，我给你擦。"

杨远继续小声地说："具体情况，我不清楚。我们队里知道咱俩的关系，已经让我回避了。你要小心点儿！"

苏岩微微地点了点头。

杨远擦完皮鞋，把苏岩领到了另外的纪检委罗杨办公室。纪检委与督察队都在一起办公，统一归纪检委书记领导。罗杨是纪检委二处处长。他见到苏岩，客客气气地让苏岩坐下，还让杨远给苏岩倒水什么的。平时见面，苏岩和罗杨打招呼，罗杨只是用鼻子哼哼，现在罗杨这个态度让苏岩警惕起来。倒水点烟表示出友好热情，都是整人的前奏曲。

罗杨说："苏岩，今天找你没什么重要事儿，就是随便聊聊，怎么样，最近都忙什么？我听说，你才出差回来是不是？"

苏岩说："可不是咋的，我出去两个多月了。"

两个人说了半天没用的之后，罗杨才问了一个较为关键的问题，"苏岩，你出差之前，有个患艾滋病的小姐要跳楼，你还记得吗？"

苏岩说："我记得，她叫唐玉。我当时过去劝了她半天，可最后，她还是跳楼了。"

罗杨说："你还记不记得，你当时都和她说什么了？"

苏岩想了想，"主要是说，我们已经帮她联系好医院了，让她想开点儿什么的。太详细的，我记不清了。"

罗杨说："她都和你说什么了？"

苏岩说："她没和我说什么呀！她就是在那儿一个劲儿地哭。"

罗杨笑了笑，"不对吧！她好像是和你说了什么？"

苏岩说："说什么了？"

罗杨微微叹了一口气，"说什么当然只有你知道了！"

苏岩说："你这意思好像我不想说似的。"

罗杨说："有个记者当时拍了录像，录像上非常清楚地看到，你和唐玉在说着什么。"

苏岩说："是吗？"

罗杨点了点头，"你再好好回忆回忆，你们当时都说什么了？"

苏岩认真地想了一会儿，"唐玉好像说，她没法活了，她这样的病治也治不好什么的。"

罗杨说："别的她再没说吗？"

苏岩说："别的我就想不起来了。"

罗杨说："唐玉死后，她的妹妹来了。当时是你接待的吧！"

苏岩点了点头。

罗杨拿出了一份笔录，翻开看了看，"我们找到了唐玉的妹妹，据她回忆，唐玉跳楼前，和你说了挺多的话。"

苏岩感到了问题的严重性。唐玉的妹妹早就离开了本市，纪检委不远千里去找到她了解情况，显然对苏岩与唐玉的关系产生了浓厚的兴趣。

苏岩把唐玉说的关于她卖淫是为了自己妹妹上学的内容讲了一遍。

罗杨说："刚才你为什么不说？"

苏岩说："我当时也没和队里说，我觉得这些都与案子无关。"

罗杨说："有关没关不是你能决定的。就算是无关，既然组织向你了解这些情况，你应该毫无隐瞒地全都说出来。"

苏岩说："是是是！"

罗杨说："你和唐玉是怎么认识的？"

苏岩说："搞案子时候认识的。"

罗杨说："你和唐玉有什么交往吗？"

苏岩说:“你指的是?”

罗杨说:“你们除了工作之外,个人之间有没有什么来往?”

苏岩说:“没有。”

罗杨说:“你曾经让郝飞给你安排一个小姐,这个事儿有吗?”

苏岩说:“胡说八道。”

罗杨微微笑了一下,他打开了一个小本,慢慢地说:“今年5月15日,你在金星宾馆开了一个房间,房间号是518,这个事儿你承认吗?”

苏岩说:“这我承认。”

罗杨说:“你开房间干什么?”

苏岩说:“我住啊!”

罗杨说:“你自己有家,为什么要到宾馆去住?”

苏岩说:“我经常去住。”

罗杨说:“苏岩,你到宾馆去开房间,为什么郝飞知道?他不仅知道,还是他给你的宾馆钥匙。”

苏岩说:“他在胡说。”

罗杨说:“我觉得胡说的是你。如果没有钥匙,他怎么知道你在5月15日在金星宾馆开的房间是518呢?”

苏岩说:“他在跟踪我吧!这小子经常跟踪我。”

没有人会相信苏岩当初这么干是为了工作,苏岩只能咬紧牙关死不承认。

罗杨目不转睛地看着苏岩,他在观察苏岩的表情。

罗杨说:“苏岩,假如你换成我,你会相信我说的这一切吗?”

苏岩说:“我不会。”

罗杨说:“你连你自己都不相信,你说你让我怎么相信你?”

苏岩说:“我没让你相信我,我只是把事实讲给你。”

罗杨冷笑了一声，说：“苏岩，既然你是这个态度，局里决定从现在开始，停止你的工作，接受组织调查。”

-3-

牛东新奇迹般地从看守所里出来了，他是属于取保候审。虽然他的罪比郝飞严重得多，但他犯的罪是诈骗罪。这个罪有点特殊，他利用钟骅把银行骗了，银行现在最着急的不是要惩处牛东新，而是能尽快地把那些钱追回来。这就给牛东新机会了。如果较真，把牛东新判了或者押着他不放，那些钱牛东新死活也不会吐出来的。为了把钱全都追回来，银行与牛东新之间就得相互让让。何况银行也不敢对牛东新过分。银行的领导有短处被牛东新握着，整急眼了，就是一个鱼死网破。再说，牛东新到现在也不承认他把银行骗了，他一口咬定自己和银行一样也是受害者。银行也在这个问题上装糊涂，银行领导过去天天和牛东新在一起喝茶打麻将洗桑拿，现在转身就认定牛东新是骗子，自己脸上也无光。于是，银行开始和稀泥，说牛东新与银行之间属于债务纠纷，不构成诈骗。

这让公安局十分为难，诈骗案不归刑警队，归经侦队负责。对刑警队成绩的衡量主要是破案数，破案越多，成绩越大。对经侦队就不能这么要求了。经济侦查得为国家挽回经济损失，不然破的案再多，抓的人再多，如果一分钱追不回来，等于白扯。为此，公安局明知牛东新与银行之间扯王八犊子，也都假装不知了。公安局对这种事儿也有对策。虽然把牛东新放了，但手续却是取保候审，这在法律上仍然属于强制措施，也就是说，如果发现牛东新有新的犯罪证据，随时随地还能把他再抓回来。

牛东新出来后邀请苏岩来到了“香水”茶馆。

牛东新对苏岩假惺惺地说：“知道你现在被停职调查了，我很难过。这一定是郝飞在整你呀！”

苏岩说：“你别难过了。我挨整是罪有应得，谁让我整他呢！”

牛东新不停地叹息着，他说：“苏岩，你的处境很不好啊！你们局里认为你干了小姐。现在这个事儿不仅你们公安局知道，社会上都已经传遍了。”

苏岩平静地看着牛东新说：“我知道，这是有人在给我故意造谣。”

牛东新说：“何止是给你造谣呀！你知道，社会上都怎么说吗？”

苏岩说：“怎么说？”

牛东新说：“社会上都说你不仅干了小姐，而且你还被那个小姐感染了艾滋病病毒！”

苏岩愣住了，这一点他万万没有想到。

牛东新露出满脸关怀：“苏岩呐，你现在得赶紧到医院去检查检查，你让医生给你开个诊断，证明你没得艾滋病。”

苏岩说：“这有用吗？”

牛东新说：“应该说还是有些用处的。今后，你得随身携带着这个证明，你出去不论遇到谁，最好先拿出来给别人看看，你得反复地向别人说明，你苏岩不是艾滋病！”

苏岩感到了问题的严重性，他说：“到时候我在别人的眼里已经是艾滋病了，无论我怎么解释，别人也不会相信了。”

牛东新嘿嘿地笑了：“你说得也是！可问题是，你要是不和别人解释，你不就真成艾滋病了。特别是，那样的话，不就更说明你确实有过嫖娼行为吗！我听说，你们警察嫖娼最低也是被开除啊！”

苏岩点了点头，他说：“牛东新，你今天来就是和我说这个事儿吗？”

牛东新说："当然不是了，我来是向你征求意见！"

苏岩说："什么意见？"

牛东新说："你知道王晓光吗？"

苏岩点了点头。

王晓光高大英俊一表人才，在英国刚刚拿到了博士学位。他的妹妹叫王晓薇，与刘芳关系不错。

牛东新说："这个王晓光吧，一直对刘芳有着特殊的好感。他找到我，想要我把刘芳介绍给他。这让我太为难了，我知道刘芳是你的心上人，我要是给他介绍了，万一刘芳真的喜欢上王晓光，这不等于把你坑了嘛！可是，我如果不介绍呢，我还良心上过不去。苏岩，你很快就被开除了，你在别人的眼里就是一个因为干过小姐被感染了艾滋病病毒的患者。你这个形象，我不说你也清楚，就算刘芳能接受你，刘芳的母亲杨云是绝对不会接受你的。在这种情况下，你要是赖着刘芳不松手，那你可就太缺德了。我觉得你苏岩不是那样的人，你肯定会主动放弃刘芳的！你说是不是？"

苏岩点了点头。

牛东新说："刘芳离开你之后，她就是单身女人了。她不可能永远不找男朋友吧。我觉得王晓光真是一个不错的选择，王晓光不仅比你英俊，学历也比你高啊！特别是，他的父亲你知道，已经是省委常委了。这么好的背景，我想，杨云会巴不得接受他当女婿的。所以，我将来把王晓光介绍给刘芳，我觉得是在做一件善事儿！我说的你同意吗？"

苏岩瞪着牛东新，眼里快冒出了火。

牛东新说："你瞪我干什么呀？你以为你一瞪我，我就害怕了？说真的，过去吧，你瞪我，我确实害怕。但现在我已经不是过去那个我了。我已经蹲过监狱了。告诉你苏岩，只有蹲过监狱才算明白什么叫完整人生！"

－4－

苏岩开车来到了刘芳的学校门前。快放学了，门前已经有许多孩子的家长，他们一个个睁着渴望的双眼向学校里凝望着。苏岩站在他们当中也凝望着，只不过他的眼神有点混浊，看着前方，却什么也没看到。刘芳走到了苏岩的跟前，苏岩都没发现。刘芳在众目睽睽之下就抱住了苏岩。家长们及刚刚走出校门的学生和老师都不约而同地看着他们俩。在学校门前敢这样的，毕竟不多见。好在苏岩很快把刘芳推开。刘芳紧紧地挽着苏岩的胳膊向不远处的轿车走去。周围的人仍向他们投来各种含义的目光，刘芳则眉飞色舞地和一些人打着招呼。苏岩说："这些人都是你学校的老师啊！"刘芳说："他们不是老师，是孩子的家长。"

刘芳上了苏岩的车，迫不及待地搂着苏岩。她先是把头深深地抵在苏岩胸前，接着热烈地亲吻苏岩。

苏岩轻轻地推开刘芳。

刘芳说："你又推我，你就知道推我！"

刘芳现在比过去瘦多了。苏岩问她："亲爱的，你现在怎么这么瘦呢？"

刘芳说："想你想的呗！"她把苏岩的头拉到跟前，"快点儿，亲亲我。"

苏岩说："外面能看见。"

轿车玻璃上已经贴上了防晒膜，车里能看见外面，车外看不到车里。但刘芳相信苏岩的话，苏岩说什么刘芳都信。

刘芳说："那……现在先回家吧！"

苏岩说："你怎么还磕巴了！"

刘芳这才不好意思地笑了。

苏岩说："先别回家了。你要是没事儿的话，和我去看个同学呗！"

刘芳说:“是男同学还是女同学?”

苏岩说:“这还有什么区别吗?”

刘芳说:“男同学我跟你去,女同学我就不去了。”

苏岩说:“为什么?”

刘芳说:“要是你这个女同学让我把你让给她,我不就傻眼了嘛!”

苏岩微微地叹了一口气,“你净瞎寻思。”

苏岩开车拉着刘芳来到了传染病医院,他们见的是苏岩的男同学李建学。

苏岩对李建学介绍说:“这是刘芳,二中英语老师。这是我的同学李建学。”

李建学和刘芳礼貌地握手。苏岩没说刘芳是自己什么人,李建学就没有过多深问。他向外面喊那个小护士,送两瓶水来。小护士进屋送水看到刘芳穿的高跟鞋,很是喜欢。她问刘芳,鞋在哪儿买的?刘芳说,在哪儿在哪儿买的。两个女孩用不着介绍,通过这双高跟鞋就熟悉起来。

李建学问苏岩,最近忙什么?苏岩说,我一直出差来的!李建学说,你出差干什么去了?

苏岩就把追捕钟骅的过程详细地讲了一遍。李建学不断惊讶地说着,真的,真的?苏岩也不断地说,真的真的。李建学说,我过去只听说外地有艾滋病小偷用注射器扎行人的,没听说还有这样的。

苏岩说:“世界这么大,什么鸟没有啊!”

李建学笑了,“也是。”他问苏岩,来这儿干什么?

苏岩说:“我来这儿抽血化验一下。”

李建学愣住了。

苏岩解释说:“是这么回事儿,最后十来天我不是一直陪着钟骅嘛,我们单位领导担心我被他传染，特地让我来化验化验。你给我开个票吧！”

李建学说：“用不着化验，肯定传不上！”

苏岩说：“化验一下吧，回去我好应付单位。”

李建学说：“好吧！”

开完票，苏岩像是想起了什么，指着刘芳：“你再开一张，她也化验一下！”

李建学和那个护士都把目光投向刘芳。

刘芳这时光顾着和小护士说话，她压根儿没听清苏岩在说什么，她问：“化验什么？”

苏岩说：“化验一下血。”

刘芳说：“干什么？”

苏岩说：“将来婚前体验用。”

–5–

罗杨掏出香烟，给苏岩拿一支。

苏岩急忙说：“我不抽。”

罗杨说：“我记得你抽烟呐！”

苏岩说：“我最近感冒了。”

说着，苏岩打了喷嚏。飞溅的水汽飘向罗杨，罗杨没在意，他掏出香烟，放进嘴里。他没有急于去拿桌子上的打火机，像是等着苏岩伸手为自己点上。苏岩则掏出纸巾认真地擦着鼻子。罗杨等了片刻，见苏岩没这个意思，只好自己点燃了。

罗杨继续审问苏岩，今天他要和苏岩最后摊牌了。

罗杨说："苏岩，我不是非得和你较真。你和唐玉的关系，我感觉是不太正常。但到现在我还是相信，你和她没有那种关系，你们只是相互喜欢爱慕罢了。你是我们自己的警察弟兄，我们相信你。我希望你放下思想包袱，有什么说什么。"

苏岩说："你让我说什么？"

罗杨说："唐玉那天晚上到518房间之后，你们都干什么了？"

苏岩说："你这么问本身就不对，唐玉那天晚上压根儿就没去，你却问我们干什么了？你说，我们干什么了？"

罗杨忽然大声地说："苏岩，你态度老实点儿！"

苏岩指着他，也大声地说："你跟我喊什么？"

罗杨糊涂了。在他的办公室，一个正在被他审查的小民警竟然用手指着他。

罗杨拍了一下桌子，"苏岩，你想干什么？"

苏岩也拍了一下桌子说："我还想问你呢！"

罗杨彻底糊涂了，他站起身走到苏岩的跟前，指着苏岩的鼻子，"你想怎么的？"

苏岩平静地说："我一个小小的民警，你说我还能怎么的？"

这句话本来罗杨想要用来问苏岩的，现在苏岩先说了出来，罗杨反倒没词了。他呆呆地瞅着苏岩。苏岩这时心平气和地说："罗主任，你找我来无非是怀疑我和唐玉有不正当的两性关系。你怀疑可以，但我不能接受。我和她只是有过工作接触，其他的，我和她没有任何来往。"

罗杨也平静下来，作为纪检委的领导，要显示出比普通民警有着更高的修养。他说："苏岩，你矢口否认，我完全理解，因为你清楚人民警察嫖娼会有怎样的后果。现在，你认为我们没有证据就抵赖不承认，但是你想想，我要是没证据，今天能公开地找你来谈话吗？”

苏岩说：“罗主任，我现在再次向你说明，我和唐玉没有那种关系！如果你有证据证明我在撒谎，我愿意接受组织上一切处罚。”

苏岩与罗杨如此针锋相对，等于是把自己推到了悬崖边上。为了整顿纪律，公安局纪检委每年都要开除几名干警来纯洁公安队伍，今年就准备首先拿苏岩开刀。

警察与小姐上床，太不像话了！

其实，苏岩洗清自己也很容易。只要他把刘芳找来为自己证明，一切就会真相大白，但苏岩绝对不会把刘芳牵扯进来的。

罗杨说：“苏岩，当初，你提出调查郝飞是因为你事先知道了唐玉被感染了艾滋病病毒，现在你告诉我，你是怎么知道这条线索的？”

苏岩看着罗杨，没有马上回答，罗杨慢慢地吸着烟，静静地等着苏岩。这是罗杨最后一个问题，也是他认为苏岩无法回答的问题，这个问题将让苏岩的本来面目彻底地暴露无遗。

苏岩说：“我怀疑唐玉是因为当初我怀疑自己可能也被感染了艾滋病病毒！”

罗杨愣住了。

苏岩慢慢地讲述了自己是如何击毙盛斌，盛斌如何给了自己一刀，自己的血当时与盛斌的血如何有了接触。苏岩还掀开外衣，露出那条伤口。

苏岩说这些的目的是让罗杨相信自己是怎么想到唐玉可能被感染艾滋病病毒的，可苏岩说着说着，罗杨却着急起来，他不断地追问苏岩：“你自己被感染了吗？”苏岩不慌不忙地说着，他说当时他就去检查了，但由于是在窗口期，检查也没用。他还解释了什么是窗口期。罗杨问，那现在过没过窗口期？苏岩说，现在过了。罗杨说，那你现在检查了吗？苏岩说，检查了。罗杨说，结果呢？

苏岩从兜里掏出在北京以及在市传染病医院检验的报告单，递给罗杨。罗杨边翻边问：“你到底染上了没？”

苏岩指着报告单说：“这不是加号嘛，这是阳性，这表示我现在已经是艾滋病病毒的携带者。”

罗杨震惊地看着苏岩，“这就是说，你已经被感染了？”

苏岩说：“对呀！”

罗杨说：“那……你现在是什么感觉？”

苏岩说：“我老爱感冒。”说着，他打了一个喷嚏。

飞溅的水汽飘向罗杨，罗杨吓得急忙后退了一步。

罗杨说：“这样吧，你先回去，我向领导汇报一下。”

苏岩说：“我还没说清我为什么怀疑唐玉感染艾滋病病毒呢。”

罗杨温和地看着苏岩，“你不用说了，我现在已经完全清楚了。苏岩，刚才我说怀疑你和唐玉有什么不正当的两性关系，只是随便问问，你不要往心里去。今天我找你来，说白了就是例行公事。考虑到你的身体状况，从现在开始，你就回家休息吧！”

–6–

杨云给苏岩打电话让苏岩抽空到她的办公室来一趟。

苏岩说：“好，我这就过去。”

区政府位于灿烂街99号，是一栋面南背北的七层大楼。杨云的办公室在五层的最里面，苏岩以前没来过。他在走廊里查看着门牌号时，杨云在里面向他喊："苏岩。"苏岩看到了杨云。杨云随后走进屋子里。

苏岩来到门前，门开着。

杨云坐在宽大的办公桌后面，穿着高档套装，浑身一尘不染。苏岩走进去，规规矩矩地坐在杨云的对面。

杨云起身走到门前，把门轻轻关上。她随手接了一杯矿泉水，走到苏岩的跟前。苏岩站起身来想要接过来。杨云没有递给苏岩，她把杯子放在了苏岩旁边的沙发扶手上。

苏岩说："谢谢。"

杨云坐回了自己的座位里。

杨云说："你的事儿，你们局里已经向我汇报了。"

苏岩没有吱声，杨云其实管不着市局。

杨云说："你被……感染了，我很难过。"

杨云哽咽起来，她拿起纸巾擦了擦眼睛。苏岩用眼角的余光看到杨云的眼睛还十分干燥，根本用不着擦拭。

杨云叹了一口气，接着，严肃地说："苏岩，你现在告诉我，你和那个什么唐玉究竟是怎么回事？"

苏岩心里不舒服，他说："我和她什么事儿也没有。"

杨云说："真的没有吗？"

苏岩苦笑了一下，"真的没有。"

杨云不再看苏岩，"你们单位认为你和那个唐玉是存在关系的。"

苏岩说："我和唐玉没关系，我是因为工作被感染的！"

杨云冷笑了一下，"苏岩，你是怎么感染的，你自己心里最清楚。"

苏岩说："阿姨，我真的被……"

杨云说："你别解释了，苏岩，我相信你，行了吧！"

苏岩重重叹了一口气。

苏岩心里明白了杨云为什么非得说自己是被唐玉感染了。其实，苏岩无论被谁感染的并不重要，重要的是苏岩已经被感染了。

苏岩说："阿姨，你今天找我来只有一件事儿，你是想让刘芳离开我。其实，你有点多余了。刘芳不是傻子，她过去喜欢我，是因为我是一个健康的人，可现在我已经得病了，你想，她还能喜欢我嘛！"

– 7 –

苏岩劝说刘芳分手没有采取故意贬低自己的方式。他非常冷静地告诉刘芳，他被感染了这种病毒绝对不是和女人胡搞得上的，他是在工作中不小心感染了。他还脱下衣服让刘芳看肚子上的伤口。

刘芳已经哭成了泪人，她说："你快穿上吧，别再冻感冒了，我早就看到了。"

苏岩说："好在万幸的是，你没有被我感染上。"

苏岩把那份刘芳的 HIV 检验报告单交给刘芳。

刘芳看着报告单哭道："你为什么就这么倒霉呀？"

苏岩严肃地说："别哭了，说说咱俩今后怎么办吧。"

刘芳不解地说："你什么意思？"

苏岩说："还能什么意思？分手呗！"

刘芳吃惊地说："你想离开我！"

苏岩说："对。我想离开你。"

刘芳说："我不信。"

苏岩苦笑了一下，问刘芳，你妈是怎么和你讲的?

刘芳起初不想说，在苏岩的诱导下，刘芳才说道，我妈说了，只要我能离开你，我想怎么的就怎么的。今后，她再也不管我了。我愿意嫁人就嫁人，不愿意的话，她就永远养着我。

苏岩说，刘芳，你得向你妈学习学习，你看她为了远离艾滋病，她都能永远养着你。就凭这一点，你也得离开我呀！

刘芳说，苏岩，我离不开你。

苏岩说，这我知道，但现在你不离开也得离开了。你这不是单纯地为了你自己，你这是为了你们全家呀！就凭这一点，你也得牺牲一下自己。再说，我现在也不愿意和你在一起了！

刘芳说，这我可不信。

苏岩心想，我让你恶心我吧！他低下头慢慢地说道："刘芳，以前我非常愿意和你在一起，你知道为什么吗？是因为我特别愿意和你做爱，和你做爱我非常舒服。我的睡眠不好，和你做完爱之后呢，我特别特别疲倦，于是，我能很快地进入梦乡。你对我来说，就像是安眠药，而且你比安眠药强多了，因为你没有副作用。但是现在，我已经得病了。今后，就算你不想离开我，和我在一起也没什么意思了，因为我不能和你做爱了……"

刘芳打断苏岩说，那我和你在一起，你只是把我当作你泄欲工具呗！

苏岩说，我可没这么说。

刘芳说，你就是这个意思。

刘芳把一个枕头扔在了苏岩的头上，她痛苦地说："苏岩，你和我说句实话！你现在爱上我了吗？"

苏岩说："没有。"

刘芳说："我还不够好吗？"

苏岩说：“不是。我以前和你说过，我已经谈过恋爱了，我的爱情都给别人了，到你这儿没剩下啥了。”

刘芳十分难过：“怪不得我妈说你不是东西。看起来，我妈说得没错。”她重重叹了一口气，“苏岩呐，你这么对我我不会怪你的，因为到现在我还是非常非常爱你！但今后你得改改你的毛病！”

苏岩说：“我有什么毛病？”

刘芳说：“你没什么大毛病，就是有点职业病，在你眼里好像从来就没有好人。你谁都怀疑。我妈说，谁要是落到你的手里，没有得好的。今后这一点你得改改，你不能对谁都这样，人分好人坏人，你谁都整，别人就以为，你只会干坏事儿，不会干好事儿。”

苏岩万万没想到，刘芳会这么说自己，他不解地问：“我干什么坏事了？”

刘芳说：“我都已经离开王松了，可你还是去整他！王松那么老实，他这样的人对你根本就不会构成威胁，可你还是去吓唬他！”

苏岩苦涩地笑了。

刘芳痛苦地说：“我知道，你当时整王松是为了得到我，可现在你不需要我了，你就这么把我抛弃了。”

面对刘芳，苏岩只能一声不吭。

刘芳走到苏岩的跟前，把手放在了苏岩的头上，温柔地抚摸着。

苏岩冷静地把刘芳的手从自己头上拿下来。

苏岩说：“刘芳，从现在开始，我们已经不是恋人了。”

刘芳说：“不是恋人，我们做普通的朋友行不行？”

苏岩说：“当然行了。问题是，我不明白普通朋友是什么样？”

刘芳说：“就是指我可以给你打电话，可以到你家来看你，可以给你做饭，可以给你收拾屋子。”

苏岩说：“打电话可以，到我家来也可以，但做饭和收拾屋子就不可以了。”

–8–

苏岩早晨四点醒来，这时，天还蒙蒙亮。他坐在床上适应适应就起来了。他穿好衣服来到了外面，外面的街道很静，几乎没有车辆和行人。一个环卫工人正在稀里糊涂地打扫着街道。苏岩每天都这个时间路过这儿，这个工人都认识苏岩了。他向苏岩笑了笑，苏岩说：“我帮你扫呀！”环卫工人说，不用不用。苏岩知道他不用才这么说的，苏岩说，你每天都起这么早不困吗？工人说，不困。苏岩说，你要是困的话，就回去睡一觉吧！工人说，我真的不困。苏岩每天都和他没话找话说几句。

走过两条街道，有一家新和宾馆。宾馆的一楼是饭店，这个饭店与其他饭店不同的是，早晨不到四点半就开始营业了。苏岩问服务员，你们为什么这么早就开门呢？服务员说，为人民服务。苏岩说，那你们不困吗？服务员说，咋不困。苏岩说，困就别这么早开门不就完了。服务员说，不这么早，你到哪去吃饭呀？苏岩说，也是。每天早晨苏岩都这个时间来买早点。晚上，无论苏岩睡多晚，他早晨也会这么早醒来。

苏岩买了早点往回走，碰到那个环卫工人就不跟他说话了。有一次，苏岩拿着早点问他吃不吃，这不就是客气客气嘛，那个工人却实在起来。他说，吃。苏岩只好把手里的早点送给他，自己再回去买一遍。苏岩觉得不舒服。他不是心疼钱，而是这样一来，就会改变他每天的生活习惯。再去新和饭店买早点，服务员就得问他，怎么又来了？苏岩就得解释，就得说没用的。苏岩现在特别不愿意说没用的。

为了避免说没用的，苏岩买完早点再碰到那个环卫工人，就不再和他说话。没办法，每天早晨的这段时间，苏岩已经以他习惯的方式度过，改变令他不舒服。苏岩现在需要的是舒服。

苏岩买完早点回到家。他要先喝一大杯矿泉水，这是昨天晚上烧开晾凉的。喝完，他吃早点。吃完早点，再喝半斤牛奶。

吃完喝完，苏岩坐在沙发里看电视。这个时间的节目大都是治疗肝炎、肾炎的各种医疗讲座，这种节目会起到催眠作用，苏岩看着看着就进入了梦乡。这是最舒服的时刻。有时夜里睡不好，只要早晨这个回笼觉睡好，醒来后就会感到精力格外充沛。

上午，苏岩开车来到了检察院。

过去，侦查终结后就得把相关材料送到检察院来，这些年，他没少往检察院跑，检察院很多人都认识苏岩。但认识是认识，主动和他说话的不多。检察院比公安局略高一等，个别部门还可以找碴收拾警察，所以，检察官见到警察自然得装一装了。以前来到检察院见到熟人，苏岩总是主动打招呼，往往一边打招呼一边掏出香烟殷勤地递过去。有的接过去，有的连接都不接，说，刚抽完。苏岩知道，这是嫌烟不好。这也不能怪苏岩，他有好烟也不敢掏出来，一个小警察老抽好烟哪来的钱呐！查查他吧！苏岩倒不是怕他们查，他是怕麻烦。

现在，苏岩到检察院来和过去不一样了。他看到认识的人也像不认识似的，他的眼皮抬得高高的，好像他现在是检察官了。这些检察官也和以前不一样了，都是老远就向苏岩打招呼。过去苏岩从兜里掏烟，现在是检察官主动往外掏。苏岩说，我现在不抽了。检察官说，啊啊，好好好！苏岩说，你忙吧！我来找张颖。检察官赶紧说，有事儿吱声啊！接着转身迅速地离开。

来到张颖办公室，张颖正坐在桌子前喝茶。她见苏岩进来，立刻热情地说："哟，苏岩！来来来，快请坐。"

苏岩笑眯眯地走到张颖的跟前，也没坐。他向桌子上的茶杯瞟了一眼，像是要拿起喝一口似的。张颖急忙把自己的茶杯拿走。

苏岩说："大姐，我想去看看郝飞。"他详细地说了看郝飞的理由，什么毕竟过去是好朋友，现在他进去了，我怎么也得去看看呐！大姐，你放心，我就是去看看他，没有其他意思。

往常的话，张颖得说，看守所是你们公安局开的，你又不是没有认识的人，你直接去吧等等。苏岩也得说，看守所是我们公安局开的不假，但不是我家开的呀！我去有认识的人也白扯，大姐你帮帮忙吧！往常，苏岩得费半天口舌也不见得会好使。现在简单了，没等苏岩说完，张颖就答应道：

"好好好，你直接去吧！我一会儿就给王所长打电话。"

苏岩说："谢谢大姐了。"

张颖说："不用谢不用谢。"说着，她拿起桌子上的手机和钥匙，像是要出去。苏岩知道这是在撵自己，但他故意说，大姐，你去哪儿？我送你吧！张颖说，不用不用。我到刘检办公室跟他汇报个事儿。

苏岩说："那好，大姐，我先走了。"

张颖这才放松地说："走啊，急什么？坐会儿吧！"

苏岩说："不了，我现在就去看守所，大姐，你别忘了打电话。"

张颖说："忘不了。"

－9－

苏岩过去见到郝飞很少给他好脸，即使有也是假惺惺的，郝飞也已经习惯苏岩冷冰冰的态度。但现在苏岩却满脸带笑。

郝飞被提到了审讯室。苏岩急忙站起来走到门前，为郝飞客客气气打开了门，恭恭敬敬地让郝飞坐下。这令郝飞如坐针毡。

苏岩说："郝兄，这些日子我一直想来看看你，但我的身体最近不太好，总感冒，你可不要怪罪我呀！"说着，苏岩扬起脸，像是要打喷嚏，郝飞急忙向后躲闪着。

苏岩晃动了一下脑袋，没打出来，"真难受。"他又晃了晃脑袋，还是没打出来。

郝飞胆怯地看着苏岩。他警惕地注视着苏岩的鼻子，他搞不准，这个喷嚏会什么时候喷发。

苏岩从包里掏出一些好吃好喝的，放在了桌子上，"吃吧！"

郝飞点了点头，"我……才吃完。"

苏岩说："你客气什么呀！"

苏岩启开了一瓶矿泉水，喝了几口，接着像是无意似的把这瓶矿泉水放在郝飞的跟前。

郝飞紧张了，他搞不准苏岩一会儿是否会逼迫自己喝下去。那样的话，怎么办，他是喊武警还是冒着生命危险往下喝?

苏岩说："在里面习惯吗？"

郝飞说："还……行。"

苏岩说："你现在恨我吗？"

郝飞立刻表态："不恨！"

苏岩说："真的不恨吗？"

郝飞说："真的不恨。"

苏岩说："那牛东新为什么说你恨我？"

郝飞说："你还不了解牛东新嘛！他就爱胡说八道。"

苏岩说："这些日子，我们单位调查我，你知道吗？"

郝飞小声地说："知道。"

苏岩说："唐玉的事儿是你和我们单位说的吧！"

郝飞低下头，没吱声。

苏岩走到郝飞的跟前，"问你话呢！"

郝飞急忙点了点头。

苏岩说："你别紧张，我找你来不是要对你打击报复，我是向你赔礼道歉的。"

郝飞抬起头，不解地看着苏岩。

苏岩站好，恭恭敬敬地说："郝兄啊，对不起了！"

苏岩给郝飞认真地鞠了一躬，这让郝飞有点不知所措。也就在其不知所措中，苏岩慢慢地解释了他当初为什么对郝飞穷追不舍。他说得非常详细，包括当时他让许男试探郝飞的事儿都一一讲述出来。

苏岩最后说："你开夜总会不是为了赚钱，我差不多什么原因都想到了，可我万万没想到你开夜总会只是为了搞女人方便。郝飞，这你不能怪我，你想，换成别人同样也不会想到的。"

郝飞说："是是是。我没有怪你！"

苏岩说："你怎么没怪我呀，没怪我，你去我们公安局整我？我提这个事儿呢，不是说你整我不对，我是觉得你没有实事求是。郝飞你凭良心说，我苏岩可能和唐玉上床吗？"

郝飞说："不能。苏岩，你听我解释，当时都是牛东新……"

苏岩说："你不要解释了。我不是说了嘛，你整我，我没意见。过去你不敢整我，是怕我。现在我都把你整得光屁股了，你当然就不害怕我了！"

郝飞说："没有，苏岩，说真心话，我永远都怕你！"

苏岩心说，敢不怕嘛，光屁股怎么的？光屁股的不也得怕得艾滋病的！

苏岩说："什么怕不怕的，我们处朋友不是为了谁整谁，也不是为了谁怕谁，你说是不是？"

郝飞一个劲儿点头说："是是是。"

苏岩说："你嘴上说是，心里可能还说不是。你一个开夜总会的落到今天这个田地，心里肯定会感到委屈。但我劝你没事儿好好学学法律，学了法律，你就不会感到委屈了。开夜总会的得到你这样的下场可能是重了点，但这并不是说，开夜总会的就不应该得到你这种下场。我明跟你讲，真要是较真，有一个算一个，不说都够枪毙，也都够判的。"

苏岩拿起桌子上那瓶矿泉水喝了一口，郝飞的目光又被吸引到那个瓶子上面。

苏岩说："假如你一点毛病都没有，我就是想收拾你，我能有机会吗？何况，我收拾你并没有过分吧！你也知道，当时那些小姐都把责任推到了你的身上。我要是装糊涂，郝飞，你现在就得挨枪子儿了！"

郝飞说："我知道我知道。苏岩，你千万不要听别人胡说，我对你真的没有任何想法！其实，你没和唐玉上床，我早就知道。你之所以让我安排小姐，你是故意的，你是想让我对你放松警惕对不对？"

苏岩说："你怎么知道？"

郝飞说："是牛东新告诉我的，他对你还是很了解的。"

苏岩说："既然你明知我和唐玉没发生关系，那你为什么还要到公安局告我？”

郝飞说：“这都是牛东新让我干的。”

苏岩忽然翻脸道：“牛东新是你爹呀！”

郝飞急忙表示尽快把诬陷苏岩的事儿向公安局纪检委彻底地讲清楚。

苏岩火了：“你去讲清楚就完了，你现在把我搞得身败名裂……”

苏岩这时终于把那个喷嚏打了出来。

飞溅的水汽飘向郝飞，郝飞急忙向后退去。

郝飞紧张地说：“苏……岩，我……我对不起你！你看看，我能不能为你干点什么？”

苏岩话里有话地说：“你一个开妓院的，你能为我干什么呀？”

郝飞说：“我可以向你检举揭发别人。”

苏岩笑了，又马上温柔地说：“郝飞呀，虽然我没几天活头了，但你的一席话又让我对生活充满了渴望。”

–10–

下午，苏岩是在“香水”茶馆里度过的。他拿着一堆书，斜躺在沙发上，津津有味地翻看着。看到喜欢的地方，他还用笔在上面标记。屋子里很静，就他一个人。这个雅间是牛东新长期包的。牛东新明知苏岩霸占了自己的雅间，也一声不吱。

晚上，苏岩给牛东新打电话，说要请他吃饭。牛东新委婉地拒绝着，说他不在市里在外地。苏岩说，你现在不是取保候审嘛，怎么跑到外地去了？牛东新急忙说，我我我这就回去了。苏岩说，那好，回来我给你接风。

吃饭的地点还是海鲜饭店最大的雅间，苏岩和牛东新孤独地相对而坐。苏岩只点了两个菜。他说，老牛，我现在太困难了，咱们将就点儿，你没意见吧！牛东新说，老弟，这就不错了。

两个人像什么都没发生似的依然谈笑自如，但说着说着牛东新就没话了。

苏岩说："老牛，你上次说准备整我了，让我小心点儿。你打算什么时候动手啊？现在搞得我整天都提心吊胆的，你能不能快点儿？"

牛东新满脸不好意思，他笑了笑。

苏岩说："你别嬉皮笑脸的！真的，医生说我随时都可能玩儿完，你既然要整我，你能不能抓紧时间？"

牛东新低下了头。

苏岩起身拿着酒杯走到了牛东新的跟前，他把酒杯拍碎在桌子上，碎裂的玻璃划开了苏岩的手，鲜血一滴滴地流了下来。

苏岩用流着血滴的手指着牛东新，"你说话呀！"

几滴血甩到了牛东新的脸上，牛东新吓得向后退去。

牛东新说："老……弟……老弟，你冷静点儿！"

苏岩用餐巾纸擦着手上的血，装糊涂："我不冷静吗？"

牛东新也用餐巾纸擦着自己的脸，他浑身哆嗦着。

苏岩开始不紧不慢地解释，他对牛东新如何讲义气，如何不像牛东新自己认为的那样无情无义。

牛东新说："苏岩，我知道我知道。我那天其实是跟你开玩笑。"

苏岩说："你滚蛋吧，你根本不是在开玩笑。"

牛东新只好承认说，他当时确实准备和郝飞一起整苏岩。但后来他知道苏岩对他非常够意思，于是他就撤出来了。整苏岩都是郝飞一个人干的。

苏岩说："你要是这么说就没意思了。你拆散了我的幸福，还四处和别人说我得了艾滋病。老牛啊！你太不是东西了。我得艾滋病关你屁事儿？这可是我的隐私啊！现在我得问问你，当时你怎么知道我得艾滋病了呢？”

牛东新说：“我不知道。我要是知道的话，我还整你干吗？我看笑话不就完了。”牛东新显得十分沮丧，他说：“苏岩，我为什么要整你呢，是因为我当时太痛苦了。这几年，我什么都没干，我天天花钱，一分钱我都没赚。我花钱请客花钱搞什么文化交流，目的只有一个，就是赚钱。我一直在寻找机会。小机会我看不上眼，大机会还没有。想来想去，要是赚大钱，我只有去骗了。今年年初，碰到钟骅后，我觉得机会来了……可是，我精心编织的这张网，最后被你一下子撕开了。你说，我能对你不来气嘛！我什么都没有了。你不知道当时我简直疯了。没有了钱比没有命还难受啊！我天天这么难受，你说接下来的日子我可怎么过呀。我想来想去，觉得要想忘记没钱的痛苦，只能找点儿事儿干干。干什么呢？我整整你吧！苏岩，我知道，整我也整不过你。你是整人专家，我就是再学习十年，我也不是你的对手。我之所以知难而上，就是为了我自己能有点儿事儿干。要不，你说这今后的日子，我可怎么过呀！”

苏岩说：“你把整我当日子过了！”

牛东新说：“你别生气。我那都是一时想不开。”

苏岩说：“你现在想开了吗？”

牛东新说：“早想开了。”

苏岩说：“什么时候想开的？”

牛东新心说，知道你真的得了艾滋病我就想开了。但他嘴上说：“我从看守所里一出来我就想开了。苏岩，什么叫幸福啊，不在看守所里待着，能天天和家人在一起就是最大的幸福啊！什么钱啊，名啊，都扯王八犊子，你想想，我现在连钱都不想了，你说，我还有闲心去整你吗！”

苏岩急了："能不能别说这些没用的？你为啥整我，你以为我真不知道？"

苏岩把杯子又摔碎在桌子上。破碎的玻璃再次划伤了苏岩的手，鲜红的血滴在灯光下十分耀眼。牛东新吓得又往后躲着。

苏岩指着牛东新说："你从监狱里出来，最怕的是我对你穷追不舍。你变着法想把我弄出公安队伍，你以为我不是警察了，那些恨我的人会像潮水一样来报复我。我自身难保，就没心思搭理你了，你就可以拿着那些赃款逍遥法外是不是？"

牛东新满脸通红。

苏岩拍了拍牛东新的肩膀："你还是不了解我呀！就算我真的到了那个田地，我也永远不会放过你！"

苏岩拿出几张纸放在了桌子上，这些是苏岩调查得到的证据。

牛东新看了看，满头流汗。

苏岩说："你诈骗银行已经不是第一次了。我给你算了一下，这些钱加一块，把你枪毙是绰绰有余了。老牛啊，虽然你把我整得人不人鬼不鬼，但你过去毕竟帮过我。现在呢，我给你指一条道。你从银行里骗了这么多的钱，如果没有银行里那些贪官的帮助，你不可能得逞。你要想让自己不被枪毙，你必须要干净彻底地揭发检举那些银行里的贪官，要一个不剩！"

牛东新瘫坐在椅子里。

苏岩倒了一杯酒放在了牛东新的跟前，"今天请你既是接风酒，也是送行酒，现在我们局里经侦大队的领导正等着你去投案自首！"

－11－

苏岩除了找郝飞与牛东新外，还找了其他人。这些人都是苏岩平时连正眼瞅都不瞅的，现在他不仅要仔细地瞅，而且还满脸笑眯眯地瞅。苏岩曾经这样那样地收拾过他们，他们对苏岩也完全应该产生类似郝飞与牛东新那样的仇恨。苏岩以前根本就不在乎他们，但现在他却格外重视。艾滋病给了苏岩鲜活的提醒，对待这些人要像对待艾滋病一样重视。苏岩频繁地找这些人进行个别谈话，这些人过去见到苏岩就哆嗦，现在更哆嗦了。

得了艾滋病竟然还能这样谈笑风生！

苏岩是人吗？

这不是鬼嘛！

一些曾经对苏岩要伺机进行报复的凶恶之徒，也都打消了念头。报复肯定得进行身体接触，苏岩的身体聚集着最可怕的病毒，报复苏岩不等于找死嘛！

苏岩充分利用艾滋病可怕的病毒对这些人进行以毒攻毒，这些人现在最怕的就是苏岩在临死前把他们弄死几个去垫背。于是，纷纷向苏岩大献殷勤，或者直接提供破案线索，或者检举揭发自己的同伙和朋友。

苏岩尽管不再工作，但他源源不断地帮助刑警队继续侦破案件。

公安局正式撤销了对苏岩的调查。陈凯鸣特地把苏岩叫到了自己的办公室。

陈凯鸣高度赞扬了苏岩为了工作不怕牺牲的大无畏精神，肯定了苏岩的工作和成绩，表示要把苏岩的事迹上报市里。他已经建议组织部门给苏岩立功授奖。苏岩当即表达了谢意。

苏岩说：“领导对我这么关爱，我十分感激。但我希望领导对我立功的问题谨慎一下，虽然我被感染是由于工作，但艾滋病毕竟是个很特殊的病，有人可能会以为我是与女人胡搞得上的。这个时候，如果对我大加表扬奖励，可能会给公安局造成不利的影响。”

陈凯鸣说：“你说的情况确实存在。但苏岩你自己心里要清楚，局党委完全信任你，我们确信，你在这个问题上是清白的。至于有人说三道四，只能说明别有用心的人在故意把水搅浑。我们现在已经确切知道，你是在工作中被盛斌感染的。”

见到陈凯鸣执意要表彰自己，苏岩吓坏了，他是万万不敢接受公安局对自己的表扬和奖励，因为苏岩压根儿就没得上艾滋病。

苏岩的 HIV 检验单上当初是减号，苏岩在上面加上一竖，变成了加号。于是，检验报告结果就由阴性变成了阳性。

– 12 –

李建学沉不住气了。对苏岩进行这种惊世骇俗般的欺骗，李建学百思不得其解。他给苏岩打电话，“我不能再保持沉默了。”

苏岩赶紧把李建学拉到“香水”茶馆，好茶好烟伺候。

苏岩说：“我又不是让你背叛组织，你怕什么呀？”

李建学说：“你要是装别的病，我真不怕，到时候顶多算我误诊。可这个艾滋病，是需要向上报告的。”

苏岩说：“那你就报呗！”

李建学说：“没那么简单。凡是发现艾滋病病毒感染者都得到省里再去确诊，你的病例上面已经催我好几次了。”

苏岩说："你再拖拖呗！一个艾滋病上面能这么重视吗？"

李建学说："问题是，你这个艾滋病特殊啊！我们医院领导说了，市里准备要好好地表扬表扬你，说你为了工作才不幸染上了艾滋病，说你是一个了不起的英雄，其实，他们哪里知道，你是个骗子！"

苏岩说："我这么做也是不得已。"他把自己的苦衷一五一十地讲了一遍。

李建学说："无论什么原因，你不能把我扯进来啊！我是一名医生，而且又是这方面的主任医师。艾滋病虽然我治不了，可检验它实在是太容易了。你让我犯这个错误，将来我还怎么在医院里混哪！"

苏岩说："这好办。到时候，你把责任都推到那个小护士的身上，就说是她给弄错了。"

李建学说："她能为我承担这个责任吗？"

苏岩说："能！你们有着那么深的爱情，承担这么点责任算什么呀！"

苏岩把李建学忽悠了半天，李建学最后笑道："苏岩呐，苏岩，你让我太为难了。"

苏岩想想也确实太难为李建学了！可既然已经装艾滋病了，不能就这么随随便便地撕下自己的面具啊！

李建学说："我帮你可以，问题是，如果市里真的要对你进行大张旗鼓的表扬，你怎么办呐？"

这确实是个问题。郝飞已经向公安局纪检委说明了情况，他证实苏岩与唐玉确实无任何关系。虽然公安局对苏岩还是有所怀疑，但毕竟没有证据证明苏岩被感染是与妓女胡搞造成的。现在社会上对此已经议论纷纷，公安局为了自身形象也得承认苏岩被感染的的确确是为了工作。

－13－

在苏岩装艾滋病病毒感染者期间，没人搭理他，差不多所有的人对苏岩都敬而远之。只有郭鸣武除外，他隔三岔五就给苏岩打电话，希望能采访他写篇文章。

苏岩始终回避郭鸣武，他说，郭鸣武，我现在这个样子，你不怕我再把你传染了。郭鸣武说，咱俩又不搞男女关系，不会传染的。

苏岩开始拒绝郭鸣武不是不想接受采访，而是他认为还不到时候。现在，他主动找到了郭鸣武。

郭鸣武见到苏岩，脸上充满了同情。苏岩现在每天见到的所有人差不多都是这个表情，他实在不愿意再看到这副嘴脸了。苏岩把冒充得了艾滋病的事实告诉了郭鸣武。

郭鸣武吃惊地看着苏岩，根本就不相信。

苏岩说："你个笨蛋，你不想想，我要是真被传染了，我能承认嘛！我他妈的才不承认呢！"

郭鸣武也说："我当时还寻思呢，你这么狡猾，怎么还能承认呢！但我没想到你是装的，我以为，你可能是被艾滋病吓糊涂了。"

苏岩说："我真得艾滋病，我也不会糊涂的。我都设想好那种生活了。"

苏岩向郭鸣武谈起自己在海边看好的那套房子，"郭鸣武，我要是一个人被传染了，我就一个人去住在那里。要是我把刘芳也传染了，我就带着她一块住在海边。白天我去打鱼，晚上，我领着刘芳去海滩散步，我们看着晚霞，远离人世的喧嚣！"

苏岩说得诗情画意，把郭鸣武弄感慨了。他说："苏岩，你说没得艾滋病，咱们去过这样的生活行不行？"

苏岩被问愣住了，他说："这我还没想过。"

郭鸣武说："我也没想过，但你刚才这么一说，我觉得那种生活不见得就不如我们现在这样。"

苏岩说："你别感慨了，我今天找你来是想让你帮我恢复名誉！"

郭鸣武乐了，"对了。你还没告诉我，你为什么要装艾滋病呢？"

苏岩说："我是闲的。"

郭鸣武说："扯淡。你我还不了解，你肯定有自己的目的。"

苏岩说："我的目的吧，真的就是想装艾滋病。"

苏岩没说自己装艾滋病是被牛东新逼的，他信口说道："郭鸣武，你看看现在这个社会，净是他妈的装这个装那个。有文化的装没文化，没文化的装有文化；不会写书的装会写书，会写书的装不会写书；小姐装成处女，处女装成小姐；有钱的装没钱，没钱的装有钱；有权的故意平易近人假装没权，没权的总是飞扬跋扈假装有权；得精神病的装没得精神病，没得精神病的装得精神病。操他祖宗的，现在该装的全让别人装了，我想要装的已经让人都装完了。经过调查，只有艾滋病还没人装。没办法，为了装，我只能装艾滋病了。"

郭鸣武竟然拍起手来，"牛逼！"

苏岩说："牛逼什么呀！我装上就后悔了，现在才明白为什么别人都不装艾滋病，原来装这个实在不好装啊！"

苏岩开始诉说装艾滋病以来所经历的种种白眼。他说："郭鸣武，我现在决定不装了，你赶紧写篇文章，就说我的艾滋病是装的。我压根儿就没得艾滋病。"

郭鸣武为难地说："你说你装的谁信呢？你刚才说的那些理由，你跟我这种卖字的人说，我信。你跟老百姓说，没人会信的。人家会说你不正常，认为你不仅得了艾滋病，可能还得了精神病。”

苏岩感到了问题的严重性，他说：“那怎么办？郭鸣武，你得帮帮我！”

郭鸣武为难地说：“我恐怕帮不了你！”

苏岩不高兴了，“真不够意思，你忘了你出事儿的时候，我还帮你呢！”

郭鸣武说：“不是我不帮你，而是大家都已经知道你是艾滋病了，现在你突然说你不是了，大家接受不了。”

苏岩不相信，“怎么接受不了。我当初说我是艾滋病的时候，大家不是一下子都相信了嘛！”

郭鸣武说：“这可是两码事儿。这就像说你是坏人，不用说你干了什么坏事，大家也能相信你确实是坏人；可要说你是好人，即使看见你做了好事，也没人相信你是好人。得了艾滋病，就等于你变成了坏人。你现在要说你不是艾滋病，就好像说你要改邪归正重新做好人一样，你说，别人会相信吗？”

苏岩说：“可是，我确确实实不是艾滋病啊！”

郭鸣武说：“不是，谁让你装啊？为什么那么多人都装别的，不装艾滋病，就是因为装艾滋病有百害无一利。你呀你呀，就是太聪明了。你是聪明反被聪明误！”

苏岩非常难受，他无助地看着郭鸣武。

郭鸣武慢悠悠地说：“我是你的朋友，你又帮过我，我说什么也得好好帮你。怎么帮呢？我们要一步步来。现在不能和别人说你装艾滋病，你要像我们大家一样，确信你自己确实得艾滋病了。你从艾滋病变成不是艾滋病需要一个过程，就好像你从坏人变成好人一样，不是那么容易的。今天回去我先给你写篇文章。我先写写你这个艾滋病病毒感染者每天是怎么生活的！你是如何与这个可怕的病魔进行殊死斗争的！这一定有点意思。另外，你知道现在人们最想知道什么吗？他们想知道，一个抓艾滋病的，自己竟然也是艾滋病，这太有卖点了！”

苏岩不高兴了，“他妈的，你这么写原来是为了你自己。”

郭鸣武也不高兴了，“我哪是为了我呀，我分明是为了你！如果你不相信我，我就不管你了。”

苏岩急忙赔礼，“我相信我相信。”

郭鸣武说：“你到底想不想重新做人？”

苏岩说：“我想我想。”

郭鸣武说：“那好，从现在开始，你要完全听我的。”

苏岩说：“行行行，我保证听你的。”

郭鸣武温柔起来，“我让你听我的不是害你，我是帮助你！”

苏岩说：“我知道我知道，你接着说你的计划吧。”

郭鸣武说：“我首先得写写你这个艾滋病患者每天的生活状态。你看你现在也确实值得写。为了身体，你不抽烟了，你不喝酒了，你心平气和不欺负人了。你的进步太大了。我觉得，这都是因为你得病才发生的变化。我写这些要告诉大家，难道我们只有得病了，才知道关心自己吗？通过你，我要给大家一个启示，那就是我们平时没得病的时候，我们对待自己也要像对待病人似的好好爱护自己，疼爱自己！”

郭鸣武喝了一口茶水。

苏岩着急地看着郭鸣武，郭鸣武慢悠悠地说：“我这么写是让大家觉得你是一个了不起的人。一般人知道自己得了艾滋病一定吓得要死，你不仅没吓死，反而还活得有滋有味。读者就会问了，你为什么会这样呢？这时，我再写篇文章，我要写出你之所以能够这样是因为你有着只为别人不为自己的无私胸怀。”

苏岩说："读者能信吗？"

郭鸣武说："我有例子啊！你说你不远千里去抓钟骅，你为了啥呀？我要写你为了别人不得艾滋病，不怕艰辛不怕危险去追捕一个艾滋病病毒感染者。苏岩，我这不是无中生有，如果不是幸运，你不就被盛斌感染了嘛！你说，你要是真被感染了，你不就是因公负伤嘛！我歌颂你不是给你脸上贴金，你确实值得歌颂嘛！"

苏岩被郭鸣武说糊涂了，他说："你这么歌颂我有什么意义啊？"

郭鸣武说："只有充分证明你得病的的确确是为了别人而不是为了自己，人们才会相信你苏岩是个好人，不是个坏人！人们会被你的事迹感动的，感动之余，人们就会同情你，甚至为你的遭遇惋惜。不是有那么一句话，叫好人一生平安。其实你想想，哪个好人一生平安了？这都是对好人的祝福！只要你成了好人，人们就会祝福你，人们甚至会希望你压根儿就没得这个讨厌的艾滋病。这时，我会让个别读者写信来关心关心你，建议你到医院再检查检查。你呢，一定要拒绝。你要说你都检验两次了，不可能会出错。接着，我就让你们单位出面让你检验，你还是拒绝。你越拒绝，人们越会强烈要求你去检验，现在出现一个你这样的好人不容易啊！大家太希望你有个平安的归宿，以便将来你再为他们出生入死。到了这个时候，市里领导肯定就会出面。为了满足大家的心愿，他会指示医院主动去找你进行化验。这时，你就没法拒绝了。到时候，我联系电视台，搞个现场直播，让你在众目睽睽之下，接受医院的检验。你不是想装嘛，那时你可一定装得像真的一样啊！千万千万不能让别人看出你早就知道谜底了。我不说你也明白，那是最最关键的时刻，当场抽血当场化验当场出结果，当你看到检验结果是阴性时，你表示震惊表示不能接受。你要求再次检验，结果还是阴性。你要表现出一种迷茫，一种突然重见天日之后的不知所措。你看着吧，大家会为你激动不已的，因为他们在心里早就希望你没得艾滋病了，现在他们终于知道这个结果，就等于满足了他们自身的愿望。”

苏岩说：“你这不是在骗人吗？”

郭鸣武：“不骗人谁能相信你是好人呐？”

苏岩说：“问题是，你骗他们，他们就能相信吗？”

郭鸣武自信地说：“百分之百能。苏岩，你就放心吧！”

苏岩疑惑地看着郭鸣武。

郭鸣武叹了一口气说：“这是职业教会我的本领，不会这个，我早就饿死了。”

– 14 –

刘芳曾对苏岩说，她会给他打电话，还会到他家来看自己。可从分手后，别说来看自己，连个电话也没有，甚至一个短信苏岩都没收到过。从和刘芳好上之后，每天接到她的电话和短信已经是苏岩生活的一部分。突然一下子全都没了，他真有点不适应。他非常担心这样下去，刘芳会真的离开自己。那样的话，可就得不偿失了。宋建没有打死自己，苏岩觉得非常幸运。盛斌含有艾滋病病毒的血没有感染自己，苏岩觉得更幸运。但所有的幸运都比不上得到了刘芳，这才是苏岩最大的幸运！面对着郭鸣武为自己指出的光明大道，苏岩只能无条件地接受。尽管这下自己真的成了彻头彻尾的骗子，但一想到从此能和刘芳天天生活在一起，他觉得什么都无所谓了。

－15－

苏岩开车来到了刘芳的学校门前。学校临着一条繁华的街道，以前刘芳没事总是愿意趴着窗户向外看，要是偶尔看到苏岩的车从道上路过，她立刻兴奋地又打电话又发短信。苏岩怕影响她，很少从学校门前经过。现在，苏岩为了能得到刘芳的电话和短信，他一遍一遍地开车从学校的门前经过。开始，他假装无意地经过，所以他开得很快。见一点反应没有，他就把车开得特别特别慢，旁边的一个拉菜的牛车都比他快。那个赶车的超过苏岩还挖苦道："你的车太慢了，咱俩换吧！"往常苏岩得跟他整几句，整不过也得溅他一身水，但现在苏岩可没这个闲心了。他在琢磨刘芳是没看到自己呢，还是看到在装糊涂呢！

苏岩开着车在学校门前来回跑了不下一百遍，刘芳也没任何表示。苏岩心里坏笑道，还装上了！

苏岩把车停在了学校门前。他知道，刘芳见到自己的车停在学校门前，会在放学的第一时间走出来。果然，放学的铃声一响，刘芳就迎着自己的车款款走来。

刘芳走到跟前问："你是来接我吗？"

苏岩说："不是。我来接别人。"

刘芳转身就走。

苏岩急忙说："我是来接你！"他主动为刘芳打开了车门。

刘芳上了车，看着苏岩，"你接我干什么？"

苏岩说："我想问你点事儿！"

刘芳说："什么事儿？"

苏岩说："你说你给我打电话，还说到我家来看我，可你既没打电话，也没来看我，你说话也不算数啊！”

刘芳没吱声，她的眼睛亮晶晶地看着苏岩。

苏岩说：“现在我想请你到我家收拾收拾屋子行吗？”

刘芳点了点头。

苏岩没有再说什么，他开着车迅速地回到了家里。一进屋，苏岩就迫不及待地抱起刘芳进了卧室。他把刘芳放在了床上，准备脱她的衣服。

刘芳一点反应也没有。过去见到苏岩，她的身体会像蛇一样柔软；可现在，她成了一块僵硬的木头。

看着刘芳木然的表情，苏岩警觉起来，这种女人，内心世界全都写在脸上了。

苏岩停下来，他温柔地把刘芳搂在怀里，一边轻轻地吻着刘芳的脖子，一边轻轻地说着温柔的话语。

苏岩心平气和解释了，他压根儿没得艾滋病，他装艾滋病以及让刘芳离开自己都是没办法。

苏岩当时处在十分危险的境地，即便他不装艾滋病，牛东新也会到处散布谣言，诬陷他得了艾滋病。苏岩心想，与其那样被诬陷，不如自己先装上。这样一来，他就由被动变成了主动。当然了，苏岩这么干也等于把自己陷入更加危险的境地。苏岩是警察，他不怕危险，但他很怕刘芳有危险。当时，他最担心的就是整自己的那些人也去整刘芳。苏岩想方设法让刘芳离开自己，根本的目的就是让刘芳由此远离危险……

像这种肺腑之言，苏岩过去从未对刘芳说过，他不想让刘芳知道社会里太多的阴暗。现在如果不是觉得刘芳对自己产生了看法，苏岩不会向刘芳敞开心扉的，他要让刘芳知道，他曾经那样做全都是为她好。

苏岩说完，本以为刘芳会十分感动，可刘芳却平静地说：“苏岩，你为什么要撒谎？”

苏岩说：“我没撒谎，我说的全都是真的。”

刘芳质问他：“那你为什么要装艾滋病？”

苏岩说：“我刚才不是解释了嘛！我是让别人逼的！”

刘芳说：“你快行了吧！你装艾滋病是被人逼的，你这么说不觉得可笑吗？压根儿就没人逼你，你装艾滋病其实就是想去整人。”

苏岩愣愣地看着刘芳，有点不知所措。

过去他说假话骗刘芳，刘芳全都相信。可现在他讲真话推心置腹了，刘芳反倒不相信了！

刘芳说：“为了整人去装艾滋病，全中国全世界也不会有第二个。苏岩，你太阴险了！”

苏岩说：“我阴险？我什么时候阴险了？”

刘芳说：“你整王松，你还不够阴险嘛！”

苏岩有口难辩。他明明暗中帮了王松，可到头来，刘芳却认为自己阴险！

苏岩说：“刘芳，你认为我整了王松，你当时为什么不说？”

刘芳说：“我当时以为你整他是为了得到我！你是因为爱我，才那么干的。其实不是那么回事儿，你整他就是为了整他，你根本不是因为爱我才去整别人。你谁都不爱，你爱的只有你自己。”

苏岩万万没有想到，这种话竟然能从刘芳的嘴里说出来。

苏岩控制着自己的情绪，心平气和地说：“谁和你说什么了吧？”

刘芳说：“没有。”她低下头不再吱声。

苏岩说：“我知道我在你眼里已经是全中国全世界最坏的人了，但我请你相信，我一定会改好的！求你给我一个机会吧，我一定重新做人！”

苏岩说得十分谦卑。既然刘芳听不了真话，他决定还是用假话去说服刘芳。

这时，刘芳抬起头，伸手摸了一下苏岩的脸颊，随后又低下头，小声地说："我……有男朋友了！"

苏岩好悬昏过去。他说："是嘛！他……是谁呀？"

刘芳抬眼看着苏岩，没吱声。

苏岩说："是王松吗？"

刘芳摇了摇头："不是。"

不是王松，苏岩就放心了。

苏岩又小声地问："是那个博士吧？"

刘芳没出声，但此时无声胜有声。

苏岩心如刀割，他再次试探地问："你打算和他结婚吗？"

刘芳说："不知道。"

苏岩心里又产生了希望，他急忙问："你不想嫁给他？"

刘芳不再说话，转身开始在屋子里收拾着自己曾经留下的物品。她收拾得很细，包括自己用过的毛巾、牙膏都放进了包里。

苏岩说："毛巾和牙膏都是我花钱买的，你给我留下吧！"

刘芳说："干什么？"

苏岩说："不干什么。"

刘芳拿起收拾好的东西向门外走去。

苏岩跟了过去，说："我开车送你吧！"

刘芳说："不用，我和男朋友已经约好了，一会儿在这儿附近见面！"

苏岩感到自己像是挨了一枪，他不知所措地问："你们为什么要在这儿附近见面？"

刘芳说："因为我男朋友对你不放心。"

苏岩尽可能让自己平静下来，他问刘芳："那你对我放心吗？"

刘芳没说话，但她的眼神告诉苏岩，她的内心深处应该还有苏岩的位置。

刘芳最后说："也许，我会永远忘不了你，也许，我会永远……爱着你，但苏岩，我必须要离开你！"

刘芳说完这些话，眼里已经全是泪水。

刘芳说："我只是想过一种平淡的日子……晚上我能摸着你，早上我能看见你！但就这样的日子，你都不给我。我对你的要求一点都不过分。我知道你已经把爱都给了别人，所以，我没要求你一定爱我。我只是希望每天晚上，你能按时回家……苏岩，我和你在一起，一点安全感都没有。我妈说，我要是嫁给你，我就得和你一辈子提心吊胆。"

此时的苏岩有千言万语，他觉得自己完全有能力去说服刘芳，可在最后的关头，苏岩却用尽所有的力气，让自己无比平静地说：

"刘芳，你妈说得对！"

（全书完）

FONGHONG
凤凰联动出品